La Chica Bajo la Bandera | Alex Amit

Impreso en los Estados Unidos de América

Primera impresión, 2021
Edición de línea: Rebeca Azizov
Traducción al español: Juliana Benavides

Contacto: alex@authoralexamit.com
http://authoralexamit.com/

ISBN: 9798547369919

La Chica Bajo la Bandera

Alex Amit

París

Julio, 1942

7/2/1942

De: Comando del Frente Occidental de la Wehrmacht

Para: Cuartel General de la Gestapo, París

Operación Brisa de Primavera

Propósito: Purgar los judíos de París.

Método: Arrestar a todos los judíos de París y concentrarlos en el estadio de deportes de invierno Vélodrome d'Hiver, con el fin de limpiar el área de París de judíos y enviarlos a reasentamiento en el este de Polonia.

Cuerpos y misiones: Para el desarrollo de la operación, se coordinará la cooperación del cuartel general de la policía de París, que asignará fuerzas policiales a la operación. La supervisión de la Policía de París es responsabilidad del Regimiento 1455 de la SS.

La División 381 cumplirá todas las necesidades logísticas durante la operación.

Las locomotoras y los vagones de tren para el transporte hacia el este de Polonia son responsabilidad del Mando Ferroviario del Frente Occidental.

Horarios:

Hora de inicio de la operación: - 16/7/1942 a las - 04:00 H

Telegrama SS.34

París, Cuarto Distrito,
16 de julio de 1942, 6 am

—Según nuestros registros, hay una persona desaparecida aquí. Una chica, Monique, de diecisiete años.

Me aferro todo lo que puedo a la pared, palpando la aspereza de los ladrillos a través de mi fino camisón. Siento que las grietas de la pared me cortan y me hieren la espalda, pero me mantengo en silencio. Las palmas de mis manos me cubren la boca para no gritar de miedo, mis ojos están muy abiertos por el pánico, pero no importa, no puedo ver nada en la oscuridad.

—La mandé temprano a hacer fila para comprar harina y aceite en el supermercado de la calle Capone —oigo la voz de mi madre respondiendo al desconocido a través de la pequeña puerta de madera que me ocultaba.

Solo han pasado unos minutos, o quizá más, desde que los fuertes golpes en la puerta de nuestro apartamento y los gritos: "¡Policía, abra la puerta!" habían resonado en la casa. Corrí descalza por el pasillo, viendo a papá salir de su dormitorio caminando lentamente, con su bata marrón, y dirigiéndome una mirada tranquilizadora.

—Rápido, llévate a Jacob —dijo mamá mientras me sacudía desde mi posición en el pasillo, tomándome la mano con fuerza y susurrando para que me lo llevara y nos escondiéramos.

—¿Qué hay del niño, Jacob, de ocho años? —hay otra voz desconocida, como si pasara por allí y leyera una lista escrita. Me aferro aún más al pequeño lugar.

—Está en la otra habitación con su padre, están haciendo la maleta, diles que se apresuren.

No quiso venir conmigo. Me froté el brazo donde mamá me sostenía y sentí una lágrima caer por mi mejilla. Él se había aferrado a ella con fuerza, negándose a dejarla, y comenzó a llorar cuando los golpes en la puerta se hicieron cada vez más fuertes, hasta que no tuve más remedio que correr por el pasillo, dejándolo abrazado a su pierna mientras ella trataba de calmarlo.

El ruido de la puerta abierta y las voces de los hombres que se encontraban en la entrada resonaron en mis oídos cuando entré en la despensa, agachándome y arrastrándome hasta el rincón de mi escondite de infancia, cerrando con cuidado la tabla de madera tras de mí y apoyando la cabeza en mis rodillas en total oscuridad. Con los dedos rozando constantemente mi camisón, no debía hacer ningún ruido.

—¿Cuándo volverá?

—Cuando termine, le pedí que fuera a ver a mi hermana en el segundo distrito, así que deber volver por la tarde.

—¿Le crees?

¿Por qué nosotros? Váyanse de aquí, váyanse a buscar a otra familia, no la nuestra, pueden llevarse a la familia Jacques, viven en el edificio de al lado, número 41, tercer piso, ¿por qué han elegido llevarnos a nosotros? Por un momento tuve miedo de empezar a gritar así que metí la palma de mi mano en mi boca, la convertí en un puño y la mordí hasta sangrar. Vayan con ellos, no le hemos hecho ningún daño.

—Puedes preguntarle a la vecina de al lado. Ve a llamar a su puerta y pregúntale si ha visto salir a la chica —el desconocido continúo con sus horribles palabras.

Ella me protegerá, debe protegerme, siempre permite que su hijo estudie conmigo, aunque seamos judíos y ya no vaya a la escuela. Incluso dice que es terrible, y que esta guerra ha durado demasiado tiempo.

Respiro tranquilamente, una y otra vez.

—Le pregunté a la vecina, dice que no la vio salir esta mañana, y que nunca la manda a salir tan temprano.

Por favor, no me busquen, por favor, no lo hagan. Todo mi cuerpo se acalambra mientras me tapo los oídos con las palmas de las manos, intentando alejar los horribles sonidos que penetran a través de la fina tabla de madera que me separa de ellos. Desde hace varios días, mamá le cuenta a papá que hay rumores de que los alemanes pretenden enviar a los judíos al Este, hablaban en susurros en la mesa familiar después de la cena, asegurándose de que Jacob no oyera para que no empiece a hacer preguntas. Y papá responde con su voz autoritaria que son solo rumores y que eso no sucederá, que somos ciudadanos franceses y que los alemanes no se atreverían a hacer tal cosa. No quiero viajar al este. Mis uñas se clavan con fuerza en mis piernas dobladas, arañándolas mientras me aferro más a la pared, queriendo desaparecer dentro de las grietas del muro.

—Búsquenla.

No respires, oirán mi respiración, no te muevas, cierra los ojos con fuerza, piensa en el verano de antes de la guerra, en lo bonito que es el sol. No grites, vuelve a poner tu mano en tu boca, no tiembles, oirán tus temblores.

—¿No vas a ayudarlo a hacer la maleta? Solo una maleta para la familia, en el Este le proporcionarán todo lo que necesite.

—No, quiero cuidar los cubiertos de la familia —oigo la voz de mamá y el chasquido de sus zapatos en el suelo de madera de la cocina, junto a mi escondite.

—¿La has encontrado? —el desconocido levanta la voz.

—No está aquí y la vecina está equivocada. La envié por la mañana temprano. Pregunta a la portera de la entrada del edificio.

—Baja y trae a la portera, pero date prisa.

Por favor, no Odette, la portera del edificio. Le tengo miedo desde que era una niña, siempre nos grita a Jacob y a mí. Como un tigre, nos acecha en su cuartito al final de la escalera, donde vive, saltando hacia nosotros cuando entramos por la puerta grande riendo, o jugando a la pelota en el patio, reprendiéndonos porque no somos educados y hacemos ruido. Para no temblar, tengo que pensar en otra cosa, no en este lugar oscuro, por favor, *que no encuentren a Odette.*

—¿No te vas a vestir? Ve a vestirte —la voz del temible desconocido no se detenía.

—Estoy esperando que terminen de empacar, un minuto más. Por favor.

En toda la casa resonaba una mezcla de pisadas en la casa, golpeando el suelo de madera, acercándose y alejándose, como si pasaran entre las habitaciones. Con cada portazo me aferraba a mis rodillas aún más, esperando el chirrido de apertura de la pequeña puerta de madera que me protegía.

—¿De quién son estos zapatos? ¿De su hija? ¿Cómo se ha ido sin zapatos?

El sonido de algo golpea el suelo.

—Ella tomó mis zapatos. Esos zapatos ya le aprietan sus pies cuando tiene que estar de pie durante horas.

—Es porque es una judía malcriada.

Otro sonido de pasos y otro portazo; me encojo más y más en la oscuridad.

—¿Has visto a nuestra Monique salir del edificio esta mañana temprano hacia la tienda de comestibles de la calle Chapone?

—No le preguntes, yo le pregunto a ella, ¿has visto salir a la chica judía? Los estamos evacuando.

Las lágrimas resbalaban por mis mejillas, no quiero que me busquen, no quiero ser judía, quiero ser solo una chica anónima, ¿por qué han venido? ¿Por qué nos llevan? Mi cuerpo tiembla y tengo mucho frío.

—¿La chica judía maleducada? Sí, salió esta mañana. Me enfadé con ella, la mocosa no quiso decirme a dónde iba.

Vuelve a respirar, respira lentamente.

—¿Qué debemos hacer? ¿Seguimos buscándola?

Respira en silencio, no te muevas.

—No, hay que darnos prisa. Tenemos otro camión entero de judíos para la evacuación. Más tarde la recogerán de la calle y se la llevarán.

Los pasos de mamá se alejan de la cocina, volviéndose cada vez más débiles.

—Dale a la vecina la llave del apartamento. Se la quedará hasta que volvamos —oí a papá decirle a mamá antes de que la puerta se cerrará de golpe. Y aunque sigo intentando escuchar algo desde mi escondite, no oigo más ruido dentro del apartamento, solo los gritos de Jacob desde la escalera y las palabras tranquilizadoras de mamá hasta que se desvanecen. No debo salir de mi escondite.

El sonido de platos de porcelana cayendo me hicieron saltar, mi cabeza golpeó una superficie dura, haciéndome despertar de dolor. Mi boca se abre para gritar, pero logro controlarme y el sollozo que se produce en mi garganta se congela en mi boca mientras contengo la respiración, mis ojos se abren de par en par, mirando en la oscuridad como si intentara penetrar en ella a través de las tablas de madera que se cierran sobre mí. ¿Dónde estoy?

Me toma un momento recordar dónde estoy y de dónde viene toda esta oscuridad que me rodea. Me duelen las piernas por estar sentada durante mucho tiempo sin moverme y por no poder estirarlas, además necesito ir al baño con urgencia. ¿Cuánto tiempo llevo aquí? ¿Cómo pude quedarme dormida después de que se llevarán a mamá, a papá y a Jacob de la casa?

—¿Dónde ha escondido las joyas? —reconozco la voz de nuestra vecina Yvette, cuya puerta del apartamento está al otro lado del pasillo— No te preocupes, esos judíos apestosos no volverán —prosiguió hablando, quizá con su hijo.

¿Cómo puedo detener los temblores? Mis manos sujetan con fuerza mis piernas mientras me siento en una incómoda posición con mi espalda contra la áspera pared.

—Y busca comida también. Deben haber dejado algo atrás. Sé que tienen reservas para tiempos difíciles —su voz se aleja junto con los pasos en el suelo de madera, y supongo que va a buscar por las habitaciones de la casa. ¿Por qué no vienen mamá y papá a expulsarla? Papá se quedaba en el pasillo con su mirada autoritaria, y enseguida ella sonreía y se disculpaba, diciendo que no era su intención, y que solo quería mantener las cosas seguras para nosotros y no llevarse nada. Los crujidos de los muebles que se movían en el suelo penetran a través de la tabla de madera y me acuerdo de mi diario privado, ¿dónde está mi diario?

El diario que recibí como regalo por mi decimoquinto cumpleaños, con una tapa dura de color marrón en la que escribí delicadamente las iniciales de mi nombre en letras redondas. Todas las noches escribía en él mis pensamientos ocultos. Página tras página, contaba todo lo que sucedía y a veces dibujaba flores de memoria. Ya no podemos ir a los Jardines de las Tullirías, el cartel de la entrada lo prohíbe.

¿Y si ella descubre el diario en su búsqueda? ¿Y sí lee mis palabras secretas? Lo necesito ahora, cerca de mí en toda esta oscuridad y con todos los ruidos alrededor.

Mis manos tapan mis oídos, tratando de alejarme de todo este horrible día que al parecer no llegaba a su fin. Los platos de porcelana eran colocados salvajemente en la encimera de la cocina sobre mi cabeza. De pronto un destello de luz que deslumbra mis ojos me sorprende, mientras abro la boca sin decir nada.

Mis ojos parpadean por la luz brillante, me hace querer esconderme, ser parte de la pared, una página de mi diario, un pequeño rincón en la oscuridad, pero es demasiado tarde. La luz penetra en mi escondite y ya no me deja lugar para esconderme. Mi mirada se eleva lentamente y mis ojos se encuentran con Theo, el hijo del vecino. Se apoya en sus rodillas junto a mi escondite, sostiene la tabla de madera en su mano y me mira con una mirada seria, sin sonreír. Mis ojos intentan acostumbrarse a la luz del día mientras lo miro fijamente, aún sentada y doblada en mi escondite maltrecho.

Unos segundos de silencio mientras nos examinamos mutuamente. Espero a que haga algo, dependiendo de los deseos y de lo que elija hacer, como si fuera el ratón que vimos hace tiempo. Habíamos jugado juntos en el patio del edificio, y nos quedamos allí y reímos juntos viéndolo correr a lo largo de la pared y tratando de escapar del gato gris. Lentamente, el gato se acercó y lo atrapó en un rincón, esperando pacientemente para darle el golpe mortal.

—¿Has encontrado sus joyas? —la voz de Yvette llegaba desde la otra habitación y sus pasos se acercaban ruidosamente por el parqué, y antes de que pueda pedirle que no diga nada ni me traicione, siento su mano apoyada en mi regazo por un momento y estaba segura de que estaba a punto de sacarme de allí. Pero, en su lugar, la puerta se cerró de golpe y volví una vez más a estar en la oscuridad.

—¿Qué encontraste? ¿Has encontrado algo?

—No, mamá, no hay nada aquí en la cocina. No dejaron nada a excepción los platos de porcelana.

—¿No has encontrado nada que hayan escondido? Seguro que escondió sus joyas, es muy típico de ella.

—No, nada, algo de comida, eso es todo.

Mis dedos palpan suavemente la manzana que dejó en mi regazo, envolviéndola lentamente como si fuera una joya preciosa, sintiendo el hambre como un dolor en mi estómago. Todo lo que quiero es darle un mordisco, pero me contengo mientras oigo los pasos de Yvette en la cocina, conformándome con oler la manzana y deslizarla por mi mejilla. Por alguna razón, su suave tacto me tranquiliza, recordándome el tacto de la manta de lana de mi habitación, la que me cubre cada noche. Me contengo y guardo la manzana para más tarde.

La puerta de entrada se cierra de golpe y ya no se oye el ruido de los pasos ni el arrastre de los muebles. El silencio ha vuelto al pequeño refugio en el que me encuentro, pero a pesar de mis piernas adoloridas, no tengo valor para salir al exterior ni siquiera para cambiar de posición. ¿Cómo me ha descubierto Theo en este escondite? No puedo volver a dormirme.

¿Qué hora es? Antes, al pegar mis oídos a la pared de madera, podía oír los sonidos de la calle, pero ahora no oigo nada, ¿qué significa eso? ¿Ya es de noche? ¿Tal vez mamá, papá y Jacob vuelvan? Por un momento me parece oír pasos en la escalera, y aprieto mí oído con fuerza a la pared y escucho confiada, casi tentada de salir de esta oscuridad en la que me encuentro. ¿Quizá la policía se ha dado cuenta de que había un error en las listas y los ha devuelto a casa?

Entrarían por la puerta y perdonarían a Yvette por haberles robado y no haber vigilado nuestro apartamento, como había prometido, y mamá arreglaría los platos en la cocina y me abrazaría como solía hacerlo, y no le importaría en absoluto que no nos quedara comida, hasta la próxima vez que nos dieran cupones de racionamiento.

¿La manzana? ¿Dónde está la manzana? Se me debe haber caído de la mano mientras me quedaba dormida. Mis manos buscaban en el suelo del pequeño espacio hasta que encuentro su suave superficie, y vuelvo a recogerla en mi regazo, prometiéndome guardarla para más tarde. Tengo mucha hambre.

¿Ya es de noche? ¿Dónde están papá y mamá? ¿Y qué ha pasado con Jacob? ¿Sigue llorando? Si estuviera aquí escondido conmigo, podría cantarle una canción de cuna y calmarlo, como le gustaba cuando era más pequeño, antes de que llegaran los alemanes. Solía tararearle en voz baja hasta que se dormía.

Duérmete mi hermanito
Duérmete mi hermanito
Mamá te está haciendo un pastel
Papá te traerá chocolate

Me apetece tanto un pastel ahora mismo; hace mucho que no como uno. Todos los viernes por la noche nos sentábamos alrededor de la mesa, encendiendo velas y cantando canciones de Sabbat, y mamá nos daba un pedazo de pastel horneado. El recuerdo me llena la boca de saliva y trago con frustración. Desde que llegaron los alemanes, prácticamente nos quedamos sin comida, y los viernes ya no cantábamos, por miedo a que por casualidad nos oyera alguien de la calle. Papá procuraba bendecir la comida que teníamos en silencio, y mamá, tras asegurarse de que las cortinas de la casa estaban cerradas, encendía dos pequeñas velas que especialmente había escondido. Por aquel entonces, ya no teníamos candelabros, mamá había vendido los candelabros de plata de la familia en el mercado negro a cambio de una libra de carne.

Para mi decimoséptimo cumpleaños, mamá me trajo una barra de chocolate, no tengo ni idea de cómo la consiguió ni de cuánto pagó por ella. Se acercó a mí y me abrazó, a pesar de que habíamos tenido una pelea la noche anterior. Me dijo que ya tenía diecisiete años y que era lo suficientemente madura. Yo le devolví el abrazo aunque seguía molesta con ella, pero muy contenta por el chocolate. Durante días me contenía y le daba pequeños mordiscos, asegurándome de que me durara el mayor tiempo posible, sabiendo que no tendría más chocolate después de terminar la barra.

Un pequeño mordisco a la manzana, solo uno.

Puedo repetir lo que aprendí en la escuela, para no olvidar nada. *La capital de Estados Unidos es Washington, el río más largo de Europa es el Danubio. La alumna Monique Moreno se pone en la esquina y me daba la nota que intentaba pasar a su amiga. Un mordisco más a la manzana y me detengo. A partir de hoy, la alumna Monique*

Moreno deberá llevar una insignia amarillo pegado a su ropa, y no podrá jugar con sus amigos durante el recreo. La alumna Monique Moreno no se unirá a la excursión de la clase porque a los judíos no se les permite entrar en los museos. Un poco más de manzana. La niña Monique Moreno caminará por la calle con la cabeza baja, sin mirar los carteles pegados en las paredes, que muestran a los judíos como ratas que se apoderan del mundo.

El idioma alemán, puedo susurrar y practicar mi idioma alemán. ¿Dónde está tu identificación? *¿Dónde están tus cupones de comida? Ve y ponte de última en la fila, hoy no queda ningún subsidio de mantequilla para el último de la fila. Ponte contra la pared cuando pase un soldado alemán, baja la cabeza, judía asquerosa.*

¿Cuánto tiempo debo quedarme? Ya no puedo estar aquí. El rechinamiento de la tabla de madera suena como un trueno así que cambio de opinión y vuelvo a cerrarla rápidamente, pero al cabo de unos minutos mis dedos vuelven a abrirla.

La casa está oscura y taciturna, gateo fuera de mi escondite, sentándome en el suelo de la cocina. Por un momento intento ponerme de pie y mirar por la ventana, pero los músculos de mis piernas, que están acalambrados desde el inicio del día, me traicionan, y tengo que volver a arrodillarme en el suelo de madera, estirando las piernas lentamente e intentando escuchar los sonidos de la calle sentada en el suelo. Pero mi atención se concentra en la puerta principal. Si intentan atraparme ahora, no podré escapar.

La oscuridad del vacío apartamento me acecha, pero tengo miedo de encender la luz. ¿Qué hora es? Utilizo mis manos y me apoyo en el alféizar de la ventana para asomarme con cuidado. La calle está vacía y no pasa nadie. Solo una farola ilumina la acera desierta con una luz tenue, pintándola de color dorado.

¡El diario! Me apresuro a ir a mi habitación, tanteando el espacio en total oscuridad y casi tropezando con un montón de nuestras pertenencias tiradas en el pasillo. Mi cama se mueve y mis manos tantean en la oscuridad el espacio junto a la pared, justo en el suelo, relajándose solo cuando mis dedos palpan su dura cubierta, acercándola a mi corazón como si pudiera proporcionarme alguna protección contra todo este día.

No debo encender una luz, si saben que estoy aquí vendrán de nuevo, golpearán la puerta con sus puños y gritarán "¡Policía!" ¿Qué debo hacer? ¿Dónde están mamá y papá? ¿Cuándo volverán?

—Dios —rezo en silencio mientras me tumbo en el suelo de mi habitación y aprieto mi diario contra mi pecho—. Prometo ser una buena chica y no discutir más con ellos cuando digan que debemos ahorrar. Lo prometo, solo devuélvemelos, por favor, nunca gritaré que estoy cansada de ser judía y que no estoy dispuesta a coser un insignia amarillo en mi vestido.

Tengo que vestirme, estar lista. La vela que encontré en el cajón de la cocina ilumina mi desordenada habitación mientras busco un vestido. Encuentro mis zapatos tirados en la entrada de la cocina, pero aparte de ellos, los armarios están vacíos. Los cubiertos de mamá han desaparecido y también la comida de la despensa. Solo quedan algunas migas de pan que consigo raspar de los estantes con los dedos, me las meto en la boca y las lamo vorazmente, pero eso no calma mi hambre. Tengo que guardar algo de la manzana.

El sonido de pasos en la escalera del edificio me hace dar un salto, y apago la vela, quedándome quieta. ¿Habrán oído que había alguien en la casa? *Por favor, que sean mamá, papá y Jacob. Dios, prometo portarme bien y no volver a discutir con ellos.*

Pero la puerta sigue cerrada y no hay ningún ruido de llaves en la cerradura, ni fuertes golpes en la puerta. Los pasos siguen subiendo por la escalera mientras recupero lentamente el aliento.

No debo quedarme en casa, me buscarán, el policía dijo que me recogerían. ¿Por qué mamá le dijo que iría a casa de la tía Evelyn? Iré con ella, seguramente sabrá a dónde los llevó la policía.

Tengo que darme prisa antes de que vuelvan para buscarme y llevarme con ellos. El oscuro hueco de la escalera parece menos amenazante que el apartamento vacío, salgo y cierro la puerta tras de mí. Mis manos buscan las barandillas mientras bajo con cuidado la oscura escalera que lleva a la calle, con la mirada fija en la tenue luz que emana de la puerta abierta de Odette, la portera, que vive en la entrada del edificio.

París, por la noche

—Monique, detente —grita Odette, pero no la escucho. Mis pies pasan corriendo por delante de la puerta abierta de su habitación, saltando la franja de luz que se proyecta en la oscuridad del vestíbulo, y sigo corriendo. El miedo que tengo hacia ella me impulsa mientras tiro con fuerza del pestillo de la pesada puerta de entrada, la abro de golpe y salgo corriendo a la calle solo con un vestido puesto y mi diario apretado contra el pecho. Tengo tanto miedo de que intente atraparme que no miro atrás.

Pero en cuanto me detengo en la calle, con cuidado de no tropezar en las aceras resbaladizas por la ligera lluvia de verano, intentando recuperar el aliento, los observo y quiero gritar.

No tengo ni idea de la hora que es, pero si es después de la medianoche, es la hora del toque de queda, nadie puede estar en la calle, mucho menos una chica judía.

Los dos están de pie al final de la calle, con gorras de policía, parecen sombras oscuras a la luz del farol, que brilla con una luz tenue.

¿Me están buscando? ¿Están esperando para arrestarme? Eso fue lo que dijo el policía por la mañana. Mis manos rebuscan rápidamente en los bolsillos de mi vestido, buscando la llave de nuestra casa, dándome cuenta de que he olvidado llevarla. No tengo forma de volver. También he olvidado mi carné de identidad.

—Una chica judía atrapada durante el toque de queda es como si estuviera muerta —me regañaba mamá cuando llegaba a casa a altas horas de la noche, intentando cerrar la puerta principal lo más silenciosamente posible, sabiendo que ella estaba al atenta de mi regreso y que no podría escapar de esto.

—No debes olvidar quién eres —solía decirme papá con cara de cansancio cuando salía de su dormitorio a altas horas de la noche, ajustándose lentamente la bata—. La situación es difícil —añadía cuando se metía en medio de la discusión entre nosotras y mamá le pedía que me impusiera más disciplina.

—No soy judía, soy una chica francesa normal y corriente —le contestaba con cara de obstinación, pero a pesar de todas las palabras duras que le dije, negándome a bajar la mirada, me daba mucho miedo la policía. Solía volver a horas seguras, escabulléndome por la puerta principal del edificio, pasando por delante de Odette y sus comentarios, y sentándome tranquilamente en la escalera, esperando allí durante horas hasta que se hiciera tarde, y solo entonces entrar en el apartamento y discutir con mamá. Una vez papá me encontró sentada en la oscuridad en la escalera, temblando de frío y esperando, y no se enfadó conmigo en absoluto, solo me acarició la cabeza y me dijo que estamos en un momento difícil, y que mamá tiene muchas más preocupaciones además de por dónde anda su hija por la noche, y que pase lo que pase no debo olvidar quién soy. Quiero que me acaricie la cabeza ahora, y que me diga las mismas cosas, mientras estoy en medio de la calle frente a dos policías durante el toque de queda.

Por favor, que no mires hacía acá, que no se fijen en mí. Por un momento se me congelan los pies y casi tropiezo con la acera, pero consigo recuperarme y caminar unos pasos hacia la sombra del edificio que me oculta de ellos. En silencio, bajo detrás de las escaleras de la entrada, mientras mi mano sigue buscando en el bolsillo de mi vestido mi carné de identificación, pero no está ahí.

¿Dónde está? ¿Se lo ha llevado la policía por la mañana? ¿Lo he olvidado en casa? Estoy prácticamente muerta sin esa cartulina beige. ¿Qué haría yo sin mi foto y mi huella dactilar y un sello azul de impuestos por valor de 12 francos que mamá había pagado al dependiente? Debo tener mi documento de identidad, aunque tenga un gran y humillante sello rojo: "Judío".

Después de la llegada de los alemanes, recibimos órdenes de arresto que nos obligaban a ir a la comisaría. A mí me daba vergüenza ir, y le gritaba a mamá que somos orgullosos ciudadanos franceses y que tenemos derecho a rechazar esas humillantes instrucciones. ¿Qué iba a hacer ahora sin mi documento de identidad?

Tengo que ir a ver a la tía Evelyn; ella encontrará una solución. Avanzo contra las paredes de los edificios, alejándome poco a poco de los dos policías, pero allí, a la vuelta de la esquina, oigo más voces y no tengo valor para seguir adelante. Lo único que puedo hacer es arrastrarme entre dos cubos de basura, esconderme y esperar a que amanezca, exhausta, cansada y hambrienta.

Cuando salga el sol, iré con la tía Evelyn y ella me ayudará.

—No están aquí, se los llevó la policía —me dice Matilde, la portera de la entrada del edificio de la tía Evelyn, mientras mantiene la pesada puerta de madera apenas abierta, impidiéndome entrar en el edificio.

—Por favor, estoy sola, se han llevado a mis padres, ¿dónde los han llevado? —le rogué. Me conoce desde que era una niña, que saltaba alegremente a la calle y golpeaba la puerta de madera y gritaba—: Matilde, he venido a visitar a la tía Evelyn —era demasiado pequeña para alcanzar el timbre.

—La policía vino ayer por la mañana y se llevó a todos. No tengo ni idea a dónde, lo siento, no puedo ayudarte —dijo y me cierra la gran puerta de madera en la cara.

Miro a los lados, buscando una señal de policías franceses o soldados alemanes. Tal vez sea mi hora de ser capturada, me he quedado sin fuerzas para seguir corriendo. Al menos me llevarán a donde están mamá y papá, no tengo dónde esconderme.

Me he escondido entre los contenedores de basura hasta el amanecer, temblando por cada ruido, y en cuanto la gente comenzó a caminar por la calle salí de mi escondite, con cuidado de no correr y de no levantar sospechas, comprobando constantemente si me seguían y alerta de los cascos redondos en las calles. Pero la tía Evelyn no está y Matilde no me deja entrar.

Los transeúntes de la calle me ignoran, mirando al frente mientras caminan, y vuelvo a llamar a la puerta de madera marrón. No tengo nada que perder.

—Matilde, por favor.

—Bueno, pasa —acaba abriendo la puerta y me mete dentro, cerrándola inmediatamente con el gran pestillo negro.

—Ayúdame, por favor, tengo que encontrarla, ¿a dónde los llevó la policía?

—No estaban en casa cuando los policías vinieron a recogerlos —me sorprende mientras la sigo al patio. Baja la voz mientras camina, mirando a su alrededor para asegurarse de que no hay nadie, ni siquiera un vecino bajando las escaleras.

—Le dije a la policía que habían dejado París —se acerca y mueve una tambaleante escalera de madera que descansa sobre una pequeña puerta de un cobertizo que se encuentra en la esquina trasera del patio, golpeando tres veces la puerta de madera.

—Están dentro, esperando a ser evacuados. Únete a ellos, y asegúrate de no hacer ruido.

—No tenemos lugar para ella.

—Pero Albert, es la hija de mi hermana. No puedo dejarla en la calle.

—Ya has oído al hombre de la resistencia. Solo tiene espacio para cuatro personas, ni siquiera una más. No tenemos opción, ella debe marcharse.

—Tenemos que hacer que la dejen quedarse. La atraparán.

—¿Quieres que nos atrapen a todos? ¿Quieres que nos envíen a todos al este de Polonia?

—Lograremos convencerlo de que incluya a otra persona, estará de acuerdo.

—No, no estará de acuerdo, no sin que ella tenga papeles falsos.

—No puedo dejarla sola. Ella es mi familia.

—Nosotros somos tu familia; ¿quieres poner en peligro a toda tu familia?

—Morirá aquí sola en las calles; la atraparán y morirá —oigo el grito silencioso de Evelyn a través de la puerta apenas abierta del cobertizo, pero Albert no le responde y simplemente cierra la puerta en mis narices.

Me quedo quieta durante unos instantes, mirando la puerta cerrada. ¿Qué sentido tiene volver a tocar la puerta? No me van a abrir. Lentamente me siento en el suelo, me apoyo en la pared del edificio y empiezo a llorar.

No es un llanto fuerte, sino pequeñas bocanadas de desesperación mezcladas con lágrimas. Si pudiera volver a ser una niña pequeña, como antes. Pasear por las calles de París sin preocupaciones, sabiendo que mamá me espera en nuestra cálida casa con olor a tarta con canela, acostándome cada noche en mi acogedora cama. Sonreír y llenar mi nuevo diario con palabras de imaginación sobre lo que seré cuando sea mayor.

Se oyen ruidos de pasos desde la entrada del edificio, pero no levanto la cabeza, sigo leyendo mi diario que descansa sobre mis piernas cruzadas. No miro, ni siquiera cuando el sonido de los pasos ya está cerca de mí, no me importa quién venga a buscarme y atraparme. De todos modos, moriré pronto.

—Vamos, date prisa, ¿qué haces aquí fuera? —la mano de Matilde me agarra el brazo y me arrastra al interior del edificio. Casi a la fuerza me mete en su pequeña habitación junto a la puerta principal, cerrando rápidamente la puerta tras nosotras e inmediatamente me sienta en la silla de madera que está en el rincón.

—¿Qué haces ahí fuera?

—No quieren llevarme con ellos —murmuro y miro hacia abajo, con las manos sujetando el diario con fuerza.

—Bueno, bueno —se acerca y me abraza un momento. Mis brazos la envuelven con gratitud, pero ella se suelta de mi abrazo y se limita a poner sus manos sobre mis hombros. Probablemente no está acostumbrada a expresar sus sentimientos, ni a reconocer la diferencia de clase entre nosotras, que ahora puede haberse invertido por completo, ya que yo soy una judía a punto de ser cazada y ella está a salvo en su pequeña habitación.

—No puedo ayudarte. No tengo dónde esconderte, y si me atrapan, nos matarán a las dos —dice mientras me da la espalda y se dirige a la pequeña cocina. Saca una barra de pan envuelta en papel de estraza y empieza a cortarla.

—No sé dónde está tu familia, pero no puedes confiar en nadie, debes confiar solo en ti misma —apenas logro escuchar sus palabras cuando se inclina y saca un tarro de mermelada del armario, lo abre y extiende una fina capa de mermelada de fresa sobre las rebanadas de pan.

—Debes olvidar quién eras —repite sus palabras varias veces mientras se sienta a mi lado y yo sostengo el plato en mi regazo, dando pequeños mordiscos al pan, saboreando el dulce sabor de la mermelada.

—¿Me estás escuchando? Debes olvidar quién eras

—Sí, debo olvidar quién soy —debo cambiar.

—¿Qué estás haciendo?

Levanto la mirada y me fijo en él. Tiene más o menos la edad de Jacob, pero parece más descuidado mientras se queda parado en frente de mí, observándome con curiosidad.

—He encontrado este vestido y lo estoy arreglando.

—Mamá dice que todos los judíos son sucios y que es una suerte que los alemanes se los lleven.

Una hora antes, Matilde me expulsó de su pequeña habitación, obligándome a abandonar su seguridad, a salir a las calles y a la ciudad más allá de la pesada puerta de madera del edificio "Tienes que irte" me dijo, no sin antes darme otro abrazo y meterme en el bolsillo del vestido una manzana y dos rebanadas de pan untadas con mermelada, envueltas en papel de estraza.

—Guarda la comida para más tarde, mi querida niña, que Dios te acompañe —susurró mientras me empujaba hacia fuera y se persignaba con un rápido movimiento. Luego de eso no tuve más remedio que empezar a caminar con la cabeza gacha, entre toda la gente que volvía del trabajo en una tarde de verano.

Voy por la calle sin rumbo fijo, levantando la cabeza de vez en cuando, esperando que los policías me atrapen. Pero ningún policía me ataca ni me llama para que me detenga, ni veo a ningún soldado alemán. Ni siquiera cuando subo las escaleras de la entrada de uno de los edificios y miro hacia la calle, identifico los gorros azules de los policías ni el uniforme verde grisáceo de los soldados.

La ciudad sigue siendo la misma, la gente camina con la misma normalidad. Los hombres con traje y sombrero, y las mujeres con vestidos de verano. Nadie baja la velocidad, ni se echa a correr, todos siguen con su vida. La mayoría de ellos ni siquiera miran la insignia amarilla pegado a mi vestido, aunque me hace sentir muy expuesta.

Es como si nada hubiera cambiado en el mundo desde ayer, y la policía no me estuviera buscando, ni se hubiera llevado a mamá, a papá y a Jacob a un lugar desconocido.

Sigo moviéndome de calle en calle, sin rumbo, hasta que los veo a lo lejos, más adelante en la calle Rivoli, y me quedo quieta. Al principio parecen un bloque oscuro que avanza lentamente en mi dirección, acercándose a mí paso a paso. Pero cuando se acercan, y toda la gente de la calle se hace a un lado para darles espacio a ellos y a los policías que los custodian, puedo ver sus caras.

Debo esconderme, entonces me agacho detrás de unas cajas de madera vacías que se encuentran una encima de otra junto a una tienda de comestibles, asegurándome de ocultar la insignia amarilla con la palma de mi mano. A pesar de bajar la mirada al pavimento, tratando de no destacar, no puedo evitarlo, y de vez en cuando los veo a escondidas. Caminan en silencio, con una mirada vacía, sosteniendo sus abrigos en las manos. Hay quienes llevan pesadas maletas o un fardo metido en un trozo de tela. Y solo una niña camina entre sus dos padres, dándoles las dos manos y saltando alegremente, como si estuviera en un paseo vespertino.

Cuando pasan junto a mí, vuelvo a bajar la mirada para no despertar sospechas. La oigo preguntar a su padre a dónde van de viaje, y tengo que contenerme para no correr esos pocos pasos y unirme a ellos. Solo para no estar sola.

Es cuestión de tiempo que me atrapen. El pensamiento pasa por mi cabeza mientras ellos caminan por la calle, y yo escapo hacia un callejón poco concurrido junto a la calle principal. Tengo que hacer algo; tengo que olvidar quién soy.

Los empleados municipales han quitado algunas piedras de la calle, y decido que este es el lugar adecuado para dejar mi diario. Hago excavo un poco en el duro suelo utilizando un pequeño palo de madera y mis dedos, trabajando rápidamente antes de que alguien se dé cuenta de la niña judía sentada en la esquina del descuidado callejón.

Mis dedos heridos sostienen mi diario por última vez, lo aprieto contra mi pecho y lo acerco a mi boca, besándolo con los labios, sintiendo el olor de la dura cubierta, y luego colocándolo en el pequeño agujero que hice en el suelo.

Después de que mis manos lo cubren de tierra y piedras, me pongo de pie y piso bien el suelo con los pies para compactar la tierra mientras miro a mí alrededor, tratando de recordar el lugar exacto en mi memoria, prometiéndome a mí misma volver algún día y recuperarlo.

—Ahora a resolver el problema de la niña judía —susurro para mí mientras me siento y me apoyo en la pared de un edificio cercano, tratando de desenredar la insignia amarilla de mi vestido con las uñas y los dientes.

—¿Qué haces? — Levanto la vista y noto a un chico de pie y mirándome con curiosidad, tiene más o menos la edad de Jacob, pero se ve más descuidado.

-Encontré este vestido y lo corrijo, - le respondo, ¿por qué ha venido ahora?

—Espera un segundo —corre por el callejón.

Mis ojos lo siguen, pero tengo que volver a mi misión, tengo que darme prisa antes de que alguien se dé cuenta.

—Prueba esto —me entrega un clavo oxidado y se lo agradezco con una pequeña sonrisa.

—¿Te dan miedo los judíos?

—No, ¿por qué?

—Mamá dice que los judíos traen enfermedades, como las ratas, y que quieren apoderarse del mundo, lo vio en una exposición —lo miro, tratando de descifrar cuáles son sus intenciones, soltando los puntos de costura más rápidamente con la ayuda del clavo oxidado.

No debo pensar en los carteles de esa horrible exposición. Los han pegado en vallas publicitarias por toda la ciudad, invitando al público a venir a ver cómo tenemos grandes narices y mucho dinero. Carteles que hacían odiarme a mí misma y a mi familia cada vez que pasaba por delante de ellos.

—Los judíos son gente corriente —le respondo, y me pregunto qué hacer con la insignia amarilla que descansa en la palma de mi mano. La desprecio, pero mamá tuvo que pagarla con caros cupones para ropa en lugar de comprar ropa el invierno pasado. Me senté en nuestra fría sala de estar y la vi bordarlas en silencio en nuestra ropa, odiándola por ceder a las reglas de los alemanes. ¿Dónde está ella ahora?

—Mamá dice que son como las ratas, y la insignia puede verse todavía —señala con un dedo hacía mí, y me doy cuenta de que en la tela del vestido queda una marca menos descolorida donde había estado la insignia amarilla.

—Espera un segundo —lo oigo decir mientras intento frotar el paño y arreglar de alguna forma el lugar menos descolorido, dándome cuenta de que vuelve a correr por el callejón, metiendo la mano en un cubo lleno de agua que hay a la entrada de uno de los edificios.

—Aquí tienes —su mano embarrada de barro pasa por encima de la tela de mi vestido y cubre la zona, pintándola de marrón mientras pasa su mano por mi pecho, sin notar mi incomodidad— Ahora no lo puedes ver —se aparta y examina cuidadosamente la mancha cubierta, mientras yo miro mi vestido. Ahora soy una chica normal y descuidada.

—¿Tienes hambre?

—Sí.

—Espera un segundo —se aparta de mí y se echa a correr, entrando por la puerta del siguiente edificio. Rápidamente desapareció de mi vista y solo se escuchaban el sonido de sus pasos, aunque seguía teniendo mucha hambre y sabía que debía conseguir más comida, me levanto y salgo rápidamente del callejón hacia la calle principal. Tengo que alejarme de su madre, aunque ya no soy una chica judía. Dejé mi identidad y un diario enterrado bajo las piedras de la calle detrás de mí en el callejón, pero la insignia amarilla sigue en el bolsillo de mi vestido. No podía tirarla.

Les Halles, Mercado de alimentos del centro de París, cuatro días después

—Está escondida en algún lugar de aquí, busca entre los caballos —oigo las voces jadeantes de los dos policías que me buscan.

Llevo tres días escondida en las calles cercanas al enorme edificio del mercado del centro de la ciudad. Cada vez que oigo voces que se acercan, cambio de escondite e intento que nadie me note, rezando en silencio mientras cierro los ojos. Llevo tres días esperando las horas de oscuridad para poder salir a buscar algo de comer, moviéndome con cuidado entre los comerciantes que despliegan mantas de lana y permanecen dormidos en sus puestos de venta, protegiéndolos de ladrones como yo. Todas las noches me muevo lentamente bajo la enorme construcción del mercado, escondiéndome y espiando detrás de los grandes carritos de madera utilizados para transportar sacos y mercancías, esperando una oportunidad. Una verdura caída, unos rábanos olvidados, un saco de patatas ligeramente roto que pueda ampliar con los dedos, me conformo con cualquier cosa que pueda poner en mis manos.

Después de cuatro días escapando, estoy hambrienta, cansada y sucia. Las rebanadas de pan de Matilde son un lejano recuerdo de un sabor dulce, pero intento no pensar en ellas, me da más hambre.

Los dos primeros días tuve suerte y logré encontrar un poco de coliflor que se cayó de una caja de madera rota y quedó olvidada, pero eso es todo. Ayer estuve a punto de robar unas zanahorias. Me fijé en un comerciante flaco que había dejado su carrito abandonado durante unos minutos.

Fue a saludar a sus amigos, uniéndose a ellos para tomar algo, y yo intenté aprovechar la oportunidad. Me acerqué lentamente a la carreta mientras ellos hablaban, con cuidado de permanecer a la sombra y no entrar en la luz del pequeño farol que colgaba sobre el puesto.

—Este Calvados es puro néctar; Pierre siempre tiene las mejores manzanas.

—Para ti, siempre lo mejor.

—Finalmente, los alemanes están limpiando la ciudad.

—Sí, nos enseñan a conducir los ganados por las calles, sin mucha suciedad.

Al amparo de la risa, di unos pasos más hacia un saco de zanahorias roto.

—Sírveme más Calvados.

—Ahora te estás volviendo como los judíos, queriendo robar toda mi propiedad.

El sonido de las risas se hizo más fuerte, lo que me permitió estirar la mano hacia el carrito, pero al sacar la mano del saco, sosteniendo un puñado de zanahorias dulces, uno de los sacos cayó al suelo del mercado, y el amigo de Pierre pudo verme. Desde entonces, ellos y la policía intentan atraparme.

Mi vestido ya está desgarrado desde aquella vez que resbalé en las piedras mientras corría de noche entre los callejones, escapando del silbido de los policías y de las pisadas de sus botas con clavos que se acercaban a mí. Conseguí escapar aquella vez, pero mis rodillas sangran desde entonces, pintando mis piernas con franjas borgoña.

Solo a los caballos de carga no les importaba. No me persiguen, permitiéndome esconderme entre ellos en el pajar que tienen delante. Sus suaves narices me olfatean con curiosidad mientras mastican tranquilamente la paja, esperando con indiferencia el final del día. Pegados el uno al otro, me ocultan en su presencia hasta la hora del atardecer, cuando se enganchan a los carritos de los mercaderes. Entonces se despedirán de mí, no sin antes dejarme acariciar sus narices con suaves movimientos, asegurándome que volverán mañana antes del amanecer con nuevas mercancías.

—Shhhhh... Tranquilos —les susurro. Pronto llegará la noche y estaré a salvo. Quizá los policías se rindan y vayan a cazar a otra chica, o vuelvan con sus familias y a la cena. No debo pensar en la comida, el hambre me dificulta permanecer inmóvil. Por favor, váyanse, con un poco de suerte viviré otro día.

—Ahí está —oigo el grito seguido de un silbido del policía y unos pasos que golpean la acera. Me levanto de mi escondite y empiezo a correr entre los pajares, saltando una valla metálica sin mirar atrás, ignorando mi dolorida rodilla.

No debo dejar de correr. Mis pies me llevan a los estrechos pasillos entre las cajas vacías, jadeando mientras paso entre algunos vendedores que siguen mi carrera, pero los pasos detrás de mí no se rinden. El golpeteo de sus pies retumba en mis oídos como un tren que avanza a toda velocidad tras de mí y no se detiene. No importa el pasillo que elija, siguen persiguiéndome, silbando y gritando para que me detenga. No puedo rendirme, corro con la espalda encorvada para no llamar la atención mientras paso por delante de una pila de sacos que esperan ser arrojados a la basura, eligiendo un nuevo camino e intentando escuchar las voces que me persiguen, aunque mi respiración interfiere. ¿Me perdieron de vista? Sus voces ya no se oyen, tengo que mirar hacia atrás mientras sigo corriendo, y entonces me golpeó contra algo y caigo.

Es un hombre grande, muy grande, sudoroso, con una camiseta de tirantes gris llena de manchas y que huele a chucrut, una boina mugrienta en la cabeza, y sus ojos me miran con interés mientras me tumbo en el suelo a sus pies. Se agacha para recoger la caja de madera que se le cayó de las manos cuando chocamos y, para mi horror, veo una insignia amarilla en el suelo a sus pies.

Los movimientos del gran hombre se detienen.

Mi mirada se encuentra con la suya mientras mis dedos buscan en el bolsillo de mi vestido, sintiendo el desgarro que hay allí. ¿Qué puedo decirle? Jadeo e intento sobreponerme al dolor de mi pierna, ignorando la sangre, pero me he quedado sin energía para escapar.

—¿Has visto a una chica correr por aquí? —oigo las voces de los policías al otro lado de la pila de cajas.

—No la he visto, pregúntale a él.

Mis ojos piden clemencia mientras miro al hombre grande y sudoroso de la camiseta gris, sin saber exactamente qué pedirle. Tal vez me proteja o me ayude, por favor, que haga algo. En un momento saldrán de la esquina y yo formaré parte de un grupo de judíos reunidos en la calle, marchando hacia un destino desconocido como un rebaño de ganado.

El hombre mira mis ojos suplicantes y a través del estrecho pasillo por encima de mi hombro, busca a los que me persiguen. Al cabo de un segundo, sin decir una palabra, sus enormes brazos, que hasta entonces habían cargado cajas de madera vacías en una camioneta gris, me agarran como si fuera un saco de patatas. De un empujón me arroja al maletero de la camioneta provocando que me golpee contra el duro suelo metálico, luchando por no gritar por la intensidad del dolor.

—¿Han visto a una chica corriendo por aquí? —les

oigo jadear al hablan, mientras me agacho en el maletero, escondiéndome detrás de las cajas de madera que él seguía cargando.

—¿Una chica gitana?

—Sospechamos que es judía, los estamos atrapando a todos.

—Era realmente apestosa; pasó junto a mí y corrió hacia allá.

Ni siquiera le contestan, solo se oyen los sonidos de sus zapatos alejándose de allí, mezclándose con el golpeteo de las cajas de madera que son cargadas a la camioneta a un ritmo constante, construyéndome un muro de protección cada vez mayor, mientras me tumbo en el frío suelo metálico, dejando que mi respiración se relaje un poco.

Finalmente, oigo cómo se cierra la puerta del maletero y la penumbra que había penetrado por la abertura fue sustituida por la oscuridad, y al cabo de unos minutos el motor de la camioneta hace un ruido sordo y nos ponemos en marcha. Los golpes del tembloroso vehículo sobre las piedras del pavimento me lastiman así que trato de sentarme para no golpearme con el suelo metálico.

No tengo ni idea de adónde me lleva, pero ahora no puedo pensar en ello.

¿Por qué se ha parado la camioneta? Aprieto mi oído contra el lateral metálico del maletero, intentando escuchar los sonidos del exterior. La puerta de la camioneta se abre y se cierra, sacudiéndola ligeramente. Oigo pasos cerca, hablando y riendo, ¿está solo? ¿Hay alguien más con él? ¿Alguien lo ha esperado? ¿Qué están planeando hacer conmigo?

El chirrido de la puerta del maletero y el ruido de las cajas al ser movidas me hace saltar y noto su silueta en la oscuridad.

—Puedes salir —pero me da miedo, me siento segura aquí.

—Ya puedes salir, es seguro —repite y me da la mano.

Mi palma desaparece en su gran mano mientras me ayuda a ponerme de pie en la calle, apoyándome un momento mientras intento enderezar mis piernas adoloridas. Aunque ya estamos fuera del mercado, el olor de su cuerpo sigue siendo tan fuerte y desagradable como antes. Seguimos en París, pero en otro barrio que no conozco. La calle es estrecha y está casi completamente oscura por la noche, no logro leer su nombre en el pequeño cartel pintado al final del edificio más cercano. ¿Dónde estoy?

Intento mirar a mí alrededor, pero él me apresura. Un barril tirado en la calle, un carrito de madera atado a un soporte, varios carteles pegados en la pared que expresan el agradecimiento por los logros del gobierno y una farola que dispersa una luz tenue. Eso es todo lo que consigo ver. ¿Dónde ha ido el hombre con el que hablaba? ¿El que había oído mientras estaba en el maletero?

—Sígueme —el hombre grande entra en el edificio más cercano.

Mi pie tropieza al chocar con el primer escalón en medio de la oscuridad y me golpeo contra la pared, tratando de estabilizarme con las manos, pero él no se detiene y tengo que seguirlo hacia el oscuro hueco de la escalera. Se oye claramente el crujido de sus zapatos sobre las tablas de madera, ¿a dónde me lleva? Mi mano sujeta con firmeza la sencilla barandilla, apoyándome en ella como soporte mientras me preparo para dar la vuelta y salir corriendo.

Su casa es pequeña, mucho más pequeña que nuestro apartamento. ¿Vive aquí? Solo hay una habitación sin entrada, y eso es todo. Primero se dirige a la ventana y cierra bien la cortina, y solo entonces enciende la luz. Todavía puedo oír su respiración desde la escalera, mientras lo veo acomodar las mantas en la cama de metal, dándome la espalda. En un rincón hay un nicho de baño, un tendedero atado con varias pinzas, un rincón de cocina, dos estanterías de madera, una pequeña mesa y tres sillas, un armario de madera alto y estrecho, y una cama de hierro junto a la pared de la ventana. El hombre grande se da la vuelta y me mira.

Nos inspeccionamos mutuamente por primera vez después de esos pocos segundos en el mercado. Sigue siendo grande y estaba sudado por el calor del verano, con la misma camiseta de tirantes sucia con olor a chucrut, y la boina que antes llevaba en la cabeza yace sobre la pequeña mesa, pero sigue sin sonreírme.

—Siéntate —me pasa una silla, la coloca en el centro de la habitación con un movimiento torpe, y me siento, observando la pintura crema que se desprende de las paredes. ¿Qué le digo si empieza a hacerme preguntas? Pero se queda callado, sigue examinándome, desplazando su mirada desde mi pelo revuelto, bajando por mi vestido sucio y roto, hasta mis pies descalzos con vetas de sangre coagulada; y yo bajo mi mirada.

—Tu vestido, quítate el vestido —oigo las palabras que salen de su boca, y poco a poco me aterrorizo.

¿Puedo escapar? ¿Puedo levantarme de la silla y correr hacia la puerta? ¿Ha cerrado la puerta con llave? ¿Dónde está la llave? ¿Por qué no me he dado cuenta? ¿Por qué lo he seguido por la escalera y no he escapado a la calle? ¿Por qué me está pasando esto? ¿Dónde está mamá? ¿Qué debo hacer?

Le dirijo una mirada interrogativa.

—Quítate el vestido —repite y me tiende la mano. Me quedo helada, tengo mucho frío.

En un movimiento lento me levanto de la silla, voy a la esquina de la habitación, le doy la espalda y abro los botones uno a uno. Una lágrima baja por mi mejilla, no puedo hacerlo, ¿por qué es tan grande? No me merezco esto.

El vestido se desliza de mis manos al suelo y me imagino que oigo el ruido de la tela al toparse contra la madera como un disparo. A veces, por la noche, oigo disparos desde la ventana. Me siento en el suelo y me encojo. Mi estómago se convierte en un nudo de dolor.

En cámara lenta, me giro hacia él en sujetador y calzones, cubriendo todo lo que puedo de mi cuerpo, y dirigiéndole una mirada suplicante. No tengo fuerzas para luchar contra él, ni para escapar.

—El vestido, tráeme el vestido —me arrodillo en el suelo y recojo con cuidado la tela con los dedos, haciéndola un bulto y colocándola en la palma de su mano, protegiendo mi cuerpo todo lo que puedo con mi otra mano y sin apartar mi vista de él. ¿Por qué me hace esto?

¿Cuándo volverá? ¿Volverá solo? Debo estar preparada. No tengo ni idea de cuánto tiempo ha pasado desde que me quitó el sucio vestido de mis temblorosas manos y se marchó. Lo ató en su enorme palma, me sonrió y salió por la puerta, dejándome arrodillada en el sucio suelo de madera con solo un sujetador y unos calzones cubriendo mi cuerpo. Antes de que pudiera escapar, oí el sonido de la cerradura que me aprisionaba.

¿Qué debo hacer? ¿Cómo debo prepararme? Debo salir de aquí. Con cuidado, muevo la cortina que cubre la ventana y observo la calle oscura. La luz de la calle es demasiado tenue y no estoy segura de sí hay dos personas de pie en la oscura entrada del edificio de al lado o si es solo mi imaginación, pero doy un paso atrás, temiendo que me vean asomada a la ventana.

La puerta, ¿hay otra llave en la habitación? ¿Cómo puedo salir a la calle así? ¿Solo con un sujetador y unos calzones? Tengo que encontrar algo que ponerme, pero la puerta está cerrada con llave y mis dedos buscando en la estantería alta junto a la puerta no encuentran una llave. Se oyen pasos en la escalera, ¡huye! Y me alejo rápidamente de la puerta, sentada en la cama de hierro, no en la cama, tengo que estar de pie, o sentada en la silla, lo principal es estar preparada.

No es él, es otra persona, los pasos continúan. Tengo que hacer algo, hay una bolsa marrón con pan en la encimera de la cocina, pero a pesar de mi hambre, no tengo el valor de comer, estoy demasiado nerviosa, quiero gritar.

¿Me hará lo que mi madre siempre me ha hecho temer? Moriré, es mejor que muera, o defenderme y morir, un cuchillo, en el cajón de la cocina hay un cuchillo, lo usaré. De nuevo oigo pasos en la escalera, prepárate, así; me siento al final de la cama, con la espalda pegada a la pared, sujetando el cuchillo con fuerza en mi mano, escondido a mi espalda, debo dejar de temblar, hay una llave girando en la cerradura.

—Es lo mejor que he podido conseguir —coloca un paquete envuelto en papel de periódico, atado con una simple cuerda, sobre la silla. Pero no me muevo de mi asiento en el borde de la cama, debo estar preparada. La palma de mi mano sujeta con fuerza el cuchillo a mi espalda haciendo que mis músculos tiemblen por la tensión.

—¿Qué es?

—Te he comprado otro vestido, más o menos de la misma talla.

Me bajo lentamente de la cama. El ruido de los resortes metálicos resuena en mis oídos mientras me acerco con cuidado al paquete. Mi mano sigue sujetando el cuchillo a mi espalda, preparada para cualquier sorpresa, pero él no intenta atraparme. Con una mano temblorosa coloco el cuchillo en el suelo y abro la bolsa, manteniendo el cuchillo cerca de mí. En el paquete hay un sencillo vestido gris, y lo aprieto contra mi cuerpo para ocultar mi desnudez.

—Espero que sea lo suficientemente adecuado.

—Gracias.

—Tienes que asearte —dice, y se vuelve hacia el pequeño rincón de baño, recogiendo el jabón ya preparado y poniéndolo en mi mano. Si notó el cuchillo que está en el suelo, simplemente lo ignoró y no dice nada. Se limita a darme la espalda y se dirige a la cocina, empezando a ordenar los alimentos. Tengo mucha hambre.

¿Cómo me puedo asear a su lado? No puedo ir al rincón del baño a lavarme, sabiendo que sus ojos mirarán mi cuerpo. No puedo hacerlo, es demasiado para mí.

Cuando se gira desde el rincón de la cocina, probablemente preguntándose por el sonido de la respiración que ha oído, me encuentra sentada en el suelo de madera y llorando. Sin decir ni una palabra, camina hacia mí, me levanta como si fuera una muñeca de trapo y me lleva al baño. Después de colocarme junto al cubo de agua, se asegura de que estoy lo suficientemente estable y vuelve a ponerme el jabón en la mano, pero yo sigo inmóvil con una mirada suplicante, oliendo el fuerte aroma de su cuerpo.

—Ya se nos ocurrirá algo —responde aunque yo no he dicho nada, y tras unos segundos de reflexión, afloja el tendedero que cuelga de la pared, tirando de él hacia el otro lado. Luego trae una sábana del pequeño armario y la cuelga, dándome algo de privacidad.

De espaldas a él y con los ojos cerrados, como si fuera una niña pequeña que se tapa los ojos con las palmas de las manos intentando esconderse, comienzo a limpiarme. El áspero jabón me araña la piel y me hace daño, ¿cuándo acabará todo esto? ¿Qué me hará? No debo pensar en ello ahora, debo apresurarme a limpiarme y vestirme, para volver a estar a salvo.

Todavía me tiemblan las manos por el agua fría del baño, mientras mis dedos luchan con los botones del vestido gris. Odio este color. Desde que todo empezó hace dos años, este color me hace temblar. Interminables hileras de soldados alemanes con uniformes verde grisáceos, marchando por los Campos Elíseos, ignorando a la gente estupefacta que los miraba con miedo. Me parecían gigantes con sus cascos y fusiles, como este hombre. Yo también le tengo miedo, a pesar del olor a comida que desprende la sábana que me oculta. ¿Me dará algo de su comida?

Hay dos platos esperando en la mesa, y nos sentamos

a comer el guiso que ha preparado en silencio. Creo que incluso ha puesto algo de carne dentro, hace mucho que no como carne. Cuando termino toda la comida, limpiándola cuidadosamente con la cuchara, todo lo que puedo, me echa otra cucharada colmada de guiso en el plato y me la termino también. ¿No quiere hacerme algunas preguntas? ¿Dónde está mi familia? ¿Por qué estoy huyendo? ¿Cómo es ser una judía apestosa?

—Gracias —me sitúo en la esquina de la habitación junto a la pared mientras él arregla la cama, saca otra manta fina del armario y la coloca en el suelo, enderezándola suavemente con sus grandes manos.

—De nada.

—Se llevaron a mis padres y me escapé.

—Lo sé.

—Yo era una chica normal, tengo un hermano pequeño, Jacob, también se lo llevaron. La policía vino a nuestra casa hace unos días, y desde entonces he estado huyendo —no puedo dejar de hablar, aunque él no pregunta. Con movimientos tranquilos, arregla la cama y la manta en el suelo y se dirige al rincón del baño, cerrando la cortina improvisada a su espalda mientras se asea, yo miro la cama de hierro y la manta ordenada en el suelo de madera. ¿Me atacará? ¿Puedo confiar en él?

—Fui a la escuela, hablo alemán y algo de inglés, y era la mejor de mi clase, pero un día me dijeron que ya no podía ir a la escuela, y estaba sentada en casa, pensando que odiaba a mi madre, fingía que ya estaba dormida cuando entraba en mi habitación por la noche para hablar conmigo, y ahora la echo mucho de menos.

Sigo hablando, sin saber si ya está dormido o está tumbado en la oscuridad, mirando al techo y escuchándome. ¿Quizás mis palabras lo mantienen despierto?

La sensación es extraña para mí y no puedo dormir. Tengo los ojos muy abiertos en la oscuridad mientras estoy tumbada en una cama extraña junto a un hombre desconocido que yace en el suelo a mi lado. De vez en cuando muevo mi cuerpo hasta que oigo el crujido de los resortes metálicos de la cama, ¿puedo confiar en él y cerrar los ojos? Quiero preguntarle su nombre, y por qué me salvó, y qué pasó con la placa amarilla que estaba tirada en el suelo, y cómo los policías no se dieron cuenta, pero me da vergüenza y en cambio sigo hablando de mí en la oscuridad. Quizá me esté escuchando.

Distrito Latino

Mis ojos se abren lentamente al sol de la mañana, buscando las cortinas de flores de mi habitación. En un momento, mamá entrará en mi habitación y se enfadará conmigo porque es tarde y tengo que levantarme e ir a la tienda de comestibles de la calle Capone, para hacer la interminable cola de la harina, o del aceite. En un momento comenzaré a discutir con ella que porque somos judíos tengo que estar al final de la cola hasta que no quede nada. Estas no son las cortinas de mi habitación.

La manta es echada a un lado y mis pies descalzos tocan el suelo, sintiendo la áspera madera mientras mis ojos escudriñan alrededor, buscando rutas de escape.

La pequeña habitación está en silencio y no hay nadie más que yo. La mesa de la cocina sigue en el mismo sitio y las tres sillas tampoco se han movido. La sábana colocada en el tendedero para brindar privacidad está enrollada a un lado y no hay nadie detrás, pero la manta que estaba extendida anoche a los pies de la cama está doblada en un lado de la habitación junto a la pared.

Tardo un rato en calmarme. ¿A dónde ha ido? ¿Por qué no me desperté cuando se levantó? Compruebo ansiosamente la habitación, recorriéndola lentamente y buscando señales sospechosas.

—Volveré por la noche —eso es todo lo que me dejó en una nota descuidada escrita en un trozo de cartón sobre la mesa de la cocina, junto a un plato con dos rebanadas de pan y una pera. El cuchillo de ayer estaba de nuevo en el cajón, pero lo saco de nuevo, colocándolo sobre la mesa al alcance de mi mano.

¿Está todo bien?

La luz del día penetra por la pequeña ventana a través de la cortina cerrada, iluminando el apartamento con un tono amarillento, y parece algo más grande y descuidado. Se notan las manchas de pintura descascarillada de las paredes, y la puerta marrón también necesita ser pintada. La cocina tiene marcas oscuras, y el suelo de madera no es tan liso como en nuestra casa, pero no me importa nada de eso. Tengo comida aquí y estoy menos asustada que en los últimos días, eso es suficiente.

Una rebanada de pan por ahora, y la otra rebanada de pan me la comeré al mediodía. Me guardo la pera en el bolsillo del vestido, por si acaso, y me permito cortar otra fina rebanada de pan, convenciéndome de que no se dará cuenta cuando vuelva por la noche. ¿Qué hora es?

Cuando retiro la cortina, veo la calle a la luz del día. Un hombre pasa y un niño juega en la calle con una pelota, la lanza contra la pared y consigue atraparla. No pude llevarme a Jacob.

¿Por qué no insistí como me dijo mamá? ¿Por qué no lo arrastré conmigo, ignorando sus gritos? Podríamos estar aquí juntos. Con comida y un lugar para dormir. Podría cuidarlo, mostrarle a mamá que estoy ayudando. Ella siempre me pedía que lo cuidara y yo empezaba a discutir con ella, y ahora se han ido.

Tengo la cara enterrada en una manta mientras lloro y mi cuerpo tiembla y no puedo calmarme, por mucho que intente convencerme de que están bien. Es culpa mía que Jacob no esté aquí conmigo, en esta pequeña habitación, con comida. Si vuelven, me prometo a mí misma que cuidaré de él, vayamos donde vayamos.

—Tenemos que irnos —me dice el hombre grande al volver por la noche, después de haber esperado durante horas en el oscuro apartamento. Me apoyé en la ventana durante casi todo el día, apartando ligeramente la cortina y observando la calle en busca de señales de peligro, buscando policías con uniformes azules o soldados alemanes con cascos redondos. De vez en cuando dejaba mi posición junto a la ventana y me acercaba a la puerta cerrada, acercando el oído al ojo de la cerradura y tratando de escuchar si había pasos subiendo las escaleras, deteniéndome quieta junto a la puerta, pero las escaleras permanecían en silencio.

Finalmente noto las luces de la camioneta saliendo al callejón, y el vehículo desaparece de mi vista ya que probablemente esté estacionando cerca de la entrada, tomo el cuchillo y espero cerca de la puerta, lista para cualquier cosa.

El hombre grande entró y preparó la cena para los dos. Permanece callado mientras come y sin decir nada, aunque se da cuenta de que he tomado una rebanada de su pan. Una vez más me sirve una ración extra del guiso después de limpiar el plato con mi cuchara, pero al final de la comida, después de colocar los platos en el fregadero, se da la vuelta y se pone delante de mí.

—Tenemos que irnos.

—¿Adónde?

—Con gente que conozco, ellos cuidarán de ti.

Debo confiar en él, es un buen hombre, cuidará de mí.

Como una judía obediente, no digo nada. Me levanto y me dirijo a la puerta principal, echando un último vistazo a la habitación que ha sido mi refugio durante un día. El cuchillo está sobre la encimera, me gustaría poder esconderlo en el bolsillo del vestido, pero ya es demasiado tarde. Al menos tengo una pera y una rebanada de pan.

Echa un vistazo a la escalera, comprueba que no hay nadie y, antes de salir del edificio a la calle, me pone la mano en el brazo y me detiene en la oscura entrada, comprobando que la calle está vacía de gente. Dentro de la parte trasera de la camioneta, detrás de la pila de cajas, extiende una vieja manta en el suelo del maletero y me siento sobre ella, pero entonces me sorprende.

—No te la quites durante el viaje —saca una venda oscura de su bolsillo y me la ata alrededor de los ojos antes de que me meta en mi escondite.

—¿Por qué?

—Así debe ser.

—¿Me harán algo? —mis uñas arañan la palma de mi mano.

—Estás a salvo, todo está bien.

Y la puerta del maletero se cierra de golpe y con llave, dejándome en una doble oscuridad. Mis dedos palpan con cuidado la venda que cubre mis ojos mientras respiro con dificultad. ¿Adónde me lleva? ¿Qué hará conmigo?

No es un mal hombre, me protegerá. Los rebotes de la camioneta y el ruido del motor no me dejan relajarme, ni siquiera cuando intento cantar tranquilamente una canción de cuna, y ni siquiera cuando la camioneta se detiene y oigo voces en alemán. Mi cuerpo se tensa y mi boca se abre para gritar, no todo está bien.

—¿Adónde? —le pregunta el alemán en un mal francés.

—Llevo suministros al mercado.

—¿Por qué vas a una hora tan tardía?

—Tengo que recoger un cargamento de pollos.

—¿Tiene certificados?

Mi oído está cerca del lateral metálico del maletero, pero no escucho la conversación de él y del desconocido alemán, sino las otras voces que rodean el vehículo, que caminan y hablan entre sí en alemán.

—¿Crees que saldremos este fin de semana?

—Alumbra bajo el maletero. No creo que nos dejen salir.

—Estoy cansado de revisar todos esos vehículos.

—¿Qué lleva en el maletero?

—¿Has visto lo grande que es? ¿Cómo se metió en esta pequeña camioneta?

—¿Tal vez está contrabandeando algo?

—¿Este grande? Puede contrabandear a todos los judíos de Francia bajo su camisa.

—Y quedará espacio para algunos combatientes de la resistencia.

—Odio a la resistencia; me han dado un susto de muerte.

—¿Revisamos el maletero?

Desde hace dos años tiemblo de miedo ante los soldados alemanes. Cada vez que salgo a la calle, busco los uniformes verde grisáceos, temiendo encontrarlos en mi camino. Mis ojos buscan cascos redondos, y si veo uno, tomo otro camino. Hace dos años que tengo pesadillas, soñando que me paran en la calle y me ponen contra la pared. No me atrevo a pasar por la Ópera ni por la Plaza de la Concordia, donde se encuentra el Cuartel General de Alemania. Intento escuchar cada palabra mientras me tiemblan las manos.

Todo estará bien, el hombre grande me salvará, la gente a la que me lleva me salvará, alguien me salvará. ¿Qué están diciendo?

—Que nuestro estúpido sargento decida.

—Sí, él cree que puede hablar francés.

—O detectar contrabandistas franceses.

—Espero que nos deje salir este fin de semana.

—Puede irse —oigo al sargento en su mal francés. Por favor, no cambies de opinión.

—¿Has salido alguna vez con una chica francesa?

Pero mis oídos no escuchan el resto de su conversación, mientras la camioneta continúa el camino hasta que se detiene de nuevo. Esta vez, el hombre grande me echa una mano para ayudarme a salir del maletero, apoyándome mientras bajo con piernas temblorosas, buscando un terreno estable y caminando lentamente con los ojos tapados. A mí alrededor solo se oyen débiles ruidos de máquinas, ¿a dónde me lleva?

—Ten cuidado, hay escaleras que van hacia abajo —mi pequeña mano sujeta su gran mano, ¿puedo confiar en él? ¿Volveré a escuchar palabras en alemán?

Philip

—Lo siento, no tenemos sitio para ella.

Mis dedos agarran la venda negra que acabo de quitarme de los ojos, mientras intento adaptarme a la luz de la lámpara amarilla del techo, examinando el interior del sótano y al desconocido que no se molesta en mirarme.

Lleva unos pantalones marrones y una camiseta blanca de tirantes; tiene el pelo oscuro recogido y es un poco mayor y un poco más alto que yo. Se queda un momento frente a nosotros, me mira durante una fracción de segundo y luego me da la espalda y sigue con sus asuntos dentro del sucio taller repleto de máquinas. Mis ojos miran su espalda y la pistola que lleva en el cinturón.

—Por favor, tiene que ayudarme —aunque no me mira, mis ojos le suplican mientras alzo la voz, intentando superar el ruido de las máquinas que traquetean alrededor.

Él levanta la vista hacia mí, mientras sostiene un cartel impreso en sus sucias manos, como si notara mi presencia por primera vez.

—Lo siento, desde que la Gestapo inició la gran operación de deportación, tenemos muchos fugitivos. Toda la resistencia está llena de judíos que intentan salir de París, hacia el sur o cruzar la frontera con la España neutral. Tú no eres la única.

—Se llevaron a mi familia.

—Lo siento, de verdad, pero no me quedan escondites, y las carreteras están llenas de puestos de control del ejército alemán. Las rutas de escape hacia el sur están cerradas —dice y vuelve a darme la espalda.

—No tengo a dónde ir —levanto la voz y le hablo a

la espalda mientras él está ocupado con la máquina de imprimir, golpeando con fuerza una de las manijas.

—Quizá dentro de unos meses las cosas cambien, pero hasta entonces no puedo ayudarte, lo siento —él intenta sacudir la manivela con fuerza.

—Me van a matar —me acerco a él y le pongo la mano en la espalda. Debe oírme, pero no responde. Sus ojos castaños me miran con tristeza durante un momento, pero luego se dirige de nuevo a la máquina de imprimir, golpeando la manivela de metal una vez más y maldiciéndolo.

—Estoy dispuesta a hacer todo lo que me pidas —ya no tengo nada que perder, este sótano con este hombre que lleva una pistola en el cinturón, y el ruido de las máquinas de fondo, son mi última oportunidad de vivir.

—Lo siento, de verdad, no puedo sacarte de París —y me da la espalda por última vez, alejándose de mí, me quedo mirando su nuca y la máquina de imprimir que emite folletos de papel a un ritmo monótono, otro folleto y otro y otro.

—Puedo darte la comida que tengo —se dirige a mí.

—No, gracias, ya me las arreglaré.

Nadie me ayudará, ni este hombre ni ningún otro. ¿De qué me servirá otra comida? La venda negra que tengo en la mano me parece de repente un lugar agradable en el que hundirme, en el que envolverme en la oscuridad.

Me giro hacia el hombre grande que ha permanecido a un lado todo este tiempo, entregándole el trozo de tela negra, pero él ignora mi mano y se dirige al joven. Le rodea el hombro con su enorme brazo, y susurran de espaldas a mí, girándose y mirándome de vez en cuando.

—¿Hablas alemán? —el joven se acerca a mí, preguntando en un mal alemán.

—Sí, hablo alemán.

—¿Qué tan bien?

—Como lengua materna.

—¿Cómo es que sabes alemán tan bien?

—Mi familia tenía un negocio en Alemania cuando yo era niña, así que vivimos allí durante unos años, hasta 1933, cuando la situación se volvió problemática y mi padre vendió su fábrica, nos sacó de allí y volvió a Francia —le respondo en alemán, sin estar segura de que me entienda, mientras él se acerca a mí y sus ojos me examinan.

—¿Quieres que te cante una canción en alemán?

—¿Lees y escribes en alemán?

—Como te he dicho, es mi lengua materna.

Me da el cartel, saca un lápiz del bolsillo y me lo entrega.

—Escribe.

—¿Qué quieres que escriba?

—Lo que quieras.

Levántense, condenados de la Tierra
Levántense, prisioneros del hambre
La razón truena en su volcán
Esta es la erupción del fin
Del pasado hagamos borrón y cuenta nueva
Masas esclavizadas, levántense, levántense.
El mundo está a punto de cambiar sus cimientos
No somos nada, seamos todo.

Mis dedos escriben las palabras de la Internacional, el movimiento socialista en Francia, en el reverso del cartel. Traducidas al alemán, con la letra más redonda y bonita que puedo. Mi mano sostiene el papel sobre una placa metálica de la máquina de imprimir, que sigue funcionando y temblando mientras escribo, y murmuro las palabras mientras se escriben.

—Toma —le doy el papel.

Él mira las palabras escritas durante un segundo y se lo mete en el bolsillo, mirándome de nuevo.

—¿Y eres judía?

—Sí.

—Puedes llamarme Philip.

—Me llamo Monique —tal vez tenga una oportunidad, ¿es Philip su verdadero nombre?

—Por favor, siéntate aquí —me agarra del brazo, no por la fuerza ni con violencia, y me lleva a una simple silla de metal que está apoyada en la pared, sacando de ella un montón de papeles y ordenándome que me siente.

—Espera aquí.

Mis ojos lo siguen mientras se acerca a otro hombre en la esquina del sótano, uno que no había notado hasta ahora. Alto y delgado, encorvado sobre una mesa de madera cargada de papeles, sellos, herramientas de corte y tarros de tinta. El hombre alto está sentado de espaldas a mí, concentrado en su trabajo junto a la mesa, hasta que Philip se inclina sobre su hombro y le habla. Ambos me miran. Piensa un momento, saca algo del cajón del escritorio, se levanta y abandona su desordenado escritorio, poniéndose de pie frente a mí.

—¿Eres judía?

—Sí.

—¿Cómo te llamas?

—Monique.

—¿Cuál es tu apellido?

—Moreno.

—¿Qué rezas el viernes?

—Bendito seas, Señor nuestro Dios, Rey del universo, que nos has santificado con tus mandamientos, y nos has ordenado encender la luz del sagrado Sabbat —digo y recuerdo a mamá de pie junto a las velas y bendiciendo con su voz tranquila mientras papá estaba a su lado con una mirada de orgullo en su rostro.

—¿Ustedes bendicen antes o después de encender las velas? —el desconocido interrumpe mis pensamientos.

—Después.

—¿Y qué haces con las manos?

—Me cubro la cara con ellas —se me llenan los ojos de lágrimas pensando en mamá.

—¿Por qué lloras? ¿Estás estresada?

—No.

—¿Entonces por qué lloras?

—Solo es un recuerdo —no debo mostrar debilidad, me expulsarán.

—¿Qué preparas para la sopa de Pascua?

—Kneidlach.

—¿Cómo se prepara?

Y les explico cómo mamá conseguía harina de matzá, huevos y aceite, cuando aún era posible, y añadía un poco de sal, y cómo toda la cocina se llenaba de su olor cuando se cocinaban en agua caliente. Yo solía probar algunos de ellos de la cesta del colador, y mamá fingía que estaba enfadada conmigo, pero no lo estaba realmente. ¿Dónde se los había llevado la policía?

Luego me deja leer oraciones de un pequeño libro de oraciones que tiene en la mano, examina si puedo leer las oraciones en hebreo, y yo le leo cada página que le abre, hasta que finalmente me da la espalda y se dirige a Philip, que está a un lado, apoyado en una de las máquinas, observándome todo este tiempo mientras me ponen a prueba.

—Le creo, pero es demasiado joven.

—Tengo diecinueve años —giro mi mirada hacia Philip, mirándolo directamente.

—A mí no me parece que tenga diecinueve años.

—Solo parezco más joven.

—No lo lograra, es demasiado peligroso.

—Lo lograré.

El hombre alto me mira con rabia por haber interrumpido sus palabras, pero Philip sigue mirándome con interés.

Mis ojos se fijan en las ruedas de la máquina que siguen girando, mientras Philip y el hombre alto vuelven a darme la espalda y discuten. ¿Qué más puedo decir para que cambien de opinión? Me he quedado sin otras opciones, dependo de su misericordia.

—Quizá podamos ayudarte.

Quiero abrazarlo, o caer a sus pies y besarlos, pero tengo miedo de que mañana cambie de opinión y me encuentre sola de nuevo, y me limito a bajar la mirada y no decir nada.

—En los próximos días nos pondremos en contacto contigo y veremos cómo podemos ayudarte —pone fin a la conversación entre nosotros y vuelve a la máquina de imprimir.

—Ven conmigo —el hombre grande de la camisa sucia me espera, pero por un momento me quedo quieta, mirando la espalda de Philip y la pistola en su cinturón, preguntándome si puedo confiar en él, aunque sea un poco.

En el camino de vuelta al pueblo, con los ojos vendados en el maletero de la camioneta que rebota, junto con las cajas de pollos, canto para mí las canciones de Sabbat que solíamos cantar cuando nos sentábamos juntos alrededor de la mesa, dejando que las lágrimas salgan y empapen la venda negra, y cuando finalmente nos acostamos para dormir en el apartamento, le susurro "Buenas noches" al hombre grande, sintiéndome un poco más segura y un poco más protegida.

—Judía asquerosa.

El grito que se oye en la habitación es el mío, cuando me tiran de la cama al suelo, y una mano me agarra del pelo con fuerza y me arrastra hasta la pared, inmovilizándome a la fuerza contra las peladas grietas amarillas. Vuelvo a gritar, intentando despertarme y averiguar dónde estoy.

—¿Dónde está? —grita en alemán el hombre que me arroja contra la pared, apoyando su mano en mi cuello y estrangulándome. Apenas puedo respirar.

—¿A quién buscas? —le respondo entre lágrimas.

—¿Dónde está el hombre que vive aquí? —y su mano se estrecha alrededor de mi cuello, mis palabras se ven ahogadas y hago el intento respirar. Mis ojos buscan en la habitación al hombre grande que me protegerá, pero, para mi horror, observo que un soldado con un uniforme verde grisáceo y un casco redondo está de pie junto a la puerta cerrada, con una pistola en la mano.

La mano que se cierra sobre mi garganta me suelta un poco y su rostro malvado se acerca a mí, apestando a tabaco.

—¿Dónde está? —me grita.

—No sé dónde está —le digo con amargura. ¿Dónde está el hombre grande? ¿Qué ha pasado mientras dormía? ¿Por qué no está aquí para ayudarme?

—Mentirosa —me da una bofetada en la cara y grito—.

Los vimos juntos, eres miembro de la resistencia con él, ¿dónde está? —me abofetea de nuevo.

—No estoy en la resistencia —lloro, sintiendo el dolor de la bofetada. ¿Quién me ha traicionado? ¿Me ha traicionado Philip, el de la pistola en el cinturón? ¿Por qué me ha hecho esto? No puedo soportarlo más.

—Estás mintiendo, eres una sucia judía mentirosa, te han visto rezar, ¿dónde está?

—No sé dónde está —mis palabras apenas salen contra su mano apretada y las lágrimas me nublan la vista, ¿dónde está el hombre? No quiero morir.

—Última oportunidad, ¿dónde está? —su horrible mano agarra mi pelo con fuerza y vuelvo a gritar mientras me baja al suelo, mi cabeza casi golpea el piso de madera.

—Por favor, no tengo idea —miro sus zapatos marrones y el dobladillo de su abrigo, veo mis lágrimas mojando el parqué en pequeños círculos y contengo la respiración cuando llega una patada.

—¿No sabes dónde está?

—Solo soy una chica francesa, por favor.

—Última oportunidad, ¿dónde está?

—No lo sé, por favor.

—Mátala —su susurro llega hasta el soldado que está de pie en la puerta y respiro rápidamente, oigo sus pasos acercándose y veo las puntas de sus botas del ejército negras. Mis ojos se cierran al sentir el frío cañón tocar mi cabeza y espero a que todo se vuelva negro. Tal vez sea mejor así, para detener este horrible lugar en el que me encuentro, me duele mucho.

Silencio,

Y el silencio continúa,

Y la mano que me agarraba del pelo y de la nuca me suelta lentamente y me libera,

Y el cañón de la pistola ya no toca mi cabeza.

Y oigo pasos y se abre una puerta, y lentamente abro los ojos, viendo todavía el viejo parqué del apartamento, que el sol de la mañana pinta de un ligero tono marrón. Los pequeños círculos de mis lágrimas aún son visibles, pero los zapatos negros del soldado han desaparecido y los zapatos marrones del hombre que me golpeó también. No me atrevo a levantar la vista, sabiendo que todavía están en la habitación, divirtiéndose, jugando con la niña judía antes de la ejecución final.

—Está bien, ahora bebe —una enorme mano se posa en mi nuca y, aunque me estremezco de miedo, no me hace daño. Un simple vaso de vino es servido en mis labios y tomo pequeños sorbos, haciendo lo que me dicen, tratando de acostumbrarme al sabor amargo que se combina con el olor agrio de la col.

—Está bien, ya pasó, estuviste bien —alzo la vista y veo al soldado junto al horrible hombre del abrigo, de pie en la puerta y mirándome, pero ya no me miran con odio. La mano del hombre grande me sostiene, evitando que me derrumbe en el suelo, mientras me abraza y me acerca el vaso de vino a la boca—. Bebe, deja que vuelva el aliento.

Un poco más tarde, se acerca y les murmura algo, mientras me miran colocando el vaso de vino en el suelo, bajando la mirada y observando los rayos del sol que penetran en el vino y crean pequeñas ondas de alegre borgoña en el suelo, como si no le importara lo que ha pasado aquí minutos antes. Y cuando levanto la cabeza y miro a la puerta, los terribles hombres se ha ido y la puerta está cerrada. Ni siquiera escuché cuando se cerró.

El hombre grande me levanta del suelo y me estabiliza, levanta la silla de la cocina que quedó patas arriba cuando me arrastraron por el pelo desde la cama y golpearon mi cuerpo contra la pared. La coloca en su sitio y me sienta.

Después de asegurarse de que estaba bien y de que no me iba a caer al suelo otra vez, me tocó suavemente los hombros para darme ánimos y me da la espalda. Sus manos sacan la barra de pan de la bolsa de papel de la cocina y empieza a cortarla.

Dos rebanadas de pan en un plato, untadas con mantequilla y un poco de mermelada con sabor a fresa, amarga en la boca con el sabor de mis lágrimas, una rebanada de queso amarillo, un vaso de leche azucarada y dos cubos de sucedáneo de chocolate.

—¿Por qué los dejaste? —el dolor es claro en mi voz, me siento insegura en este lugar.

—Nosotros tuvimos que hacerlo.

—¿Quiénes son "nosotros"?

—Te lo explicarán por la noche.

—¿Qué me pasará por la noche? —¿Volverán a jugar a matarme? El nudo de queso se me atasca en la garganta.

—Por la noche volveremos a ir.

—¿Al mismo lugar? —¿Al lugar donde no me quieren? ¿Al hombre que me dijo que lo sentía? ¿A la misma carretera? ¿Con el control de los soldados alemanes, que no abrieron

el maletero de la camioneta solo porque eres muy grande?
¿Y si esta vez hay otros soldados? ¿Moriré por la noche en
lugar de morir por la mañana? Y si te cuento lo que he oído,
¿cancelarás el viaje? ¿Y entonces caminaré por las calles
hasta que me atrapen? Me cuesta tragar la dulce rebanada
de pan.

—Sabrás por la noche a dónde vas, no importa —quizás
realmente no importa, es solo cuestión de tiempo que
alguien me atrape y me mate.

—No abras a nadie y espérame por la noche —me dice
después de terminar la comida en silencio, limpió los platos
y se preparó para irse. No quiero quedarme sola.

Después de oír el portazo, voy a limpiar y a asearme.
¿Entrará alguien y me sorprenderá?

El cuchillo está al alcance de mi mano mientras me aseo,
incluso cuando me asomo a la calle a través de la cortina
abierta, celosa de la joven que camina sin miedo, incluso
cuando oigo pasos en el hueco de la escalera. Me acerco a la
puerta y trato de escuchar. Todo el día sostengo el cuchillo
en la mano y estoy preparada para cualquier cosa, con la
pera y las dos rebanadas de pan en el bolsillo del vestido.
Estoy preparada todo el tiempo.

—Tenemos que irnos.

Desde esta mañana temo estas palabras, sabiendo que
llegarán al final del día. Mis pensamientos se centran
constantemente en los soldados alemanes que nos detendrán
en el camino, y en las preguntas que oiré a través de la fina
pared del maletero. ¿Le creerán?

—Entra y siéntate —la puerta del maletero se cierra detrás de mí, aprisionándome de nuevo, con los ojos vendados. Mis manos me estabilizan para sentarme. Es demasiado tarde para pensarlo dos veces.

El penetrante olor a gasolina del motor flota en el aire, mientras la camioneta avanza por la carretera de piedra, sacudiéndome dentro del estrecho maletero. Debo pensar en algo agradable, como el verano de antes de la guerra y el helado de vainilla. No debo pensar en el helado, solo necesito relajarme y respirar tranquilamente, dejar de escuchar todo el ruido de fuera, respirar y contar para mí. ¿Por qué se ha parado la camioneta?

Su gran mano me lleva lentamente por las escaleras, y el olor a tinte se eleva en mi nariz, aunque no puedo escuchar los sonidos de las máquinas de ayer.

—Has vuelto.

Sus dedos retiran suavemente la venda de los ojos, colocándola en mi mano. La pistola sigue clavada en su cinturón y está cerca de mí, mirándome a los ojos, que vuelven a intentar adaptarse a la ráfaga de luz de la lámpara amarilla del techo.

—Sí, he vuelto.

—¿Estás bien?

—Sí, estoy bien —*tu gente me ha hecho cosas terribles.*

—¿Quieres saber por qué lo hicimos?

—No, está bien —*porque tú, como ellos, querían ver si pueden confiar en la chica judía o acusarla de traición. Siempre sospechan de nosotros.*

—¿Cuántos años tienes?

—Diecinueve años.

—No tienes diecinueve años, ¿cuántos tienes?

—Diecisiete años.

—¿Por qué me has mentido?

—Porque quiero llegar a los diecinueve años.

Philip me mira en silencio, como si estuviera pensando qué hacer con la chica judía que tiene delante, y yo le devuelvo la mirada.

—Teníamos que asegurarnos de que no eras una agente de la Gestapo, una que nos traicionaría a todos.

—Tuve un padre, una madre y un hermano que los alemanes se llevaron. ¿Sigues pensando que soy una agente de la Gestapo?

—Tendrás que aprender a ser más educada, y no me mientas más —se gira y se dirige a la mesa del fondo de la habitación—. Ven aquí.

Me siento frente a él en la silla de madera. Mis manos están bajo mis muslos, sintiendo la aspereza de la madera, pero cerca del cuchillo escondido en el bolsillo de mi vestido, junto con la pera y las dos rebanadas de pan.

—Tienes dos opciones —Philip se inclina hacia mí y me mira a los ojos, poniendo las manos sobre la mesa como si quisiera demostrarme que sus intenciones son buenas. Me quedo mirando las manchas de tinta de sus dedos.

—Primera opción, podemos llevarte de vuelta a París, seguirás tu camino, probablemente intentarás llegar al sur por tu cuenta y quizás consigas cruzar la frontera con España. De todo corazón te deseo buena suerte. También te daré algo de comida.

—¿Y la otra opción?

—Te unirás a nosotros.

—¿Qué tengo que hacer?

—Todo lo que necesitemos.

—¿Y quiénes son ustedes?

—Somos los luchadores por la Francia libre.

—¿Moriré?

—Tal vez, tal vez yo también muera, la vida es entregada los que están dispuestos a luchar por ella.

—Quiero vivir.

—No puedo garantizarte eso.

Siento el tacto metálico de la navaja en mi bolsillo. Estoy cansada de correr sola, de vivir minuto a minuto con tanto miedo.

—¿Qué haría yo por ustedes?

—Nos traerás información sobre los alemanes.

—Les tengo miedo; me matarán.

—Probablemente nos matarán a todos.

—Soy judía.

—Tendrás que olvidar quién eres, te convertirás en otra persona.

—Odio lo que soy.

—Bien.

Philip me sonríe un poco, por primera vez desde que se fijó en mí la noche anterior, y se da la vuelta y llama al hombre alto, que está inclinado sobre su mesa de estampación, ocupado en su trabajo y sin hacernos caso. El hombre de los sellos se demora un momento mientras se concentra en algún documento, luego toma una caja de cartón de la estantería que tiene encima y saca una cámara.

—Vengan aquí, pónganse junto a la pared blanca. Necesito fotografiarte para un documento de identidad falso.

Mientras me levanto de la silla y trato de digerir lo que he elegido, me giro para mirar la puerta principal del sótano, buscando al hombre grande que me trajo aquí, queriendo darle las gracias por salvarme la vida. Pero ya no está aquí.

Una Nueva Vida

Mayo, 1943

5/3/1943

De: Comando del Frente Occidental de la Wehrmacht

Para: Cuerpo 34 de París

Reorganización, Reglamento 53

Objetivo: Se declara la zona de París como base de recuperación de las tropas del ejército alemán.

General: Las divisiones restantes del Cuerpo Africano de Rommel se están retirando del Norte de África, bajo la presión de las fuerzas americanas y británicas.

El número de bajas en las batallas contra el ejército ruso en el Frente Oriental aumenta constantemente.

Por lo tanto, París será declarada base de recuperación para las tropas del ejército alemán.

Método: El Reglamento 53 sustituirá al Reglamento 15.

Los soldados alemanes de toda la zona de París podrán comprar productos en las tiendas locales. Los Cuarteles Generales del Ejército locales seleccionarán y aprobarán las tiendas según sus necesidades.

Raciones de alimentos: La emisión de certificados de raciones de alimentos para las tiendas seleccionadas es responsabilidad de la División Logística 221.

SS. Telegram 821

París, Mayo, 1943

—Carné de identificación, por favor.

Mis dedos sacan el documento de identidad de mi bolso de cuero y se lo entrego, observando cómo lo examina cuidadosamente. Se toma su tiempo, comprobando todos los detalles y sellos, revisando la foto y comparándola con mi cara mientras me mira.

—¿Nombre?

—Monique —Philip insistió en que no me cambiara el nombre, para que no me confundiera cuando me pusiera nerviosa.

—¿Apellido?

—Otin.

—¿Fecha de nacimiento?

—14 de diciembre de 1925.

—¿Cómo es que hablas alemán tan bien?

—Me crie en Estrasburgo.

—Eso es territorio alemán hoy, ¿por qué estás en París y no con nosotros en Alemania?

—Papá tenía un negocio de madera, y mamá era maestra, y yo crecí allí, pero en 1937 papá quiso hacer crecer el negocio, y nos trasladamos a Dunkerque.

—¿Por qué Dunkerque?

—No funcionará. Nunca me creerán —mis ojos miran a Philip, sentado al otro lado de la mesa de madera, examinándome con mirada seria.

—No te detengas; sigue contestándome.

—Comprobaran mi identificación y descubrirán que estoy mintiendo, y me matarán.

—No pueden comprobarlo; gracias a los bombarderos

americanos, no tienen dónde comprobarlo. El Ayuntamiento de Estrasburgo fue bombardeado durante un ataque americano hace un año. Intentaron atacar los ferrocarriles y fallaron, destruyendo el Ayuntamiento. ¿Qué hicieron en Dunkerque?

—Estuvimos en Dunkerque hasta mayo de 1940, cuando los alemanes nos invadieron.

—No puedes recitar tu historia; debes llenarla de emoción. Habrá un investigador alemán sentado frente a ti, no yo, debes hablar con emoción. Debes imaginar que soy ese soldado alemán que te odia.

—Vivimos en Dunkerque hasta hace tres años, mayo de 1940, cuando invadieron Francia y Bélgica —la mayor parte del tiempo, creo que me odia.

—¿Y qué pasó después?

—No creerán lo de Dunkerque, ¿por qué no en otro lugar?

—Porque los cañones alemanes destruyeron Dunkerque, allí no quedó ni un papel. Sigue hablando, ¿cómo llegaste a París? ¿Quieres que los alemanes te crean? ¿Dónde están tus emociones?

—Cuando el ejército alemán rompió las líneas de defensa, papá decidió que teníamos que escapar, me despertaron de madrugada. Cuando salí de casa, el vehículo ya estaba completamente cargado con todo lo que mamá y papá pudieron empacar a toda prisa. Intentamos escapar hacia el sur, pero en el camino los mataron.

—¿Qué pasó?

—Un avión. El 23 de mayo, uno de sus aviones los mató.

—Cuida tu tono; estás hablando del ejército alemán.

—Lo siento, me disculpo.

—¿Cómo sucedió?

—Un Stuka alemán pasó y disparó contra el convoy

de refugiados en el que estábamos, sin más —cierro los ojos e imagino la historia, sacando las palabras lenta y emotivamente.

—Para entonces llevábamos dos días en carretera, paseando por una calle estrecha llena de vehículos y personas, y caballos con carruajes. Los techos de los autos estaban cargados con colchones y maletas atadas con cuerdas. Los caballos caminaban muy despacio y el aire estaba constantemente lleno de olor a miedo.

—Sigue hablando.

—Un convoy interminable se dirigía al sur; puedo recordar el sol; hacía mucho calor ese día. De vez en cuando, teníamos que movernos a un lado de la carretera, para permitir que un grupo de sucios soldados sentados en un viejo camión pasara por nuestro camino; se dirigían al norte, tratando de unirse a la batalla y detenerlos. Aunque ya sabían que era una batalla perdida.

—¿Detenernos?

—Detener a los tanques alemanes que marchaban hacia París —tengo que imaginarlo, sentir la historia.

—Abandonamos el auto de papá aquella mañana después de que se quedara sin gasolina, y mamá me permitió llevar solo una maleta, que ya me costaba llevarla mientras sudaba por el calor del sol. Llevábamos varias horas caminando cuando aparecieron por encima de nosotros.

—Te escucho.

—Al principio, me parecieron unos puntitos insignificantes en el cielo; miré hacia arriba, al zumbido inquietante que superaba el ruido de las cigarras en los campos, y los vi. ¿Has oído alguna vez el sonido de las cigarras en los campos de trigo en mayo y junio?

—No, nunca.

—Había cuatro aviones. De repente cambiaron de rumbo y se lanzaron sobre nosotros, haciéndose más grandes cada segundo. Todos salimos corriendo, gritando hacia los campos del lado de la carretera y dispersándonos por todas partes. El zumbido se convirtió en un doloroso chirrido de motores, con el martilleo de las ametralladoras a lo largo de la carretera en ruinas. Quizá pensaron que éramos militares, quizá volvían de una misión y se quedaron con algo de munición, y no quisieron devolverla a la base.

Philip se queda en silencio, sentado y observándome, y yo sigo hablando.

—Nunca pensé que los aviones hicieran un ruido tan terrible —debo pensar en ellos, aunque intento no hacerlo.

—Sí, hacen un ruido terrible.

—Entonces todo quedó en silencio; solo el ruido de las bombas resonaba en mis oídos mientras me levantaba del suelo, arañada por la maleza que había aplastado en el campo. Busqué a mamá y a papá con la mirada, entre toda la gente que se levantaba entre la avena pisoteada, pero no se levantaron como todos los demás. Se limitaron a estar tranquilos a un lado del camino, abrazados. Papá había intentado protegerla con su cuerpo, con una camisa blanca que ahora tenía una creciente mancha de sangre en la espalda, y mamá yacía con la cara hacia el cielo, sonriéndole, como si fuera indiferente al charco rojo que salía de su espalda, pintando el asfalto gris —los veo en mi imaginación mientras hablo despacio; ¿qué les pasó realmente?

—Te escucho.

—Pero a la gente no le importó, solo se levantaron y se revisaron, viendo si estaban bien, volviendo a la carretera, continuando el paseo hacia el sur. Todavía recuerdo las miradas de compasión que me dirigían. ¿Sabes qué es lo más estúpido?

—¿Qué?

—Todo ese tiempo, lo que me molestaba era que mamá se enfadara conmigo por haber perdido la maleta cuando corría desde los aviones hacia el campo.

—¿Y encontraste la maleta?

—No, me quedé en el arcén mirándoles, sin saber qué hacer, mientras todo el convoy pasaban de largo en silencio. Hasta que una mujer se apiadó de mí y me llevó con ella, trayéndome a París con mi tía, con la que vivo hasta hoy.

—Ya está bien, me ha convencido tu historia. Espero que convenzas al alemán que pueda sentarse frente a ti. Es importante que hables de tu llegada a París y de dónde vives. Por cierto, la lágrima que derramaste cuando hablaste de tus padres, fue buena.

—Hasta la próxima —me levanto de la silla de madera y me dirijo hacia afuera, esperando subir las escaleras y salir del húmedo sótano donde nos encontramos.

—Nos vemos. Y trata de conseguir más información.

Lo conozco desde hace casi un año, me reúno con él más o menos una vez al mes. Y desde hace casi un año me examina, se asegura de que no falle, y desde hace casi un año no está contento conmigo.

Al menos ya no soy judía. Soy Monique Otin, que vive en el 8º Distrito, trabajando en una boulangerie en el bulevar junto a la ópera.

—Llegas tarde —Simone, la dueña de la boulangerie, me regaña mientras entro silenciosamente a la mañana siguiente, cerrando la puerta de cristal tras de mí.

—Le pido disculpas, señora Simone.

—Date prisa; tu reino te está esperando.

—Buenos días —cuelgo mi bolso en la percha y sonrío a Claudine, la segunda empleada, que se encuentra detrás del mostrador.

—Buenos días, ¿qué tal?

—Monique, los utensilios de la trastienda te están esperando.

—Voy para allá, señora Simone.

Me anudo rápidamente el delantal blanco a la cintura y me apresuro a entrar en mi reino en la trastienda, cerca del chef Martin. Aquí me paso el tiempo lavando los platos y limpiando el suelo, a veces ayudo a Martin a amasar la masa, pero normalmente friego con devoción los grandes moldes para hornear.

De vez en cuando, tengo que salir entre los clientes, mover un trapo por el suelo y limpiar las migas de baguette y croissant de las mesas donde se sientan. Mientras trabajo en silencio, escucho la conversación de los compradores, manteniendo la cabeza baja.

—Si has terminado de lavar los moldes, ayuda a Martin a ordenar las existencias en la despensa y luego ayuda a Claudine a limpiar las mesas.

—Sí, señora Simone —me limpio el sudor de la frente y me levanto de la pequeña silla de madera del rincón, yendo a la despensa para ayudar a Martin.

Hay mantequilla fina en nuestros estantes, y no falta harina, canela o cualquier otro ingrediente que impida a Martin hornear. Incluso el chocolate real llega una vez a la semana, descargado de un camión especial aprobado por las autoridades. Tenemos todo lo necesario para complacer a los soldados alemanes durante su estancia en París, o como los llama Simone, "nuestros felices clientes alemanes". Una crujiente baguette por la mañana de camino al Cuartel General de la calle Rivoli, fragantes croissants para llevar a una reunión de comandantes y, por las noches, un trozo de tarta de chocolate a la señora que espera en su apartamento.

En las bandejas de porcelana se exponen las obras maestras de Martin, protegidas por el cristal de la vitrina y vendidas por la sonrisa de Claudine, todo ello a cambio de Reichsmarks alemanes o francos del gobierno de Vichy. Cada moneda es recibida en la mano extendida de Simone, que entra rápidamente en la caja registradora con un alegre timbre. Podemos estar contentos; al fin y al cabo, somos la boulangerie nazi favorita en el corazón de la zona del Cuartel General.

—Tómate un descanso; me las arreglaré solo —Martin me expulsa de su reino, pero me quedo, entregándole el saco de harina. Aunque es mi trabajo salir entre ellos, me resulta difícil escuchar a los soldados alemanes en la boulangerie.

—Ve, Claudine te necesita.

La boulangerie está llena de soldados con uniformes verde grisáceo; permanecen pacientemente en fila, riendo entre ellos y llenando el pequeño espacio de humo de cigarrillo y olor a sudor masculino.

—¿Vamos a dar un paseo al final del día? —me pregunta Claudine mientras toma una orden de un oficial alemán, coqueteando con él con la mirada.

—Sí, por supuesto.

—Tres Reichsmarks y medio —ella le tiende la mano, y él le pone el dinero en su palma, sosteniendo sus dedos por un momento como si la invitara a un baile de graduación.

—Muchas gracias. Vuelva pronto —su sonrisa está dedicada especialmente a él.

Siempre está perfecta con su pelo negro ondulado, a la última moda. A veces incluso se pinta los labios, ignorando los comentarios de Simone sobre que es inapropiado.

—¿Quién es el siguiente? Monique, ayúdame.

—¿Y cómo se llama la joven frau? —un soldado rubio se dirige a mí, y yo bajo la mirada, teniendo dificultades al mirar su uniforme y mantener la calma.

—Te está esperando —me susurra Claudine mientras baja la voz y se gira para atender a un apuesto piloto con uniforme gris oscuro.

—He visto que estabas entusiasmada con él —Claudine comenzó a fastidiarme después de despedirnos de Simone y Martin, iniciando nuestro paseo por el bulevar hacia la estación de metro de Ópera.

—Vi que estabas entusiasmada con el piloto.

—Era coqueto. Creo que es un piloto de caza.

—¿Cómo sabes que es un piloto de caza?

—Todos los pilotos de caza son seguros de sí mismos, y además tiene muchas medallas de honor, probablemente por derribar aviones enemigos. No llegan muchos como él a la boulangerie.

—¿Y qué te dijo?

—Me ha dicho que tengo unos ojos preciosos y que debería salir con él.

—¿Y lo harás?

La salida del metro, en la Place de l'Étoile, está repleta de soldados alemanes que han venido a ver el mundialmente famoso bulevar, yo me encogía en el pasillo, con cuidado de no rozarme con ellos.

—Monique, no me estás escuchando.

—Perdona, ¿qué le contestaste?

—Le he dicho que no lo conozco nada y que no puedo salir con él.

—¿Y eso es todo? ¿Se rindió?

—No, para nada, ya te dije que es seguro de sí mismo.

—¿Y cómo terminó?

—Dijo que volvería a Le Bourget, allí tienen un escuadrón de Messerschmitt, pero volverá mañana.

—¿Y saldrás con él?

—No lo sé.

—¿No te molesta salir con un oficial alemán?

—Al menos me tratará con educación y me sacará a pasear, no como todos los franceses, que hablan todo el tiempo de lo difícil que es la vida en París estos días.

—No sería capaz de salir con un soldado alemán.

—Quizá deberíamos salir juntas, yo con mi piloto y tú con el que quería hablar contigo.

—No le he gustado nada.

—Sí que le gustas, ya verás que vendrá mañana, está interesado en tu belleza, solo tienes que empezar a maquillarte.

—¿Cómo sabes que está interesado?

—Porque tengo experiencia en ese tipo de cosas.

—Pero yo no soy bonita.

—Créeme; lo eres, sé de esto —y dobla su brazo en el mío mientras caminamos por los Campos Elíseos, observando el café lleno de soldados alemanes y sus chicas.

Nunca me he creído hermosa. ¿Qué tan hermosa podría sentirme si, desde el día en que me empezaron a crecer los pechos, todo el mundo miraba la insignia amarilla pegada en mi pecho? ¿Cómo podía sentirme atractiva con el simple vestido que me había comprado mamá? ¿O en ese viejo abrigo que llevaba, tratando de hacerme lo más invisible posible?

—Lo peor es llamar la atención —me había explicado mamá, negándose firmemente a hacerme la permanente como había visto en los relucientes carteles de estrellas de cine que colgaban en las vallas publicitarias de la calle—. Lo peor de todo es llamar la atención de un policía o un soldado —me gritó cuando descubrió la revista con las fotos que yo había intentado ocultar.

—Nunca te vestirás como esas zorras —dijo y destrozó la revista, tirando las páginas a la chimenea, sustituyendo la leña que tanto necesitábamos.

—Lamento haber nacido en esta familia —le grité llorando y corrí hacia el oscuro hueco de la escalera, sin ser capaz de ver la revista consumida por las llamas.

Pero Claudine piensa que soy hermosa mientras paseamos por los cafés, aunque no tengo el cabello ondulado perfecto como el suyo.

—Este soldado también está interesado en salir contigo —me aprieta el brazo y se ríe, señalando a un apuesto soldado armado que, con su uniforme negro, nos mira pasar por el bulevar, y yo intento sonreír. Ella nunca debe saber por qué me abstengo ante los soldados alemanes.

—Buenas noches, hasta mañana —Claudine camina hacia su casa, y yo me dirijo al apartamento que ha sido mi hogar durante casi un año.

¿Cómo sería mi vida si estuviera en su casa en vez de en la mía? pienso mientras paso por la gran valla publicitaria de la calle. ¿Me entusiasmaría la idea de salir con soldados alemanes? ¿O seguiría preocupada cada mañana de camino al trabajo?

—Carné de identificación, por favor.

Apenas unos minutos de camino separan el tranquilo bulevar y la valla publicitaria con el cartel de trabajador mirando al horizonte y el puesto de guardias en la plaza de la Concordia, el puesto de control de la zona del Cuartel General.

—Guten morgen —entrego la tarjeta de cartón al guardia, mirando a su alrededor mientras la examina detenidamente. Las cercas de alambre de púas y las barreras de madera se extienden a lo largo de la calle, destruyendo la belleza de la plaza. ¿Por qué observan mi carné durante tanto tiempo? A estas alturas ya deberían conocerme. ¿Se han dado cuenta de que me tiemblan los dedos?

—¿Nombre?

—Monique Otin, pasé por aquí ayer y anteayer y el día anterior.

—¿A dónde vas?

—Trabajo cerca de la Ópera.

Desde hace casi un año, paso todas las mañanas por el puesto de los guardias, y desde hace casi un año, tengo que calmarme al acercarme a los soldados alemanes que están cerca de la alambrada.

El sargento mira el carné un minuto más, examinando mi cara frente a la fotografía mientras yo le devuelvo la mirada hasta que cede, devolviéndomelo.

—Que tenga un buen día, Frau Otin —golpea fuertemente sus tacones y me hace estremecer por un segundo mientras devuelvo el carné al bolso de cuero que descansa sobre mi hombro.

—Que tenga un buen día, sargento —intento sonreírle y sigo caminando por la calle, mirando los autos de los oficiales superiores, estacionados en línea recta frente al edificio, bajo la enorme bandera roja nazi que ondea con la brisa de la mañana.

Sigo adelante, miro hacia abajo, memorizo los números de los vehículos, cuento los guardias de la entrada del cuartel general y sonrío a los aburridos conductores que sacan brillo a sus autos de oficial. Espero que entablen conversación conmigo y me proporcionen alguna información por el camino, como la semana pasada, cuando me enteré de la llegada de la nueva división a Francia.

El silencioso sonido de la bandera roja sobre mi cabeza me hace acelerar mis pasos, aunque debo calmarme, no debo despertar sospechas. Se mueve con calma y serenidad, mirándome, y yo bajo la mirada, tratando de evitar mirar la esvástica negra cosida en el centro del círculo blanco, unos minutos más de tensión.

El borde del edificio ya se acerca, mis ojos examinan varios camiones militares que pasan por la calle a cámara lenta, memorizando el símbolo de la unidad pintado en sus laterales. En unos pocos pasos giraré hacia la avenida que lleva a la ópera.

—Mademoiselle —vuelvo a mirar al soldado que corre hacia mí y me quedo quieta.

Respira tranquilamente, no tiembles y no huyas; mantén la calma.

—Mademoiselle, el pañuelo, se ha caído de su bolso —me

alcanza, todo sudado, y me lo entrega con una sonrisa.

—Danke schön —le sonrío y giro hacia la avenida de la Ópera, respirando hondo y sujetando con fuerza el bolso de cuero hasta que mis dedos se vuelven blancos por el esfuerzo. En unos minutos más, Simone me preguntará por qué llego tarde otra vez, y Claudine me preguntará si vamos a dar un paseo juntas después del trabajo entre los cafés del bulevar.

—Hoy no —tengo que responder—, hoy no puedo.

Al final del día, el chico probablemente me estará esperando junto al quiosco.

—Me disculpo, tengo que ir a visitar a su madre hoy. Prometí que lo haría después del trabajo.

—Pensé que podríamos dar un paseo por el bulevar —Claudine no oculta su decepción cuando salimos de la boulangerie al final del día, caminando tomadas de los brazos por la avenida—. Siempre te pide favores.

—Se lo debo, me deja dormir en su casa, no puedo negarme cuando me pide que la ayude.

—¿Quieres que te acompañe? —se detiene a mi lado en el quiosco.

—No, gracias, te vas a aburrir.

Mis dedos buscan entre los periódicos colgados en las paredes del quiosco. Finjo buscar un periódico en particular entre la pobre selección de revistas de guerra, pero mi atención se centra en el chico de la gorra gris, el que está de espaldas a mí.

—El lugar de siempre —me susurra mientras metía un paquete de periódicos en una gran bolso de cuero, continuando su camino, y no le respondo, esperando que Claudine no haya oído su susurro.

—¿Por qué buscas un periódico? De todos modos, están llenos de historias de guerra.

—Le gusta que le lea. Ya es difícil para ella leer.

Claudine toma una revista con un título rojo y una fotografía de un piloto en la portada, y me la entrega.

—Cómprale el periódico del ejército alemán en París, la Señal; probablemente no se dará cuenta.

—Devuélvelo; pensarán que tenemos intención de comprarlo —me río de ella.

—A nadie le importa lo que hacemos —agita la revista delante de mi cara, pero finalmente cede y la devuelve al puesto.

—Adiós, tengo que irme, me está esperando, nos vemos mañana —la abrazo rápidamente y me alejo, con uno de los periódicos del gobierno en la mano. Anuncia una nueva reducción de las raciones de carne. El hombre que está cerca del Metro de Ópera ya me está esperando.

Junto a la valla publicitaria, me detengo y miro un cartel en el que aparece una nueva estrella de cine con un vestido rojo, tomándome el tiempo de mirar por encima del hombro. ¿Me sigue alguien? El soldado que está junto a las escaleras me está esperando, ¿o ha quedado con otra chica? ¿Y qué pasa con el café de enfrente? Está lleno de soldados alemanes, ¿están mirando en mi dirección?

A paso lento, atravieso la avenida y me aproximo a la barandilla de mármol de la entrada del metro, mirando a mí alrededor y fingiendo que estoy mirando la ópera que domina el bulevar, ignorando las banderas rojas con esvásticas que cuelgan delante.

Nada de lo que hay alrededor parece sospechoso. Puedo seguir caminando hasta el sótano del Distrito Latino, mi lugar de encuentro con Philip.

Me espera en la entrada de un sótano del Distrito Latino, de pie al inicio de la escalera, mirando hacia arriba mientras desciendo hacia él, y finalmente subiendo unos pasos en mi dirección. Sigue vistiendo una sencilla camisa blanca con las mangas remangadas por debajo de los codos, su tupé sigue siendo salvaje, y todavía tiene una pistola que sobresale de su cinturón mientras me mira con sus ojos marrones, examinándome.

—Llevo demasiado tiempo esperándote.

—He llegado tan rápido como he podido —me agarro la cabeza.

En un rincón hay una pequeña mesa y dos sillas, pero él no me ofrece asiento y permanecemos de pie, uno frente al otro, mientras lo miro.

—¿Cómo está la resistencia? ¿Cómo avanza la revolución?

—Ganaremos, pero las revoluciones no se hacen en un solo día. ¿Qué has traído contigo?

—No mucho.

Se aleja de mí, dando unos pasos hacia el pequeño sótano mientras lo sigo con la mirada.

—No puedo obtener mucha información, los guardias cerca del cuartel general me examinan todo el tiempo, y en la boulangerie apenas me paseo entre los soldados. Simone quiere que lave los platos todo el día.

Desde hace casi un año, tengo la sensación de que está decepcionado de mí, que lamenta no haber encontrado en su lugar un alemán más eficaz. Uno que no tuviera miedo de que los soldados alemanes entraran en la boulangerie, o que estuviera dispuesto a salir con ellos. Se pasean como turistas por toda la ciudad, con mapas de la ciudad suministrados por el ejército alemán, buscando chicas francesas que les guíen por las maravillas de la ciudad de las luces. Pero no soy tan eficaz como él esperaba; al final, se deshará de mí, me dejará a mi suerte.

—Hay algunos autos nuevos de oficiales superiores fuera del cuartel general, y tengo nuevos chismes de Claudine.

—¿Tienes las descripciones o los números de los vehículos? —se acerca de nuevo a mí, saca un papel y un lápiz de su bolsillo, pero sigue sin pedirme que me siente.

—Deja que te escriba los números.

—Yo escribiré. Si me atrapan y encuentran el papel, no reconocerán tu letra.

—Aquí te equivocaste —señalo y le corrijo, tocando sus dedos por error y apartando la mirada avergonzada, pero continúo diciéndole los números, ignorando el calor de su tacto.

Tiene el agradable olor de un hombre mezclado con el aroma de una imprenta, pero tengo que concentrarme, intentando recordar cada dato, incluso los más pequeños, como lo que escuché de Claudine.

—Ahora está entusiasmada con un piloto asignado en Le Bourget.

—Eso es bueno. Tal vez nos traiga más información —¿Por qué no soy como ella?

—¿No quieres comprobar mi historia, como la última vez?

—Hoy no, tengo que darme prisa. Seguiremos construyendo tu historia la próxima vez.

—¿Nos encontraremos el próximo mes?

—Sí, nos veremos el mes que viene —se aleja de nuevo de mí, dando vueltas en el húmedo sótano como si ya quisiera salir de aquí, al aire libre. Está decepcionado de mí.

—Adiós —me doy la vuelta y subo las escaleras.

—Monique —me toma del brazo, deteniéndome.

—¿Sí? —lo miro.

—Ten cuidado.

—Tú también, cuídate —suelto mi mano y le doy la espalda, subiendo de nuevo a la calle. El hombre de la moto me espera fuera. Me acompañará de vuelta a la orilla este de la ciudad; desde allí, seguiré sola hasta mi casa. Como siempre, al final del bulevar daré un desvío, evitando la valla publicitaria con el enorme cartel.

Desde hace meses, en la gigantesca valla publicitaria del bulevar está pegado "Ven a trabajar a Alemania". Las palabras están escritas en letras cuadradas negras, y sobre ellas hay una pintura de un robusto trabajador. En sus manos sostiene un mazo mientras sus ojos miran más allá del horizonte. ¿Tal vez sepa algo?

Mis pasos en mis sencillos zapatos golpean las piedras del pavimento de la avenida. Es demasiado tarde y tengo que apresurarme a volver a casa; ha sido un error detenerme de nuevo frente a la valla publicitaria. Me llamo Monique Otin y no la Monique que no pudo abrazar a sus padres para despedirse. Tengo una nueva vida, y no debo pensar en ellos, pero tal vez la pintura del cartel pueda darme alguna pista... ¿El mazo en la mano? ¿Los campos verdes detrás de él? ¿El cielo azul?

Levanto la vista al acercarme al cartel y examino con atención cada detalle. ¿Quiénes son los franceses que van a trabajar a Alemania? ¿Por qué están dispuestos a trabajar en fábricas y granjas en lugar de todos esos soldados alemanes reclutados? ¿Será que los alemanes también se los llevaron? ¿Por qué no se sabe nada de ellos desde hace casi un año? ¿Quizás el hombre pintado en el cartel lo sepa? ¿Quizá sabe lo que les pasó a mamá, a papá y a Jacob?

Pero el cartel no tiene el dibujo de una alambrada. ¿Por qué dejé que el trabajador del tren me detuviera hace unos meses cuando corrí hacia las vallas? ¿Por qué dejé que me derribara en la vía férrea?

Mi mano se limpia las lágrimas mientras continúo mi camino a casa. No debería acercarme a la alambrada, y probablemente Lizette esté esperando en casa. Al menos tengo a alguien que me cuida.

Lizette

Apenas se oyen mis pasos en las escaleras de mármol cuando subo rápidamente al quinto piso, saco la llave del bolso de cuero marrón que Lizette me compró como regalo por mi decimoctavo cumpleaños y abro silenciosamente la puerta blanca.

—¿Nos preparo un café? —siempre me pregunta eso cuando entro en su casa y dejo el bolso en el recibidor, aunque mi trabajo sea servirle a ella y no al revés.

—Voy a preparar un poco, puedes seguir leyendo tu libro —pero ella ya se está levantando y caminando hacia la cocina con su pasos largos.

—Has trabajado todo el día; es bueno que haga algo.

Mientras esperamos a que hierva el agua, miro su pelo, que ha empezado a volverse plateado, y sus manos, que sostienen suavemente las tazas de porcelana mientras las colocan en la bandeja de plata.

—Llegaste tarde. Ya había empezado a preocuparme por ti

—Simone me retrasó en el trabajo, a veces me pide que me quede, y tengo que hacerlo.

—¿Lloraste?

—Tengo que aprender a no tomarme a pecho las cosas que dice.

—¿Nos sentamos en el salón? —sostiene la tetera en sus cuidadosas manos y vierte el agua hirviendo con cuidado—. Tengo algo de azúcar, una cucharadita puede hacer la vida mucho más dulce, y también mejorar el sabor de este asqueroso café —me sonríe mientras coloca los vasos en la bandeja mientras las pulseras de plata de sus muñecas suenan, haciéndome recordar la primera vez que nos conocimos, hace casi un año.

—Lizette, esta es Monique Otin, te va a ayudar con el apartamento, tal y como lo pediste —la mujer que me había traído me presentó a la impresionante mujer que estaba en la puerta del lujoso apartamento. Ella me examinó, y yo bajé los ojos y miré mis zapatos rotos. Lizette parecía un poco mayor que mamá, y su pelo empezaba a volverse blanco en los bordes, lo que añadía encanto y esplendor a su aspecto. Su vestido era de un precioso color mostaza y llevaba zapatos de cuero nuevos, no una imitación barata de la época de la guerra como los míos. Me avergonzaba estar así delante de ella, con mi viejo vestido gris, y todas mis pertenencias metidas bajo el brazo en una bolsa de papel, un vestido más usado y un par de calzoncillos que me había regalado la mujer que me acompañaba, cuyo nombre ni siquiera conocía.

—Encantada de conocerte — Lizette me estrechó cordialmente la mano, invitándome a pasar—. Te acompaño a tu habitación.

Con su mano en mi cintura, calmó mis temores, acompañándome hasta las escaleras del ático, mi nuevo hogar, no sin antes despedirse de mi acompañante que luego desapareció en la oscuridad.

Y así comenzó mi nueva vida. Todas las mañanas ayudo a esta impresionante señora en la gestión y la limpieza de su apartamento, y a cambio, ella me da un lugar donde quedarme. Poco después de terminar las tareas domésticas, me apresuro a ir a mi segundo trabajo en la boulangerie como lavaplatos, bajo los comentarios de Simone. Pero Lizette siempre me trata bien "Tu ayuda es importante para mí" me dice cada vez que me compra un vestido o una chaqueta totalmente nuevos, y la mayoría de las veces pienso que no es la necesidad de ayuda lo que la ha llevado a dejarme entrar en su casa, sino su soledad.

Coloca la bandeja de plata en la mesa del salón mientras me siento frente a ella y espero pacientemente; sus movimientos tranquilos me relajan.

—¿Qué ha pasado para que hayas vuelto tan tarde?

—Simone está decepcionada conmigo.

No debe saber de mi doble vida; nunca podré decírselo.

—¿Por qué crees que está decepcionada contigo?

—Espera que sea más eficiente, y no lo soy.

—¿Tal vez malinterpretas su comportamiento?

—No me parece; siempre me hace preguntas y se aleja de mí a toda prisa al final del día.

—Lo que sentimos no es siempre lo que piensan; se necesita tiempo para conocer a la gente.

Me inclino hacia atrás y miro alrededor de la elegante habitación, observando el cuadro en el marco de plata, el que está sobre la chimenea de la sala de estar, mientras doy un sorbo a mi café amargo.

—¿También tardaste mucho tiempo en conocerle?

—No, lo supe desde el primer momento, pero solo soy una anciana, no tienes que hacerme caso —me sonríe—. A mi edad, ya no quieres cambiar el mundo, solo piensas en las pequeñas cosas de la vida, como añadir una cucharadita de azúcar a un café terrible.

Lizette tiene razón; tengo un lugar donde dormir, comida en el estómago y Claudine como amiga con la que pasear después del trabajo, eso debería ser más que suficiente para mi nueva vida.

—Vamos a dormir; mañana es un nuevo día —ella me sonríe y yo subo las escaleras hacia el ático. Mañana es un nuevo día.

Los Campos Elíseos están tranquilo a primera hora de la mañana mientras camino por el bulevar de camino al trabajo. El tráfico de autos es escaso debido a la falta de combustible, y la amplia carretera parece demasiado grande para los pocos vehículos que pasan por ella de vez en cuando. Pasa un camión militar repleto de soldados, cuyos neumáticos hacen ruido en la áspera carretera, y deja tras de sí un fuerte olor a combustible quemado y una nube grisácea mientras se dirige a la plaza de la Concordia, atrincherada por cercas de alambre de púas.

Las miradas de los soldados del camión me hacen retroceder de la carretera a la seguridad de los cafés, caminando entre las sillas vacías.

—¿Café, mademoiselle? —me pregunta un camarero aburrido en la entrada, mirándome como si intentara recordar si ya nos conocemos.

—No, gracias —continúo caminando. Esta mañana me he retrasado en la organización de la casa y debo darme prisa. A esas horas no sirven café de verdad a los franceses que van al trabajo. Las máquinas de café exprés vierten un líquido chorreante hecho con granos molidos, que los camareros doran y llaman "sucedáneo de café" aunque no sabe en absoluto a café. Los aromáticos sacos de café que llegan por entrega especial solo se abren por la tarde, sobre todo para los clientes que llevan uniformes verde grisáceo y los que están dispuestos a juntarse con ellos.

—Mademoiselle, ¿puede hacernos una foto? —me

preguntan dos soldados alemanes que están en el bulevar y sostienen una cámara. Hago como que no los oigo y acelero mis pasos, Claudine habría sabido qué responderles.

—¿Has visto cómo te ha mirado? —me susurra Claudine, señalando a un joven que pasa a nuestro lado y le sonríe mientras caminamos de la mano, disfrutando del sol de la tarde.

—Te ha mirado a ti, no a mí.

—Claro que no, quiere invitarte a dar un paseo con él.

Las dos subimos por los Campos Elíseos, mirando los cafés llenos de soldados alemanes y sus chicas francesas. Claudine critica sus vestidos, y yo examino los uniformes de los hombres, memorizando las insignias de sus rangos.

—Tienes que sonreír más a menudo; eres muy seria.

—Pero es vergonzoso sonreír.

—Te equivocas, es divertido, y además tienes una bonita sonrisa. ¿Ves al tipo que está junto al café? Sonríele y baja la mirada, hazle una señal de que te gusta, pero él tiene que dar el primer paso.

—Pero te está mirando a ti.

—Nos está mirando, y está interesado en ti, en ti y en tu belleza.

—¿Cómo lo sabes?

—Ya te lo dije, tengo experiencia en las miradas de los hombres.

—¿Cómo está tu piloto coqueto?

—Hoy ha venido y me ha invitado a salir. Incluso Simone le sonrió después de ver cuántas galletas compró.

—¿Y saldrás con él?

—Mírala —Claudine se detiene, señalando con la cabeza uno de los cafés elegantes del bulevar, mis ojos la siguen.

—¿Quién es ella?

—Es una famosa estrella de cine.

La famosa estrella de cine lleva un vestido largo rojo de moda, está sentada en el café y ríe con gracia. Sostiene un cigarrillo blanco con una mano perfecta cubierta por un guante negro, rodeada por varios oficiales alemanes de alto rango, que brillan con sus pulcros uniformes y medallas.

—¿Quién es ella?

—Se llama Arletty, pero de todos modos no vas al cine, así que no la conoces.

Más transeúntes se detienen a mirar por las ventanas del café, pero algunos apartan la vista y escupen en la acera mientras siguen caminando.

—Sigamos; esto es desagradable.

—Me parece que todo el mundo está enamorado de ella.

—¿Cómo puede ser eso posible?

—Porque es muy especial.

—¿Y cómo sabes cuando estás enamorado?

—Lo sientes, en todo tu cuerpo, tienes calor, y te excitas cuando sabes que lo verás pronto.

—¿Y es bonito?

—Es un poco estresante, pero también es agradable, como cuando caminan juntos, y dejas que te tome la mano, sintiendo el calor de su palma, o cuando te abraza, y a veces incluso más.

—¿Y qué es ese "incluso más"?

—¿Monique, Monique Moreno? —oigo una llamada y giro la cabeza.

—Soy Monique, pero Monique Otin, no Moreno —respondo al joven que se acerca a nosotros, sintiendo que una ola de frío recorre todo mi cuerpo.

—¿Monique Moreno? ¿No te acuerdas de mí? Jean, Jean Bosse, estudié contigo en el colegio.

—Lo siento, no me acuerdo de ti, tenemos prisa.

—Monique, ¿cómo estás? ¿Cómo estás sobreviviendo a la guerra con todas las restricciones?

—Lo siento, tenemos que irnos —agarro el brazo de Claudine y tiro de ella hacia la carretera, queriendo cruzar la avenida hacia el otro lado.

—¿Quién es él? ¿Qué ha pasado? Me estás haciendo daño.

—Lo siento, no fue mi intención.

—¿Quién es él? ¿Por qué te llamó Moreno?

—Se confundió de nombre. Lo odiaba en la escuela. Solía pegarme.

—¿No es Moreno un nombre judío? —Claudine baja la voz, acercándose a mi oído.

—No tengo ni idea. Lo odiaba. ¿Y tú piloto? No me contaste el final de la historia.

—¿Eres judía? —se detiene y me mira, soltando nuestras manos.

—No, no soy judía, odio a los judíos, te dije que me ha confundido con otra Monique.

¿Nos está siguiendo? No debo mirar; debo actuar como si nada hubiera pasado. No soy judía; nunca he sido judía.

—¿Saldrás con tu guapo piloto?

—¿Qué pasa con la mujer con la que vives? ¿Lo sabe Lizette?

—Ya te dije que no soy judía; se confundió —debo seguir como si nada hubiera pasado.

—Monique, espera —Claudine me alcanza y me agarra

del brazo de nuevo —Está bien, prometo no contarlo, es un secreto entre nosotras.

—No hay ningún secreto, no soy judía, y deberías seguir contándome lo del piloto —La agarro del brazo y miro a los soldados alemanes de los cafés; parecen más amenazantes.

—Obviamente no eres judía, solo mantente alejada de mi cartera —se ríe y sigue tomándome del brazo mientras paseamos por la avenida. Sigo sonriendo y me comporto como si no hubiera pasado nada, pero mi corazón sigue acelerado. ¿Por qué me está pasando esto? ¿Por qué ha aparecido de repente? ¿Claudine se lo contará a alguien más?

—Me prometiste que me contarías del piloto.

—¿El piloto? El piloto quiere salir conmigo; sobre todo, me gusta que no tenga la nariz grande y que no sea apestoso —sigue caminando con una mirada alegre mientras me agarra del brazo.

Debo seguir ignorándola, que se le olvide, no ha pasado nada.

Philip me espera al pie de la escalera, y ya puedo oler el sótano húmedo; ¿qué le digo de Claudine? Hace días que intento decidir qué decirle, sobre todo desde que Simone empezó a mirarme de forma diferente. Pero cuando le pregunté a Claudine, me juró que no le había dicho nada.

¿Cómo reaccionará si se lo digo? ¿Qué tan enojado estará? Tengo que bajar las escaleras.

—He llegado tan rápido como he podido —le sonrío, tratando de ocultar mi ansiedad.

—Llevo demasiado tiempo esperándote —él sonríe, sigue parado muy cerca.

—¿Nos sentamos? —le ofrezco, y él se aparta.

Pero incluso cuando se sienta al otro lado de la pequeña mesa, sus ojos me ponen nerviosa.

—¿Qué ha pasado?

—Todo está bien.

—¿Estás segura?

—Hay muchos más soldados alemanes en la boulangerie, y Claudine quiere salir con el piloto. No para de hablar de él.

—¿Qué dice?

—Que es un piloto de caza del escuadrón Messerschmitt, situado en el aeródromo de Le Bourget. Anteriormente estuvo destinado en el norte de África. Últimamente vienen muchas unidades nuevas del norte de África, y puede que ella sospeche que soy judía.

—¿Qué significa eso?

—Todo su escuadrón fue transferido a Le Bourget después de la retirada alemana de África del Norte.

—No quise decir eso.

—Entonces, ¿qué quisiste decir?

—¿Qué dijiste sobre Claudine?

—Ella puede que sospeche que soy judía.

—¿Cómo sucedió eso? —el crujido de la silla sobre el suelo de piedra del sótano que provoca Philip cuando se levanta da una sacudida a mis oídos; él se pone de pie, con las manos apoyadas en la mesa.

—Caminamos por el bulevar, y ella dijo algo contra los judíos, añadiendo que parezco judía, y no lo negué lo suficientemente rápido.

—¿Eso es todo?

—Me parece que ella piensa que soy judía, aunque lo negué.

—¿Eso es todo? —se aleja de la mesa y me da la espalda, pero al cabo de un momento se gira y me observa, como si lo hubiera vuelto a decepcionar.

—Sí, eso fue todo —yo también me levanto y pongo las manos sobre la mesa—. Seguramente se dio cuenta de que soy judía y es chismosa, es Claudine. También es mi amiga.

—No es tu amiga, es la amiga de Monique Otin —pone sus manos sobre mis palmas y acerca su cara—. Y le gusta hablar —su perfume es fuerte para mí.

—Sé que le gusta hablar. Toda la información que obtienes de mí sale de su boca porque le gusta hablar —suelto las manos y me quedo quieta, mirándolo fijamente. Lo principal es no bajar la vista, para que no note que le tengo miedo.

—Bien —se calma y se sienta, mirándome con cara de desilusión—, ya veremos qué hacer con ella.

—De acuerdo —yo también me siento y sigo informándole de todo lo que sé, bajando la mirada y concentrándome en sus dedos sobre la mesa, pensando en lo que sentí al tocarlos la última vez que nos habíamos visto.

—Cuídate —me dice mientras nos despedimos.

—No te preocupes por Claudine —me despido de él y le toco la palma de la mano un momento—. Ella no hablará.

Pero en los días siguientes, no deja de reírse de mi gran nariz, aunque mi nariz sea pequeña.

Claudine

—Monique, te necesito —me llama Claudine a través del ajetreo del mediodía, y dejo el molde que estoy limpiando en la trastienda, me limpio las manos y me dirijo hacia ella.

—¿Sí?

—Por favor, atiende a estos dos señores —y me quedo helada en donde estoy parada.

La Boulangerie está llena, como de costumbre, con soldados alemanes que llenan la sala de bromas alemanas mezcladas con el humo de los cigarrillos, pero mi atención se centra en los dos hombres que están delante de mí. No llevan uniforme, sino largos abrigos de cuero, y están de pie junto al mostrador, esperándome.

—¿Sí, diga?

—¿Eres Monique? —me pregunta el más bajo de los dos, en un buen francés.

—Sí —por un momento, me confundo mientras el más alto me mira.

—¿Puedes ayudarnos? —mis dedos empiezan a temblar.

—Sí, ¿claro?

—¿Nos puede dar dos croissants de mantequilla y dos de chocolate, por favor?

—¿Cómo sabes mi nombre?

—Por tu amiga, te llamó y nos lo dijo —el alto me sonríe, provocándome un escalofrío.

Cuando se marchan y la puerta de cristal se cierra tras ellos, me escapo a la trastienda, sin poder dejar de fregar los moldes con fuerza, aunque la boulangerie sigue llena de soldados y Simone me pide varias veces que salga a ayudar. ¿Qué le diré a Philip la próxima vez que nos veamos?

—¿Qué te ha pasado en los dedos? —unos días más tarde, me siento frente a él en el sótano, colocando mis manos sobre la vieja mesa de madera.

Su mano intenta agarrar mis dedos arañados y examinarlos, pero me apresuro a retirar las manos de la mesa, colocándolas sobre mi regazo.

—¿Qué te ha pasado en la mano? —miro su mano sobre la mesa.

—No es nada —tiene la palma de la mano envuelta con una venda sucia, y me fijo en la mancha de sangre.

—¿Cómo ha ocurrido?

—No es grave, ¿cómo estás? ¿Qué te ha pasado en los dedos?

—Solo son rasguños. ¿Te duele la mano?

—Me duele, pero parece mucho más grave de lo que es. ¿Qué información traes?

—No mucha.

De vuelta a la orilla este, me pregunto si hice bien en no contarle lo de los dos desconocidos de los largos abrigos de cuero, o que cada noche, cuando Claudine y yo nos separamos, me llama Monique Moreno con una sonrisa. ¿Debería habérselo dicho?

Probablemente sea mi imaginación la que me pone tan tensa.

—Vayamos a otro sitio, vayamos a la avenida Husman —Claudine intenta convencerme de que la acompañe en un paseo vespertino, mientras ambas esperamos a que Martin cierre la puerta de hierro trasera de la boulangerie.

—No sé —me da miedo desviarme de nuestra rutina.

—Vamos, hagamos algo diferente; las tardes son más cálidas y quizá haya ropa nueva en las vitrinas —continúa, y no quiero decirle que no tengo tickets de racionamiento de ropa, ni dinero para comprar lo que ofrecen las tiendas del bulevar.

—No me gusta la moda de primavera; es aburrida.

—Toda esta guerra es aburrida. Ojalá se acabara —pero se da por vencida, y seguimos nuestro camino por la avenida, caminando una al lado de la otra.

—¿Tal vez deberías volver a pensar en salir con un oficial alemán? —me pregunta mientras varios soldados pasan y nos miran fijamente.

—No creo que pueda hacerlo.

—El piloto no se rinde; sigue invitándome, y no solo él. Son tan impresionantes con sus uniformes decorados con medallas.

Pero mi atención se centra en el quiosco y en el chico que se apoya en la esquina. Está colgando los periódicos de la manera habitual, a pesar de que solo han pasado unos días desde mi último encuentro con Philip.

—¿Qué has dicho?

—Que son muy educados cuando me invitan a salir, incluso cuando los rechazo.

—Pero son nuestros ocupantes; pueden decidir cuándo ser educados y cuándo comportarse de forma menos educada.

—No tienes que tenerles miedo; nadie puede saber sobre ti, aunque tu nariz podría causar un gran problema —me toma la mano y se ríe.

Sé que no quiere hacerme daño, pero no sé cómo hacer que pare; de todos modos, tengo que irme ya, el chico del quiosco me está esperando.

—Lo siento, lo olvidé por completo, le prometí a Lizette que la ayudaría.

—¿No te cansas de que te pida cosas? Deberías valerte por ti misma —se queja cuando nos despedimos con un beso.

—No tengo elección; se lo debo —beso a Claudine en ambas mejillas y me doy la vuelta, dirigiéndome al quiosco.

Mis ojos buscan al chico del fondo del quiosco, pero no está allí. Los periódicos que cuelgan fuera están perfectamente alineados, el hombre que está dentro del quiosco está sentado somnoliento, y por más que miro a mi alrededor y a la calle, no lo veo.

—Dos periódicos, por favor —es una señal de peligro, mis manos tiemblan mientras pago al hombre.

—Mademoiselle, ¿ha tomado uno o dos periódicos?

—Dos —¿Por qué hay un vehículo oscuro parado en la esquina?

—Me ha pagado solo uno.

—Lo siento, me disculpo —le doy más dinero—. ¿Dónde está el chico?

—¿Qué chico?

—El chico que siempre está aquí atrás, arreglando los periódicos.

—Aquí no hay ningún chico; estoy solo.

—No importa.

—¿Estás bien?

Mantén la calma, camina por la avenida. ¿Cómo es que el vendedor del quiosco no conoce al chico? Examina cuidadosamente a todos los transeúntes. ¿Por qué miran en mi dirección? No dejes de caminar, ¿hay algo inusual últimamente?

¿Dónde está Claudine? Debo encontrarla; seguiremos caminando juntas como si nada hubiera pasado. Le diré que me he confundido y que podemos seguir paseando por la avenida.

El hombre del abrigo largo, ¿lo he visto antes? ¿Qué tiene en la maleta que lleva en la mano izquierda? Y el joven de la esquina, de pie junto a su bicicleta, ¿por qué mira en mi dirección? ¿Quiénes son las dos personas que corren hacia la multitud reunida al final de la calle? ¿Qué ocurre allí?

Debo seguir caminando como si nada, cruzar la calle hacia el otro lado. Toda la gente se reúne en torno a algo, algunos se arrodillan en la acera. Una mujer está tumbada en la calzada, con zapatos de tacón bajo de color crema; Claudine tiene zapatos de tacón bajo de color crema.

—Un vehículo pasó a gran velocidad y la atropelló —habla conmocionada una mujer con una bufanda verdosa que describe lo sucedido al policía mientras este anota sus palabras en su cuaderno—. No se detuvo en absoluto, por suerte me di cuenta de que se acercaba, casi me atropella y me mata a mí también.

A medida que me acerco a ella, tengo que usar mis manos para empujarme entre toda la gente que la rodea, moviéndola a la fuerza. Con cuidado, me inclino sobre el duro asfalto, ignorando la petición del policía de que no me apile y sin escuchar toda la plática que hay sobre mi cabeza.

Alguien le pone un abrigo debajo de su cabeza, y alguien más intenta acomodarle la mano, que está tendida en un ángulo antinatural, pero no parece molestarle más. Sus ojos permanecen abiertos al cielo con una mirada de incomprensión, y a través de mis lágrimas veo la mano de un hombre que se acerca a sus ojos, bajando lentamente sus párpados.

Las figuras pintadas del Nuevo Testamento me observan desde el techo de la iglesia con una mirada inquisitiva, mientras yo levanto la cabeza y las estudio. Mientras intento identificar sus nombres, me pregunto si empezarán a gritar que yo no pertenezco a este lugar, como tampoco lo hace el sencillo ataúd pintado con barniz oscuro y colocado frente a mí.

No tengo ni idea de cómo llegué a casa aquel día, si en metro o a pie, llorando y tropezando con las aceras que temblaban bajo mis pies. Ni siquiera recuerdo si empezó a llover o si corría una brisa vespertina. Lo único que no pude olvidar fueron las sirenas de la ambulancia que se acercaba y el grito del policía: "No se aglomeren, cualquiera que haya visto cómo sucedió esto acérquese a mí, todos los demás, por favor, váyanse".

Las iglesias me dan miedo; al menos esta no tiene demonios amenazantes como en la catedral de Notre Dame. Demonios que me gritan desde arriba que es mi culpa que ella esté muerta.

Por mi culpa, no recorrimos las tiendas como ella quería, por mi culpa retrasamos esos pocos segundos en los que nos separamos en la acera, y fui a buscar al chico cerca del quiosco. Si hubiera aceptado su oferta, nada de esto habría ocurrido. Ya habríamos salido de la boulangerie, esperando a que Martin cerrara la puerta trasera y paseando de la mano, como todos los días.

—Tú tienes la culpa —me habían gritado las pesadillas la

noche anterior, despertándome con gritos de murciélagos negros que me mordían y herían mi cuerpo.

Pocas personas acudieron a la ceremonia, y la iglesia está casi vacía, como corresponde a los días de guerra y escasez. Algunas mujeres vestidas de negro, algunos ancianos jorobados que sostienen bastones de madera decorada, Simone, que me sonríe aunque todo haya pasado por mi culpa, Martin el cocinero, digno sin su delantal blanco, y eso es todo. Ni un solo hombre que la amara, ni un solo hombre que ella amara. Ni siquiera llegó el piloto, ni ninguno de esos soldados de uniforme verde grisáceo, los que charlaban con ella de forma muy educada. Deben estar preguntándose por qué la puerta de cristal está cerrada hoy, y no pueden disfrutar de los placeres de la capital francesa, de croissants crujientes y de una mujer detrás del mostrador con la que coquetear.

—No saben quién era el conductor —me susurra Simone—. Un policía vino esta mañana y me informó de que no tienen el número del auto —intenta abrazarme—. Es una pena; era una chica encantadora

—Lo siento mucho —digo sin voz al sencillo ataúd que tengo delante, mirando las pinturas del techo de Jesús y la Virgen. Tal vez me perdonen por no acompañarla por la avenida, como me había pedido.

—Monique, ven a ayudarme un momento —oigo el grito de Simone en la trastienda.

—Ahora mismo voy —mis dedos colocan el molde en el

fregadero y me limpio las manos, apresurándome a ayudarla a servir a los soldados alemanes.

—Ve, yo lo lavaré —se ofrece Martin para ayudarme. Desde que Claudine murió, todo el mundo ha intentado tratarme con más amabilidad, incluso Simone. Pero sus expresiones de afecto me parecen los intentos de un perro-lobo por contenerse ante un conejo que pasa, lo que me hace preguntarme cuándo no podrá contenerse y volverá a regañarme.

¿Dónde está el chico? ¿Por qué desapareció ese día?

Aunque se supone que no debo parar en el quiosco, no puedo resistirme. Mis dedos recorren la hilera de revistas del ejército alemán, mostrando en la portada la imagen de un nuevo avión, mientras finjo concentrarme en la fotografía y busco al chico. ¿Por qué no ha estado allí desde entonces? No puedo preguntarle al vendedor.

—¿Puedo ayudarle? —pregunta, despertando de su mirada somnolienta.

—¿Tiene cigarrillos?

—¿Sabe qué?, según las normas del gobierno, las mujeres no pueden fumar.

—Sí, no es para mí.

—¿Contrabando? —baja la voz.

—No.

—Los auténticos son muy caros.

—¿Cuánto?

—25 francos.

Saco la suma imaginaria de mi cartera y la pongo en su palma. Con un rápido movimiento, pone en mi mano un paquete azul, sacado de algún escondite, volviendo a su postura indiferente en el puesto.

No tengo nada que ver con esos cigarrillos, y sostengo la

caja en la mano, con la intención de tirarla a la papelera más cercana. Pero cambio de opinión en el último segundo y la meto en el fondo de mi bolso, quizá algún día los utilice. La gente que se cruza conmigo mira con curiosidad a la joven que está en la calle, limpiándose la cara con la mano.

—¿Puedo ofrecerle un pañuelo? —oigo la voz de un hombre y levanto la vista.

—No, gracias —continúo mi camino, dando la vuelta a la esquina de la calle donde la vi por última vez, no puedo volver a ese lugar.

Los cafés de los Campos Elíseos siguen llenos de soldados y sus novias, y me alejo todo lo que puedo, intentando no oír las conversaciones y las risas alrededor de las mesas. Si algún desconocido me llama por mi nombre, esta vez lo ignoro. Esas dos mujeres que caminan delante riendo me recuerdan a nosotras dos. Ya no puedo soportar la avenida; tengo que salir de aquí.

Finalmente, encuentro la entrada del metro y me meto en el túnel. La oscuridad del metro me abraza, un escape de los cafés y la calle.

De pie en la esquina del tenue andén, puedo examinar el tren que se aproxima, buscando el vagón adecuado para subir, pero llega una banda de soldados alemanes corriendo y se abren paso justo antes de que se cierren las puertas.

—Mademoiselle, ¿me enseña la ciudad?

—Mademoiselle, elíjame a mí. Soy mucho más guapo. Encantado de conocerte, Max —extiende una mano.

—No lo elija a él; Max reemplaza a sus chicas todo el tiempo. Debería elegirme a mí —otro soldado me tiende la mano.

Pero yo bajo los ojos, mirando fijamente mis zapatos de cuero, los que me compró Lizette, tratando de evitar mirar sus botas de cuero con clavos.

—Es una francesa malcriada a la que no le gusta hablar con soldados alemanes guapos —oigo decir a uno de ellos a sus amigos en alemán—. Debería darnos las gracias por haberla salvado de las garras de Stalin. Si no estuviéramos aquí, ya estaría hablando ruso —él sigue hablando, mientras yo agacho la cabeza y no digo nada, observando cómo se acercan sus botas de clavos. Pero finalmente se alejan de la maleducada francesa, caminando hacia el otro lado del vagón de metro.

El sonido chirriante del metro sobre la vía rompe el silencio, mientras el resto de la gente del vagón me observa y no dice nada, una masa gris oscura de personas que se quedaron atrás viendo cómo los soldados alemanes me acosaban y no hicieron nada. Mi mano sujeta con fuerza la barra de metal para apoyarme, y mis dedos se están poniendo blancos por la tensión que ejerzo "Trocadéro" aparece el cartel blanco de la estación, tengo que bajar.

En el andén, me detengo un momento, dejando que todos los soldados alemanes bajen del vagón del metro y sigan su camino hacia el exterior, intentando evitar que me apilen entre ellos. Todavía puedo oler su tabaco al salir, y oírlos a lo lejos. La brisa del pasillo me permite respirar, pero cuando subo las escaleras hacia la plaza, vuelven a estar encima de mí.

La superficie está abarrotada de soldados, que caminan como turistas de la victoria, hablando en voz alta y saludando. Algunos sostienen una cámara fotográfica o una mujer parisina, enorgulleciéndose de su nueva adquisición durante una breve estancia en la ciudad del placer.

Aparto la mirada de ellos, incapaz de observar sus uniformes y la bandera con la esvástica clavada en lo alto de la Torre Eiffel, y me acerco a la mujer mayor que está en la esquina de la plaza. Lleva un abrigo sucio y permanece encorvada, vendiendo flores a los soldados y a sus novias.

—¿Cuánto me costará una flor?

—Para ti es gratis, mi niña —pero insisto en pagarle.

—Que un hombre cariñoso te regale una flor —me susurra la mujer mayor mientras me entrega la flor y recibe la moneda, sujetándola con cuidado entre sus dedos arrugados.

—No llores, mi niña, algún día llegará —y lucho contra el impulso de abrazarla, dándole la espalda y alejándome.

El pequeño cementerio está oculto tras el alto muro que da a la plaza, y me cuesta encontrar la estrecha puerta de entrada. Camino a lo largo de la rotura del muro hasta que mis ojos perciben la pequeña puerta de metal que cruje al abrirse bajo mi mano. Entonces, recuerdo cómo encontrar la recién hecha tumba. Mis pasos se ralentizan al acercarme, colocando la flor en la lápida de mármol.

—Esto es para ti, mi niña, que un hombre cariñoso te regale una flor —le susurran mis labios cuando me siento a su lado.

—Sabes, Simone me trata mucho mejor, aunque está claro que te prefiere a ti antes que a mí —sonrío al ver las letras grabadas en la piedra.

—Y tu piloto ya no viene, al menos no lo he visto, pero la boulangerie siempre está llena de nuevos soldados, seguro que puedes encontrar a alguien más que te invite a dar un paseo por el bulevar, y comprarte un helado de menta —me seco las lágrimas lentamente.

—Hay muchos nuevos soldados armados e ingenieros en la ciudad. Tengo que memorizar sus números de unidad; es para Philip. Todavía no lo conoces; prometo hablarte de él la próxima vez que nos veamos —pero, no tengo el valor de hablarle del chico del quiosco.

Antes de despedirme, prometo volver a visitarla en cuanto pueda, dirigiéndome a la pequeña puerta del cementerio y de camino a casa, a Lizette.

Pero ni siquiera las conversaciones nocturnas con Lizette ayudan. Una y otra vez, casi me equivoco cuando intento explicarle por qué dejé a Claudine en la calle, buscando razones y finalmente callando. Ella no debe saber nunca lo que pasó aquel día, pero los pensamientos no cesan, haciéndome sentir tan culpable. No ocurrió por mi culpa. Sucedió por culpa del chico que había desaparecido. Pasó porque el conductor la atropelló; pasó porque Simone nos retrasó unos minutos en la boulangerie antes de irnos.

—Buenos días.

—Buenos días, Monique, esta es Marie; te va a sustituir en el fregador. A partir de ahora, trabajarás conmigo detrás del mostrador —y me detengo un momento en la entrada, apoyándome en la puerta de cristal y observando a la nueva chica, muy emocionada, que se queda quieta.

—Encantada de conocerte —le doy la mano y la llevo a la trastienda, guiándola por la lista de tareas que hasta ahora me correspondían a mí, y finalmente le entrego el viejo delantal que se utiliza para lavar los moldes de la boulangerie, tomando el blanco y limpio de la percha. El que ha estado colgado durante días, esperando a Claudine.

—¿Necesitas ayuda? —pregunta Marie.

—No, gracias, estoy bien —mis dedos se confunden

atando el delantal mientras le doy la espalda, no quiero que pregunte sobre mis ojos.

Los soldados siguen llegando, huyendo de la calle lluviosa al espacio cálido, llenándolo de lengua alemana y del fuerte humo del tabaco de mala calidad. Se ríen entre ellos mientras el timbre de la puerta suena una y otra vez al abrirse y cerrarse, lo que me pone tensa. Muchos de ellos pagan en silencio y se alejan, solo mirándome, pero hay los más atrevidos que intentan entablar una conversación, practicando su mal francés, mientras yo guardo silencio y agacho la cabeza, sin contestarles.

Los rangos, tengo que mirar sus rangos, memorizarlos. También las etiquetas de las unidades, debo aprender a reconocer sus etiquetas. ¿Y las rayas rojas cosidas en los pantalones de algunos soldados? ¿Qué significan? ¿Debo entablar una conversación con ellos? Eso es lo que Phillip espera que haga.

De vez en cuando, cuando hay menos soldados en la boulangerie, voy a la trastienda, buscando excusas para ver a Marie, pero sobre todo buscando un momento de tranquilidad para mí misma, lejos de los ruidos del timbre y las palabras en alemán en mis oídos.

Pronto llegará el final del día, y la visitaré y le compraré una flor en lugar de un hombre cariñoso. Pero de camino al metro, cuando paso por el quiosco, veo al chico de pie, de espaldas a mí.

—El lugar de siempre —oigo su susurro antes de que desaparezca, sin detenerse a darme alguna explicación sobre lo ocurrido la última vez, y me quedo de pie viéndolo alejarse. Debo apresurarme, Philip me dirá lo que ha pasado, me calmará.

La silueta de Philip me parece una sombra oscura que me espera en la tenue luz de la lámpara del sótano, pero sé que solo está protegiendo la entrada, haciéndola segura para mí.

—Llevo demasiado tiempo esperándote —sigue apoyado en la pared húmeda, y yo bajo un escalón más, acercándome.

—He llegado tan rápido como pude. ¿Cómo está tu mano? —mis dedos acarician su mano, examinando la herida en su palma, negándose a soltarla.

—Estaré bien, ¿nos sentamos? —se aparta de mí.

—Vamos a sentarnos.

—¿Está todo bien?

Mis manos se aferran a su cuerpo mientras mi cabeza busca un lugar para descansar un momento bajo sus brazos envolventes, y las lágrimas empiezan a brotar de mis ojos. Sé que está decepcionado de mí, pero no puedo contenerme más; necesito contarle todo sobre ella.

—¿Qué ha pasado? —siento el calor de sus brazos a mi alrededor.

—Es Claudine —empiezo a sollozar y me abrazo a su cuerpo con más fuerza. Sus dedos acarician suavemente mi pelo, que huele a aceite de pistola mezclado con tintas de imprenta y su agradable aroma.

—Está muerta —las lágrimas fluyen con todas las palabras que han estado esperando durante tanto tiempo. Sin parar, le cuento el accidente y toda la gente que se aglomeraba alrededor; incluso le hablo del abrigo que tenía bajo la cabeza y del zapato, que se quedó en la calle después de que se fuera la ambulancia.

—Quise recoger el zapato, por un pensamiento ilógico de que podría necesitarlo, pero no pude y seguí adelante. Y a la mañana siguiente, cuando pasé y miré de lejos la esquina de la calle, el zapato había desaparecido —no puedo dejar de llorar bajo sus dedos acariciadores.

—La lluvia lavó la sangre de la calle, y los transeúntes siguieron caminando por la calle, sin detenerse y pensar en la mujer que yacía allí ayer —dije sollozando.

—Shhh... —me acaricia suavemente el pelo.

—Y yo estaba en la iglesia, y me disculpé con todos los ángeles que la custodian a partir de ahora, y me perdonaron, y Simone trajo a Marie para que me sustituyera lavando los platos, y ahora estoy detrás del mostrador en lugar de Claudine, pasándolo mal con todos los soldados alemanes.

—Shhh... Todo está bien —sigue acariciando mi pelo mientras me abrazo a él, intentando relajarme en el calor de su agradable cuerpo y de las manos que me rodean.

—Y ahora tú estarás más contento conmigo —las lágrimas no cesan.

—Shhh... No importa... ¿y el conductor, lo atraparon?

—No, un policía vino a la boulangerie, diciendo que no saben quién fue. ¿Qué pasó con el chico? ¿Por qué desapareció ese día?

—Tenía que huir, así que desapareció.

Y sigo contándole lo de los soldados que entran en la boulangerie y piden sus postres, pidiéndole que me oriente sobre los rangos y las etiquetas, porque ahora estoy expuesta a mucho más.

Pero de repente, mientras hablo de mi nuevo lugar detrás del mostrador, tengo un pensamiento terrible sobre ese día, y aunque sigo informándole de todo lo que he oído, ese pensamiento no me abandona. Como la sirena de una ambulancia, resuena en mi mente, y poco a poco mi discurso se ralentiza hasta que guardo silencio.

—Shhhh... Todo está bien —sigue acariciándome, pero me alejo de su cuerpo y lo miro a los ojos, examinándolo a través de mis lágrimas.

—¿Por qué no estaba el chico?

—Porque tenía que irse.

—¿La desaparición del chico está relacionada con Claudine?

—La aparición del chico está relacionada contigo; el chico no está relacionado con Claudine.

—Pero yo la dejé y alguien la atropelló.

—No tiene nada que ver contigo.

—¿Cómo sabes que la policía no ha encontrado al conductor? No te he dicho nada de eso —Intento levantarme del suelo y ponerme de pie.

—No es asunto tuyo cómo lo supe —él también se levanta y se aleja de mí, observándome con sus ojos marrones.

—¿Atropellaste a Claudine? —levanto la voz.

—No, no atropellamos a Claudine.

—¿Mataste a Claudine porque me expuso? Por favor, dime que no la has matado —grito mientras me agarro a la silla de madera, apoyándome en ella.

—No, no lo hicimos —tarda en responderme.

—¿Cómo que no lo hiciste? ¿Quién la mató? —el ruido de la silla al caer al suelo suena como si se hiciera añicos contra el concreto.

—Contéstame, por favor, ¿quién la atropelló?

—No fuimos nosotros.

—Contéstame, por favor, ¿quién le ha hecho esto? —mis manos sostienen la mesa, evitando que me caiga al suelo de nuevo.

—Alguien más lo hizo.

—¿Quién es ese alguien más? Por favor, debes decírmelo.

—La resistencia comunista lo hizo.

—¿Pero por qué? ¿Por qué le hicieron eso? —mis lágrimas corren por mis mejillas mientras miro la pared, examinando las oscuras manchas de musgo. No puedo mirarlo en este momento.

—Porque les pedimos ayuda —oigo su voz cansada, como si viniera de un lugar lejano.

—¿Pero por qué? —pregunto, una y otra vez, sabiendo la respuesta en mi corazón pero sin poder detenerme, queriendo escucharla en sus propias palabras.

—Porque es así, ellos luchan contra los alemanes, y nosotros luchamos contra los alemanes, y como tenemos un enemigo común, tenemos objetivos comunes.

—¿Pero por qué matarla?

—Porque te puso en peligro a ti y a nosotros con su gran boca —intenta mantener la calma y acercarse de nuevo a mí, pero me alejo, mirando la sucia pared.

—Ella no habría hablado —mis dedos arañan la pared, despegando el yeso.

—Si todavía no había dicho nada, era cuestión de tiempo que empezara a hablar, y los alemanes lo descubrirían todo sobre ti. ¿Quieres encontrarte en el sótano de la casa de la avenida Foch 84? —intenta controlar su voz, pero me parece muy distante.

—¿Y qué pasa conmigo? ¿Me matarás a mí también? ¿Si no soy lo suficientemente buena? —me cuesta respirar.

—Eres uno de los nuestros, y por algo te hemos aceptado —intenta bajar la voz y acercar sus manos a mí de nuevo para abrazarme, pero lo detengo con mis manos, sintiendo la áspera pared a mi espalda.

—¿Solo mientras te traiga lo que quieres?

—Eres uno de nosotros; ella no lo era. Ella era la que quería salir con los soldados alemanes, para lamerles las botas, ¿lo recuerdas? —habla de ella con tanto desprecio.

—Era mi amiga, mi única amiga —debo salir de este lugar asfixiante, pero Philip me sujeta del brazo, me rodea con sus manos, no me deja salir. Sus labios me susurran palabras tranquilizadoras, pero todo lo que quiero es acurrucarme en una bolita y esconderme al mismo tiempo.

—Lo siento mucho, pero estamos en guerra; los alemanes quieren matarnos a todos.

—Ella murió por mi culpa, si no fuera por mí no estaría muerta ahora, ¿cómo voy a continuar? —mis manos intentan apartarlo, pero él me sujeta firmemente contra su cuerpo.

—Ella no murió por tu culpa; murió por culpa de los alemanes. Debes escucharme; no murió por tu culpa —me susurra una y otra vez, con sus labios cerca de los míos.

Pero sé que está mintiendo. Me miente diciendo que ella no murió por mi culpa, y me miente diciendo que no me echarán a los perros alemanes si no soy lo suficientemente eficiente. O tal vez pidan a sus amigos comunistas que hagan el trabajo sucio por ellos, cuando sea el momento de matarme, me miente mientras sus manos abrazan mi cuerpo.

—No estoy enfadada contigo. Seré la mejor soldada que tengas, lo prometo.

—Lo siento mucho, pero nunca debes olvidar quién eres.

—Soy una guerrera francesa —y mis manos apartan su abrazo mientras me alejo de la pared y corro hacia las escaleras. Debo salir de este oscuro sótano. Por un momento, me detengo en el callejón y me seco las lágrimas, notando que no me he despedido de él, pero no puedo volver a ese lugar oscuro. De todos modos, no importa en absoluto; a él no le importo. Para ellos, solo soy una chica reemplazable en una ciudad ocupada.

Me dirijo a la casa de Lizette tan rápido como puedo, subiendo silenciosamente las escaleras hasta el ático donde vivo, cerrando la puerta tras de mí sin encender la luz. Dejando que la negra noche me rodee.

Me pregunto cómo es volar y chocar con la acera. Los primeros rayos de sol pintan de amarillo los paneles grises del tejado, mientras mis pies se acercan lentamente al borde del edificio y miro con atención la calle, examinando las duras piedras del pavimento.

Hace casi un año que vivo aquí, en el sexto piso, y en todo ese tiempo, la ventana de mi ático ha permanecido cerrada. Ni siquiera la espectacular vista de los tejados de la ciudad, y la Torre Eiffel en la distancia, me han convencido para abrir la ventana y pisar con cuidado las tablas de zinc gris.

Es demasiado aterrador para mí, sentada en el borde y mirando la ciudad, en lo que podría considerarse un nido de privacidad para una chica reclusa o una vía de escape cuando sea necesaria. Pero no para mí, me dan demasiado miedo las alturas y la calle de abajo.

¿Qué se siente al volar en el aire? ¿Cómo se sintió ella? ¿Sabía que era el final? ¿Le dolió al estrellarse en la acera? Me enderezo para ponerme de pie sobre el panel gris del techo, sintiendo cómo tiembla bajo el peso de mi cuerpo, mientras extiendo los brazos a los lados y levanto la barbilla, respirando la fresca brisa de la mañana y cerrando los ojos. Solo un pequeño paso más.

Ya no puedo sentirme tan culpable, solo soy una chica que quería vivir, y no puedo volver el tiempo atrás.

¿Por qué logré escapar de la policía hace un año? ¿Dónde están papá, mamá y Jacob? ¿Por qué el trabajador del ferrocarril me derribó aquel día, impidiéndome correr hacia las alambradas?

—Allí ya no hay nadie. Se han llevado a todos —me había gritado y me había empujado a la vía férrea, haciéndome gritar de dolor. ¿Por qué no volví a ese lugar y lo intenté de nuevo?

Mis ojos miran la calle de abajo, el hombre que camina hacía su trabajo parece una pequeña gota de pintura en la calle gris, la Torre Eiffel a lo lejos pintada de un tono rojizo con los primeros rayos del sol. Incluso puedo ver la bandera nazi brillando bajo los rayos de la mañana.

—Debo vivir —mis piernas se doblan como si tuvieran mente propia y me siento en el borde, sujetando con fuerza las placas de metal y escribiendo con los dedos las palabras de Matilde en el rocío matutino que cubre el panel gris del techo.

Los rayos de la mañana pronto borrarán las palabras, y la calle de abajo me espera; es hora de decidir. ¿Qué debo hacer?

¿Qué haría mamá?

Cierro con cuidado la pequeña ventana que da al tejado, asegurándome de cerrar el pestillo con toda la fuerza que puedo. Claudine no murió por mi culpa; murió por culpa de los alemanes.

—Llegas tarde —me dice Simone cuando cierro la puerta de cristal tras de mí, jadeante por la rapidez con la que he caminado, pero me entrega el delantal limpio de la percha e incluso me sonríe mientras me lo pongo, ocupando mi posición detrás del mostrador. Pronto entrará el primer cliente por la puerta. Soy una guerrera francesa y estoy dispuesta a hacer lo que sea necesario para vivir.

El Oficial Alemán

Junio, 1943

Confidencial

6/18/1943

De: Comando del Frente Occidental de la Wehrmacht

Para: Grupo de Ejércitos de Francia

Asunto: Preparativos para abrir un nuevo frente occidental

Antecedentes: Debido a la invasión aliada con Sicilia, estimamos que el ejército italiano se rendirá al enemigo.

General: Por orden del Führer Hitler, las operaciones ofensivas en el frente oriental en Rusia cesarán inmediatamente. Estimamos que en el próximo año se ejecutará un desembarco naval desde la dirección de Inglaterra a través del canal de La Mancha.

Tareas:

Construcción de una barrera de protección a lo largo de las playas occidentales.

Construcción de búnkeres de protección para proteger el arma secreta de venganza del Führer contra Londres.

Método: El Grupo de Ejércitos de Francia será reforzado con divisiones de ingeniería que serán movilizadas desde el Frente Oriental y el Frente Sur de Italia.

El cuartel general de la división de ingenieros para la sección del canal se ubicará en París.

La búsqueda de casas para los oficiales del cuartel general de la división será responsabilidad del batallón de mantenimiento 411.

SS. Telegrama 445

Violette y Anaïs

De vez en cuando, los veo. Normalmente, me fijo en ellos a través de la ventana de la boulangerie. Suelen permanecer pacientemente fuera de la tienda, esperando a que sus esposos terminen de comprarles los panes de la mañana. Sus vestidos son glamurosos, de la última moda veraniega de 1943 permite a las mujeres, especialmente a las que suelen disfrutar del dinero alemán. Observo con envidia sus peinados ondulados, y me recuerdan a la famosa estrella de cine conocida por su actitud cariñosa con los oficiales alemanes de alto rango. Con un abrazo, saludan a sus cónyuges al salir de la tienda, mordiendo los crujientes croissants horneados en mantequilla francesa pomada.

—Monique, deja de mirar la calle de fuera, ¿has servido al caballero del uniforme negro?

—Sí, está esperando la bandeja de panes frescos que saldrá en un momento.

Sus cónyuges llevan uniformes de oficial color verde grisáceo pulcramente planchados, y con su pelo rubio recortado y su sonrisa perfecta, podrían aparecer en cualquier cartel de reclutamiento del ejército alemán.

—Danke —me dan las gracias mientras meto los panes frescos en la bolsa de papel, y mis ojos les siguen mientras se apresuran a servir la fina mantequilla a las chicas de mi edad que les esperan fuera de la boulangerie.

—Tienen dinero —dice Simone cuando desaparecen por la calle.

—Tienen oficiales del ejército alemán —respondo, y Simone sonríe un poco.

'Arletty & Arletty' siempre esperan fuera a que lleguen sus caballeros, pero hoy la lluvia torrencial les ha hecho entrar, y cierran suavemente la puerta tras ellas. Mientras las examino, se sacuden el pelo ondulado por las gotas de lluvia y se acercan a mí, la bajita con una sonrisa tímida y la alta con una mirada desafiante.

—Buenos días, no queríamos esperarlos bajo la lluvia —me dice la alta de exuberante pelo castaño, y me doy cuenta de que tiene un pequeño espacio entre sus dientes delanteros.

—Buenos días, ¿está bien si pedimos? ¿Podemos? —se suma la bajita; es de mi altura y tiene un rostro delicado y ojos grandes, de esos que siempre soñé tener cuando aún me atrevía a soñar con ser una estrella de cine.

—Buenos días, ¿qué desea?

—¿Puedo pedir una baguette? —pregunta la alta; tiene unos labios gruesos y bonitos.

—¿Puedo pedir una baguette también? —pregunta la pequeña con una sonrisa tímida, y observo sus delicados labios.

—Anaïs —la mujer de pelo castaño extiende su mano sobre el mostrador.

—Violette —la otra se une y también extiende la mano.

—Encantada de conocerlas, Monique —les doy la mano, y por primera vez toco unas manos que han acariciado a un soldado alemán.

¿Qué pensaría mamá de mí si lo supiera? ¿Por qué no pude encontrarlos hace un año, a pesar de que lo intenté?

—Por suerte, los alemanes están limpiando las calles de ellos; no queda comida en Francia, por su avaricia —escuché a esas dos mujeres en una tienda de comestibles, hace más o menos un año. Se quejaban de la ración de mantequilla, y mis ojos permanecían fijos en el suelo, examinando cuidadosamente mis viejos zapatos.

—Ya es hora de que los alemanes pongan orden en este asunto —coincidía con ella la otra—. Mi hermana me dijo que incluso hubo policías que les advirtieron que corrieran y se escondieran antes de la redada —¿Por qué no vino ningún policía a avisar a papá?

Por un momento las miré, pero volví a bajar los ojos; nadie más intervino en su conversación, y algunas otras mujeres que estaban en la fila asintieron con la cabeza.

—Al menos los han metido a todos en el campamento en Drancy; desde allí ya no podrán dominar el mundo —otra mujer se unió a la conversación.

—¿Estás renunciando a tu turno? —me preguntó la mayor entre ellas.

—Sí, he olvidado mis cupones de racionamiento en casa —le contesté, y salí corriendo de la tienda de comestibles.

Mis pies me llevaron hacia el enorme edificio y las alambradas que lo rodeaban. A medida que me acercaba, pasando por el cartel metálico "Drancy" empecé a tener miedo "Me están esperando" intenté animarme a seguir caminando por los raíles que llevaban al campo, pero un trabajador ferroviario con ropa sucia se interpuso en mi camino.

—Oye, tú, ¿a dónde vas?

—Tengo que encontrar algo.

—Este no es un lugar para una chica como tú, sal de aquí.

—Necesito saber algo.

—Te costará —me miró con lujuria.

—Puedo darte eso —le entregué los cupones de mi ración mensual de mantequilla, con la mano temblando, sin saber cómo le explicaría a Lizette que este mes no llegaría nuestra ración de mantequilla.

—¿Qué quieres saber? —sus dedos negros recogieron los cupones, metiéndolos rápidamente en su bolsillo.

—Mi familia, necesito encontrarlos. Tengo que hacerlo; por favor, ayúdame —mi mirada se centró en el edificio gris y en las pequeñas figuras que caminaban entre las alambradas. Tenía que encontrarlos.

—¿Eres judía?

—No.

—Los llevaron al este en tren, al campo de Auschwitz.

—Por favor, debo encontrarlos —mis dedos hurgaron rápidamente en el bolso, entregándole nuestros cupones de racionamiento de carne—. Es todo lo que tengo.

—No puedes encontrarlos; ahora mismo están en Polonia, vete de aquí, es peligroso para ti, te llevarán a ti también —se dio la vuelta y se alejó de mí, negándose a tomar los cupones de carne de mi mano.

—¿Qué estás haciendo? —me gritó el trabajador del tren cuando empecé a correr hacia las vallas.

—Tengo que despedirme de ellos —grité mientras jadeaba y me acercaba, sin pensar si había oído o entendido mis palabras.

—Te atraparán y te enviarán allí también —me dejó caer sobre los raíles y el dolor de la caída me hizo gritar.

—No tuve tiempo de despedirme de ellos —gimoteé contra su hombro mientras me presionaba contra el suelo, sintiendo cómo los raíles herían mi cuerpo y oliendo el gasoil y la grasa de su ropa sucia—. Tengo que hacerlo, tengo que despedirme de ellos —lloré e intenté luchar contra él, queriendo seguir corriendo hacia las vallas y la gente que había detrás de ellas.

—No debes; no tiene sentido, ya no están allí, no son ellos, los han atrapado, ahora tienen prisioneros de guerra y pilotos americanos cuyos aviones han sido derribados —siguió inmovilizándome en el suelo, sin soltarme hasta asegurarse de que me había calmado y dejado de llorar, y de que no seguiría corriendo —Lo siento, ya no están ahí —sentí que su agarre se aflojaba mientras se levantaba, estabilizándose y mirándome por un momento, alejándose de mí pero manteniéndose cerca por si me levantaba y empezaba a correr hacia las vallas de nuevo. Cuando por fin me levanté de los raíles y lo miré alejándose, me di cuenta de que mis cupones de racionamiento de mantequilla estaban tirados en los raíles junto a mis viejos zapatos.

—¿Qué te parecen mis nuevos zapatos? —me preguntó Violette unos días después de conocernos, mientras se sonrojaba y levantaba la pierna para que pueda verlos.

—Son muy bonitos —me inclino sobre el mostrador para verlos; son preciosos.

—Te dije que era agradable —Violette se ríe de Anaïs.

—Los recibió como un regalo especial —añade Anaïs

mientras se apoya en la pared, y Violette se sonroja aún más, sonriendo torpemente.

—Ven a pasear con nosotras por la avenida después del trabajo, por favor, hace buen tiempo —me pide.

—No sé; necesito llegar a casa.

—Los días son mucho más cálidos ahora; por favor, acompáñanos —me mira con sus ojos grandes, redondos y oscuros, como pidiendo mi compañía.

—Sí, estaría bien —añade Anaïs desde un lado mientras me observa de pies a cabeza, y el delantal que llevo.

Me dejo convencer por ellas, prometiéndome a mí misma que seré distante cuando caminemos juntas, pero mientras tanto me despido de ellas hasta el final del día. No tengo más remedio que reunirme con ellas; Philip espera que le lleve más información.

Dispongo los croissants que quedan en las bandejas en líneas rectas, colocando las baguettes en la cesta por orden; ¿qué clase de sonrisas les mostraré? Limpio las mesas hasta dejarlas brillantes, compruebo y me aseguro de que no hay suciedad en mi vestido, y lavo la vitrina que da a la calle, pensando en lo que voy a decir. Lentamente devuelvo el cambio al cliente del uniforme verde grisáceo, intentando evitar mirar el reloj que cuelga sobre la puerta. El final del día llega demasiado pronto. No son mis amigas; nunca lo serán, me duele el estómago.

—Tenemos que darnos prisa. Ya nos están esperando —Violette me apura mientras caminamos hacia el metro, y creo que no he caminado por el bulevar desde lo que le pasó a Claudine.

—¿Quién nos espera? —dejo de caminar, sorprendida.

—Nuestros hombres —Anaïs me sonríe como si me confesara un secreto—. Hace tiempo que querían conocerte.

—No me habías dicho que ellos también venían.

—Te lo dijimos, pero estabas demasiado ocupada arreglando todos tus baguettes y no nos escuchaste —Violette se ríe de mí—. No tengas miedo; no muerden, después de conocerlos, cambiarás de opinión sobre los soldados alemanes.

—Pueden enseñarte muchas cosas nuevas, pregúntale a Violette —añade Anaïs mientras Violette baja la mirada, sonrojada.

—Debemos darnos prisa, no puedes cambiar de opinión ahora, les prometí que vendrías —Violette me toma de la mano, y yo camino con ellas, sabiendo que no me lo habían dicho antes. Deben haber temido que me negara a acompañarlas, pero ahora es demasiado tarde.

—Puedo soportarlo —susurro para mí cuando llegamos a las escaleras que bajan a la estación del metro la Ópera, pasando al lado de un hombre con un abrigo largo, con los ojos fijos en mí.

—Está con nosotros —Anaïs lo mira con indiferencia mientras me agarra de la mano y me arrastra tras ella por las escaleras.

Nunca seré uno de ellos; pienso mientras viajamos en el estrecho vagón de metro, nunca saldré con un soldado alemán.

—Monique, te presento a Fritz y Fritz —y por primera vez en mi vida, le doy la mano a un soldado alemán, y quiero gritar.

Me sonríen muy amablemente cuando bajo mis ojos de sus ojos azules, presentándose formalmente. Sus nombres no son Fritz y Fritz, pero con toda la tormenta que hay dentro de mi cabeza, no puedo oír nada más mientras intento devolverles la sonrisa y levantar la mirada. Me tienden la mano, la toco durante una fracción de segundo y la retiro rápidamente, sintiendo que me arde la palma. Debí haber pensado en traer guantes.

—Ya te conocemos —dicen juntos—. De la boulangerie. Eres la agradable vendedora.

—Había otra chica, pero ya no la vemos, también era agradable, ¿qué pasó con ella?

—Ya no trabaja allí —me froto la palma de la mano, presionándola firmemente con los dedos.

—¿Qué hay de nosotras? —pregunta Violette, y recibe un cálido abrazo de su rubio Fritz.

—Estamos aquí solo de adorno —dice Anaïs mientras coloca su brazo en la espalda de su Fritz particular, acercándolo a un largo beso mientras me da la espalda—. ¿Nos vamos?

¿Se habían dado cuenta de que me tensaba cuando me tocaban la mano? Debo aprender a controlarme, para que Philip esté orgulloso de mí. Su atención está en sus chicas mientras caminamos por la avenida. Observan a toda la gente que disfruta de la tarde de verano, y mis ojos se centran en los dedos de Violette que juegan con la chaqueta verde grisáceo de Fritz.

Los cafés están llenos de soldados alemanes y de las chicas jóvenes que los acompañan; el grupo intenta localizar un lugar para sentarse mientras yo camino un poco detrás de ellos; tal vez los transeúntes piensen que solo estoy mirando las vitrinas y que no soy uno de ellos.

—¿Qué te parece? —todos se detienen y me miran.

—Lo siento, no te he oído.

—¿Qué te parece la nueva película que se ha estrenado?

—¿Qué película?

—La película de la que hablábamos, con la actriz francesa Arletty.

—Todavía no la he visto.

—¿Nos acompañas a verla? Dicen que actúa maravillosamente —Violette me mira interrogante.

—No lo sé; mis tardes suelen estar ocupadas.

¿Qué piensa la gente de la calle de mí? ¿Escupen o maldicen cuando pasan por la acera? Siento como si los ojos de los desconocidos se clavaran en mi espalda, penetrando en mí con miradas de odio. Debo aprender a encajar con ellos.

—Me encantaría ir si tuviera un día libre.

—Estupendo, disfrutarás pasando el tiempo con nosotros —Anaïs me mira y sonríe. ¿Qué piensa de mí?

—¿Quizás la próxima vez nos ocupemos de Monique? Así no tendrás que pasar el rato con nosotros tan sola… —añade mientras se vuelve hacia su Fritz y lo abraza, haciéndome bajar la mirada.

—No pasa nada; lo estoy pasando bien sola.

—Es una gran idea —Violette me toma del brazo con entusiasmo—. Es mucho más divertido caminar juntos por la avenida.

Después de despedirme de ellos y empezar a caminar hacia casa, me apresuro a alejarme de los Campos Elíseos y de los ruidosos cafés. Pero incluso en la tranquila calle, puedo imaginar las miradas a mi espalda, como si se quedaran y dolieran en mi piel. Incluso la palma de mi mano sigue caliente, ardiendo por el contacto de sus manos.

—¿Estás bien, querida? ¿Cómo te ha ido en el día? —me pregunta Lizette cuando entro en su cálido salón, y yo niego con la cabeza sin decir nada. No puedo decirle con quién salí y por qué. ¿Qué pensaría Lizette de mí si lo supiera? ¿También me apuñalaría por la espalda con su mirada? ¿O me echaría del ático que me había dado como lugar para dormir?

Por la noche, antes de acostarme, intento consolarme; la primera vez siempre es la más difícil, como cuando era una niña y papá me llevó al parque infantil de las Tullerías.

—Date la vuelta, no pasa nada, la primera vez siempre es la que más miedo da —me aseguró con su voz tranquila, mientras yo estaba sentada llorando al final de la escalera, con miedo a bajar—. Después de la primera vez, te acostumbrarás y disfrutarás de la sensación.

—¿Tú también te estás acostumbrando al campo de Auschwitz? —le pregunto en mi imaginación, pero no me responde.

No me encuentro con él desde aquella vez que me hizo tanto daño, después de que mataran a Claudine, y bajo con miedo. ¿Cómo debo comportarme frente a él? ¿Cómo reaccionará?

Me espera, como siempre, al pie de la escalera, y nos acercamos lentamente, paso a paso.

—Estás tranquila —está cerca de mí.

—No tengo nada que decir

—Di algo.

—Estoy intentando aprender y mejorar —aunque no lo he perdonado, me mantengo cerca de él.

—¿Cómo estás? —Philip tampoco se aleja.

—Trabajando en la boulangerie como siempre.

—¿Y cómo es tu nueva casa? ¿Es cómoda? —no menciona el nombre de quien maté.

—Me siento muy bien —claro que no.

—¿Te trata bien Simone?

—Sí, me trata bien, y ya he hecho dos nuevas amigas.

—Eso es bueno —Philip se echa hacia atrás, probablemente eso es lo que piensa de mí, que me apresuré a sustituir a la muerta Claudine por las vivas Anaïs y Violette.

—¿Y cómo son ellas, esas dos nuevas amigas tuyas?

—Son muy agradables, suelen salir con los soldados alemanes, así que me uno a ellas —yo también me inclino hacia atrás, pensando en Claudine y su piloto de Messerschmitt, el que la cortejó durante días, pero que desapareció cuando yacía en un simple ataúd de madera.

—¿Y es bueno para ti? ¿Salir con ellas?

—Lo que es bueno para Francia es bueno para mí.

—Soy feliz —se aleja de mí, y ya no puedo oler su olor corporal.

—Quieren llevar a alguien más con ellas, su oficial. Me han sugerido que salga con él.

—¿Y lo harás? —me da la espalda; no quiere mirarme en absoluto.

—Sí, estoy dispuesta a hacerlo —después de matar a Claudine, me toca ocupar su lugar. Al menos, eso es lo que él espera que haga; la única razón por la que me ha mantenido con vida.

—Gracias —oigo su voz, aunque está de espaldas a mí. No impedirá que me junte con un oficial alemán; se mantendrá distanciado de mí, esperando mis informes, enviándome de vuelta con él, sin preguntarme lo asustada que estoy. No me abrazará como la última vez; no quiero que me abrace más.

—Tengo mucha información nueva que reportar.

—Entonces siéntate y reporta —Philip se vuelve lentamente hacia mí y me lleva a la pequeña mesa de madera, tocando mi brazo por un momento.

—¿Qué nueva información tienes?

Ahora que Claudine está muerta, tengo mucho que contarle. Todo el día escuchando y recordando, concentrándome en todos esos soldados que piensan que soy una francesa estúpida que no entiende el idioma alemán, abriendo su gran boca y cotilleando con sus amigos mientras esperan ver mi sonrisa.

—Los alemanes están empezando a fortificar las playas contra una posible invasión. Han trasladado nuevas divisiones de ingenieros desde el Este, y yo seré mucho más eficiente después de salir con mis nuevas amigas y sus conocidos —pero Philip no pone sus dedos sobre los míos, aunque los espera sobre la mesa. No quiero que me toque.

—No olvides que no son tus amigas.

—Nadie es mi amigo —aparto las manos de la sencilla tabla de madera y me despido de él. Podría haber sido más amable conmigo después de asegurarse de que me quedaría sin amiga.

—Es muy simpático —me susurra Violette emocionada unos días después, cuando entran en la boulangerie.

—Y es de alto rango, le llaman "Orbest" en alemán, tiene muchos privilegios como oficial. Muchos privilegios son buenos para Monique —añade Anaïs con una sonrisa secreta, mientras da un mordisco al croissant que le he dado.

—Y se siente solo aquí en París —Violette continúa, sin entender que he estado esperando su trampa, sabiendo que tendría que entrar y caer.

Llevo días esperando que tal vez su oficial alemán cambie de opinión, o sea trasladado con su unidad de París. Cada vez que se abría la puerta de cristal y sonaba el timbre, levantaba la vista con aprensión y dejaba escapar un suspiro de alivio cuando los que entraban eran soldados alemanes y no Violette y Anaïs. Pero ahora ambas están de pie frente a mí, esperando mi aceptación.

—No estoy segura de ser una compañera interesante para él.

—Eres hermosa, créeme, se interesará por ti —Anaïs me mira y saca una caja de cigarrillos de su bolso a la moda, pero al notar la mirada de Simone, opta por devolver el paquete al interior de su bolso.

—¿Vendrás con nosotros el sábado? —Violette me sonríe.

—Monique, hay clientes.

Quiero preguntarle a Anaïs qué quiere decir, que se interesará por mí, pero Simone me llama de nuevo.

—¿Cómo se llama? —tengo que volver al trabajo.

—Se llama Ernest, Orbest Ernest.

Orbest Ernest

—Deberías pintarte los labios —Lizette me entrega el tubito rojo mientras me pongo delante del espejo, preparándome para la reunión.

Mis dedos tiemblan mientras deslizo la suave punta borgoña sobre mis labios, sintiendo su suavidad y su extraño sabor por primera vez.

—Deja que te ayude —Lizette me quita el pintalabios de la mano y me sujeta suavemente la barbilla mientras me concentro en sus ojos marrones.

—Ya está, mírate en el espejo —me sonríe con satisfacción y yo miro fijamente a la mujer en la que me he convertido, intentando acostumbrarme a mi nueva yo.

—¿A dónde vas? —me había preguntado antes cuando me dirigía a la puerta, apresurando el paso para salir tratando de evitarla.

—He quedado con alguien —inmediatamente me arrepentí de habérselo dicho, temiendo que preguntara más.

—No puedes salir así.

—Este es mi mejor vestido —me sentí avergonzada con mi sencillo vestido beige, sin saber qué contestarle, pero me llevó de la mano a su dormitorio, ignorando que le dijera que llegaría tarde.

Estuve retenida toda la mañana, abriendo y cerrando la ventana del ático, mirando las tejas grises de zinc y la calle de abajo.

—Eres una mujer; tienes que estar lo mejor posible —me sienta en la silla frente al tocador y empieza a peinarme, convirtiéndolo en las suaves ondas de una estrella de cine.

—¿Qué te parece? —me pregunta después de ayudarme con el pintalabios.

—Es precioso; gracias.

Siempre había soñado con tener ese aspecto, pero mamá nunca estuvo de acuerdo. La única vez que me dio una bofetada fue cuando me atrapó poniéndome el pintalabios rosa que había comprado con la mano temblorosa, en aquellos días anteriores a las órdenes judiciales. Todavía se nos permitía entrar en las tiendas de cosméticos, al menos en las que estaban lejos del cuartel general alemán.

—¡Solo las prostitutas se maquillan así! —gritó, y tiró el pintalabios a la basura mientras yo huía de ella, encerrándome en mi habitación y acariciando mis mejillas doloridas, odiándola y deseando que se fuera.

—¿Estás emocionada por la cita?

—Un poco, pero estoy bien —me limpio la punta del ojo. ¿Dónde está ella ahora?

—Falta algo —Lizette saca una bufanda rosa claro del armario marrón de su habitación y me la anuda al cuello, mirándome con cara de satisfacción y abrazándome con cariño—. Cuídate.

—Gracias; no me tardaré —mis piernas me llevan escaleras abajo, queriendo alejarme de los cálidos abrazos de Lizette y de todas las mentiras que le estoy diciendo. Tal vez sea mejor que mamá no pueda verme así, sin saber con quién me voy a encontrar.

Tengo que darme prisa; probablemente estén esperando por mí.

Aunque no lo he conocido nunca, lo reconozco a distancia y voy más despacio, deteniéndome y respirando profundamente. Están todos de pie y charlando cerca del café donde habíamos quedado. Fritz y Fritz permanecen de pie, sin moverse, a su lado están Violette y Anaïs vestidas con alegres vestidos color crema, y todos le muestran respeto.

Él se encuentra solo en una posición relajada y es un poco más alto que Phillip; tiene el pelo claro y corto en lugar de tupé oscuro, y su uniforme es de un limpio verde grisáceo, decorado con muchas medallas y rangos, no está sucio con manchas de tinta negras. Pero al situarme a cierta distancia, mirándolo, me doy cuenta de que también lleva una pistola clavada en el cinturón. Sin embargo, su arma de fuego está oculta en una reluciente funda de cuero nueva.

Respira despacio; tengo que acercarme a ellos; me están esperando.

—Ernest, encantado de conocerte —se fija en mí, me tiende la mano y me obligo a dar los pequeños pasos que quedan entre nosotros.

—Monique, encantada de conocerte —me mira con sus ojos verdes, y me estremezco.

—¿Nos sentamos?

Y mientras pasamos entre las mesas de fuera, esperando a que el camarero nos acompañe a nuestra mesa reservada, siento que su mano toca suavemente mi cintura, adueñándose de mí. En cualquier momento, puedo cambiar de opinión y retroceder.

—Tengo entendido que trabajas en una boulangerie —me dice amablemente mientras nos sentamos, después de sujetarme la silla; nadie lo había hecho antes.

—Así es.

—¿Y qué haces allí?

—Solo vendo croissants y baguettes.

—Deberías probarlos, sus croissants son increíbles —Violette se une a la conversación.

—Tal vez lo haga algún día —le sonríe, devolviendo su atención a mí—. ¿Te gusta tu trabajo?

—Mucho —intento ser tan cordial como puedo—. ¿Qué haces en el ejército?

—Asuntos de ingeniería, no es algo que pueda interesar a las jóvenes como tú. No deberíamos hablar del ejército; deberíamos hablar de arte y del magnífico patrimonio culinario que nos lleva a la boca tan espléndida comida —bajo la mirada y siento el sabor del carmín en mis labios.

—Danke —da las gracias al camarero, que coloca las copas de vino en la mesa, sin notar la ligera renuencia en el rostro del camarero. Desde una mesa cercana, puedo oler el café de verdad. He echado mucho de menos ese olor. ¿Cómo empiezo una conversación con un oficial alemán que me asusta?

—¿Qué te gusta de nuestro espléndido París?

—Bueno, París todavía es nuevo para mí; estuvimos designados aquí no hace mucho tiempo; me llevará algún tiempo aprender todo lo que la ciudad tiene que ofrecer. Zum wohl, señoras —levanta su copa de vino en el aire y, tal como se le ha ordenado, todo el mundo tiende sus copas—. Por nuestra encantadora anfitriona en nuestro espléndido París, que nos quedemos aquí para siempre.

—Zum wohl —todos sonríen y chocan las copas, sorbiendo el vino, y yo me ahogo. Debo acostumbrarme al sabor.

—¿Estás bien? —vuelve su atención hacia mí.

—Sí, estoy bien, no estoy acostumbrada al vino tinto.

—¿Te pido otro vino? —levantó la mano en señal de mando, llamando al camarero.

—No, no, está bien —pero ya está dando instrucciones al camarero, y en un momento aparece en la mesa una botella fría de champán, con copas nuevas.

—Y de nuevo, salud —Ernest levanta su copa—, por una nueva amistad germano-francesa —tomo un pequeño sorbo del dulce líquido, evitando decirle que no estoy acostumbrada a beber en absoluto.

Solo tomábamos algo de vino los viernes por la noche. Papá pasaba la copa de vino del Kiddush cuidadosamente de uno a otro, dejándonos probar el dulce sabor rojo, pero eso también se había acabado hace dos años y medio, en aquel terrible invierno, cuando casi nos quedamos sin comida.

—La comida aquí es deliciosa, tan delicada, de muchos sabores, por eso debo admitir que la cocina francesa supera a la alemana —y todos están de acuerdo.

—Al menos saben hacer una cosa bien, a diferencia de las guerras —dice Fritz de Violette, y todos se ríen, excepto el Orbest Ernest, que me mira.

—¿Y qué hay de las hermosas mujeres que consiguen traer a nuestras manos? —Fritz de Anaïs contribuye su parte, y todos se alegran, riendo cuando ella lo besa en los labios. Orbest Ernest sigue sonriéndome, su sonrisa educada; no quiero que lo haga.

—Se está tan bien aquí en el bulevar —Violette contribuye a la conversación.

—Por una asociación duradera durante mil años —Anaïs levanta la copa de vino y todos se unen.

Más tarde, después de comer una tarta con cereza de verdad, harina y azúcar, dimos un paseo por los Campos Elíseos, y aunque lo intento, ya no puedo separarme de ellos. ¿Qué piensan los transeúntes de mí?

—¿Disfrutas de nuestra compañía? —me pregunta Ernest, guiándonos a ambos para que caminemos unos pasos por delante del resto.

—Sí, todo está bien. Solo que no estoy acostumbrado a salir así.

—¿Cómo así?

—No soy como Violette y Anaïs; soy menos parisina que ellas.

—¿Cuál es el lugar al que llamas hogar?

—Crecí en Estrasburgo y también en Dunkerque —pienso en mi verdadero hogar, el que dejé corriendo. ¿Me está esperando? Nunca volví, demasiado temerosa de que me reconocieran; ¿y si alguien vuelve a decir mi nombre mientras camino junto a un oficial alemán?

—¿Monique?

—Lo siento, estaba pensando en la casa de mi infancia.

—¿En Estrasburgo?

—Sí, me disculpo por no haber escuchado.

—Si creciste en Estrasburgo, ¿hablas alemán? —pasa a su idioma.

—Como una nativa —le respondo en alemán.

—¿Y todo este tiempo me has dejado luchar con mi francés?

¿Lo había molestado? Dejo de caminar y lo miro a sus ojos verdes, intentando leer la expresión de su rostro, pero no lo consigo. ¿Qué debo responder?

—Estamos en París, me han enseñado que un hombre debe esforzarse por una mujer —y se ríe a carcajadas.

—Tienes valor. Me encanta eso en una mujer —y pienso que si me conociera, sabría lo cobarde que soy, pero sigo mirándolo a los ojos y no digo nada por un momento antes de bajar la mirada, sin querer cruzar la línea.

—¿Y cuándo te mudaste a París? —continúa.

—Me resulta difícil hablar de ello —me permito contestarle—. ¿Y cuándo llegaste a París?

—Hace un mes.

—¿Y dónde habías estado antes?

—Me resulta difícil hablar de ello —me sonríe como si hubiéramos encontrado un secreto compartido que nos acerca, y yo intento devolverle la sonrisa, preguntándome si me queda algo de carmín en los labios. ¿Tal vez debería haber ido antes al tocador y arreglarme? ¿Cómo Anaïs?

—¿De qué están hablando? —Violette se interpone entre nosotros, Violette se interpone entre nosotros, según una señal acordada que pone fin al tiempo de intimidad de una joven pareja en su primera cita.

—Museos y arte —le responde Ernest mientras me observa.

—No me gustan los museos; me aburren —le responde ella.

—¿Y a ti? —vuelve la pregunta hacia mí.

—Me gustan —creo que eso es lo que quiere oír.

Nunca me han gustado los museos. Desde que era una niña y caminaba con toda la clase, mirando con miedo los enormes cuadros amenazantes de gente luchando, hiriéndose, cortándose la cabeza, mientras el profesor hablaba apasionadamente del deber del sacrificio por la patria. Pero hace tres años, empecé a odiarlos de verdad. Fue en aquella excursión de la clase al Louvre cuando nos encontramos con un cartel en la entrada: "No se admiten judíos" Y el profesor nos sacó a Sylvie y a mí de la fila, enviándonos a casa, mientras todos sonreían o nos miraban con tristeza. Odiaba sus miradas de compasión.

—¿Te gustaría ir conmigo al Louvre? Siempre quise ver los enormes cuadros de Napoleón con mis propios ojos, ver todas sus batallas y victorias.

—Estaré encantada de acompañarte si lo deseas.

—Al igual que tú, soy del tipo tranquilo y me cuesta conectar con el bullicio parisino. Prefiero observar el arte de los grandes pintores —y consigo sonreírle de nuevo, como si hubiéramos encontrado otra cosa que nos une, el deseo de silencio.

La calle está tranquila al atardecer, y aunque disfruto del silencio, me levanto del banco del jardín y empiezo a caminar hacia el lugar que llamo hogar. Ya es tarde y el pequeño ático me espera.

Después de despedirnos, no puedo volver con Lizette; tengo que relajarme unos minutos. Nos quedamos todos bajo el Arco del Triunfo, mirando las figuras grabadas en mármol, mientras Fritz y Fritz hablaban de las victorias de Napoleón, y Ernest me sujetaba suavemente por la cintura, apartándome de los demás.

—Monique, he disfrutado conocerte. Has sido una compañera perfecta.

—Danke —le respondo en alemán.

—Me encantaría invitarte a verme de nuevo.

—A mí también me gustaría —sé que esta es la única respuesta que espera escuchar.

Se inclina formalmente y se acerca un poco más, besando mi mano, y puedo oler su aroma corporal mezclado con un perfume masculino de calidad.

—Buenas noches, Mademoiselle Monique, nos volveremos a encontrar en un lugar tranquilo —me sonríe, hablando en francés.

—Buenas noches, Herr Orbest Ernest —le respondo en alemán y empiezo a alejarme lentamente, dándole la espalda.

—¿Qué tal es? —Violette me atrapa antes de que me aleje—. Es muy simpático, ¿verdad?

—¿Y qué piensas de él? —Anaïs se une a ella, llegando

en un tranquilo caminar—. Será mejor que lo tomes para ti.

—¿Qué me pareció a mí? —me pregunto después, mientras me siento sola en el banco de la calle, frotándome la palma de la mano donde la besaron sus labios y sujetando mi dolorido vientre.

—¿Qué tal es? —me pregunta Lizette cuando entro en su apartamento.

—Es agradable y educado.

—¿Me acompañas a tomar un café? —y aunque me asustan sus preguntas, la acompaño a la cocina.

—Era muy educado y estaba muy pulcro —intento describirle a Orbest Ernest.

—Eso es importante.

—No es fácil tomar una decisión.

—Normalmente no lo es.

—¿Cómo conoció a su esposo? —me atrevo a preguntar mientras nos relajamos en el sofá, sorbiendo el amargo y asqueroso café de la guerra sin azúcar.

—No fui educada, pero fue hace mucho tiempo —me sonríe—. Nos conocimos en una manifestación por el sufragio femenino, antes de la anterior guerra.

—Por favor, cuéntame.

—Yo era una chica rebelde de familia rica, y él era un joven empleado bancario que se ofreció a ayudarnos a llevar nuestros carteles de protesta cuando escapamos de la policía.

—¿Y qué pasó después? —me alegra desviar la conversación de mí.

—Lo mataron, y todavía no tenemos derecho a voto como los hombres, así que probablemente no tuvo tanto éxito.

—Eso es triste.

—Sí, la vida es triste a veces, pero la mirada en sus ojos valía todo —ella sonríe un momento, y yo bajo los ojos de su foto sobre la chimenea, concentrándome en la taza negra y amarga que tengo entre las manos.

Más tarde, antes de irme a la cama, me paro frente al espejo de mi ático, escudriñándome.

Mi cara sigue siendo la misma; el lápiz de labios hace tiempo que desapareció, el pelo también ha vuelto a su forma original, mi cintura y pechos siguen siendo los mismos, nada ha cambiado.

Papá tenía razón; la segunda vez es mucho más fácil, incluso las puñaladas en mi espalda por las miradas de los transeúntes pasaban casi desapercibidas.

—Buenas noches a ti, francesita lame botas alemanas —me susurro antes de apagar la luz. ¿Qué le diré a Philip la próxima vez que me encuentre con él?

La luz del sol de la tarde pinta los tejados de la ciudad en tonos dorados, pero los rayos no penetran en el sucio callejón del Distrito Latino, dejando la calle gris mientras camino a su encuentro.

¿Qué importa lo que le diga? Lo único que le importa es la información que traigo conmigo. A él no le importo yo. Mis piernas casi tropiezan con un cajón de madera roto que ha sido arrojado a la calle, y una mujer de la tienda de enfrente me examina mientras su hija pequeña le sujeta los pies con firmeza, espiando con curiosidad a mí y a mi vestido nuevo.

Las escaleras del sótano me esperan; tengo que aprender a mantenerme viva, a darle lo que espera de mí.

Philip me espera al final de la escalera, en la misma

posición de alerta; no debo emocionarme por él, no me protegerá si tiene que elegir.

—Llevo demasiado tiempo esperándote —intenta acercarse, pero paso de él y entro, oliéndolo durante una fracción de segundo.

—He llegado lo más rápido que he podido —respondo, manteniendo la distancia con él.

—¿Lo conociste?

—Lo conocí.

Philip no dice nada, solo camina por el pequeño sótano, examinándome con sus ojos oscuros.

—Salimos juntos, caminando por la avenida, y también nos sentamos en un café. Me pidió champán.

Por un momento se acerca, todavía en silencio, como si fuera a agarrarme por la fuerza y sacudir mi cuerpo, pero se detiene. ¿Por qué no dice algo?

—Y hablamos mucho de museos y de arte. Le gustaría llevarme a visitar el Louvre. No puedo esperar para ir a Louvre.

¿Puede algo hacerte daño? ¿Cómo tú me hiciste daño a mí?

—Y me pidió que nos viéramos de nuevo, y acepté su invitación, ¿no es eso lo que querías en primer lugar? ¿Que obtuviera más información alemana?

—¿Qué información alemana conseguiste? —pregunta con voz distante.

—Están empezando a movilizar fuerzas para las fortificaciones de las costas, y llaman al proyecto 'El Muro del Atlántico', suponen que la invasión tendrá lugar en el próximo año a través de Pas-de-Calais. Emplean a trabajadores forzados para construir las fortificaciones, y admira a Napoleón, especialmente su viaje a Moscú —me detengo un momento para respirar, pero Philip sigue sin decir nada, limitándose a escucharme mientras se agarra al respaldo de la vieja silla de madera.

—¿Y tú oficial te contó toda esa información?

—Se llama Ernest, y su rango es Orbest.

—¿Y tú Orbest Ernest te contó toda esa información?

—No, todo eso lo capté de las conversaciones entre ellos, cuando pensaban que a las mujeres solo nos interesaba el vino y los pasteles de cereza. Pero Orbest Ernest también me habló de arte.

—Sí, entendí que te gusta hablar de arte.

—¿Te gusta el arte? —¿Por qué nunca me cuenta nada sobre sí mismo?

—¿Y hay más información que hayas recibido de tu Orbest Ernest?

—¿Por qué no sé nada de ti? ¿Qué hacías antes de la guerra?

—¿Qué importa lo que hice antes de la guerra? La guerra es el general que decide lo que tenemos que hacer y quiénes somos; nosotros solo somos los peones —me mira, todavía distante.

—A Orbest Ernest le gusta el arte —¿Siempre ha trabajado en una imprenta? ¿Me dirá alguna vez algo sobre sí mismo?

—¿Y has conseguido más información de Orbest Ernest al que le gusta el arte? —no está interesado en mí.

—No, pero si quieres, me veré con él de nuevo.

—Hazlo.

No me toca cuando nos separamos, y de camino al apartamento de Lizette veo el Arco del Triunfo en la distancia, y siento un pellizco de envidia por un momento, recordando la última vez que me abrazó antes de hacerme tanto daño. Si las cosas pudieran ser diferentes. ¿Por qué no puedo ser feliz como Anaïs o Violette?

Violette

—¿Dónde está Anaïs? —le pregunto unos días después, cuando entra en la boulangerie antes de que me vaya a casa, cerrando suavemente la puerta tras ella.

—Hoy he venido sola —me sonríe.

—¿Te apetece algo dulce?

—¿Queda algo? —desde que se convirtieron en mis amigas, pasan de vez en cuando sin sus Fritzes, preguntando si tengo algo para ellas a la hora de cerrar. Unas baguettes, quizás unos croissants dulces de chocolate o de mantequilla. Con dedos agradecidos, toman las sobras de los soldados alemanes al final del día.

—Sí, quedan algunos dulces. Te los empaquetaré.

—Te espero afuera, ¿te parece bien? —me susurra al notar la mirada de Simone.

—Está bien. Me reuniré contigo en un momento —recojo las sobras en una bolsa de papel, preguntándome dónde estará Anaïs.

—Las mujeres jóvenes tienen que tener valores —dice Simone en voz baja mientras cuenta el dinero en la caja registradora, mirándome en tanto me apresuro a salir.

—¿Te parece bien que te espere fuera hasta que termines de trabajar? —me pregunta cuando le entrego la bolsa de papel con los panes, dándose la vuelta para entrar. Tengo que limpiar y cerrar el local.

—¿Está todo bien? ¿Ha pasado algo?

—Todo está bien. Solo quería caminar contigo un poco. ¿Puedes?

—¿Dónde está Anaïs?

—Anaïs está con su Fritz, enseñándole París como ella sabe.

—Un momento —entro, me apresuro a limpiar las mesas y me pregunto de qué quiere hablarme.

—Yo no elegiría esa compañía —Simone sigue hablando para sí misma, asegurándose de que la oigo, pero la ignoro; no tengo otras amigas entre las que elegir; la última murió por mi culpa.

—Sería feliz si pudiéramos ser amigas —me dice mientras caminamos en silencio, pasando por la tienda de la Galería Lafayette, que exhibe la moda de verano para las esposas de los oficiales alemanes.

—¿Qué quieres decir? —hago como que no entiendo.

—Los dos nunca nos encontramos solas, caminando juntas, contándonos nuestros pensamientos.

—Creía que Anaïs y tú eran amigas así. Siempre las veo juntas.

—Sí, pero Anaïs solo hace lo que es bueno para Anaïs, sobre todo en relación con la parte de entretenimiento en la vida.

—Pensé que te gustaba pasar tiempo con ella —la agarró del brazo. Parece que lo necesita, pero después de unos pasos, el contacto entre nosotras me parece falso, y suelto su mano, continuando a su lado en silencio.

—¿Qué te parecen estos? —se detiene junto a la vitrina de una tienda de lencería, señalando un sujetador blanco y un liguero.

—¿Para quién? —pregunto con dudas; es una tienda cara para mujeres ricas. Nunca he llevado esa ropa interior; incluso mamá nunca se ha vestido así, diciéndome más de una vez que solo las prostitutas andan con ligueros.

—Es para mí. Fritz quiere que lo hagamos —por fin pronuncia las aterradoras palabras, como si llevara mucho tiempo preparándose para este momento.

—¿Insiste en ello?

No tengo experiencia en estas cosas. Todo lo que sé lo aprendí de las historias de Claudine, ni siquiera he besado a nadie en la boca, solo lo he leído en la revista, la que mamá arrancó después de encontrarla.

—Sí, dice que si somos pareja, deberíamos hacerlo.

—¿Y qué dice Anaïs al respecto?

—Ella no lo sabe.

—Y no te molesta que él... —y me resulta difícil decir las palabras.

—Dice que me ama y que están ganando la guerra.

¿Qué le digo? ¿Le cuento todos los chistes que he oído en la boulangerie al escuchar los soldados alemanes que no saben que hablo su idioma? ¿Le hablo del hombre del tanque Panzer con uniforme negro que se rio hace unos días?

—Cállate; tengo un anuncio —él había levantado la voz, y todos los demás soldados se callaron—. Himmler ha anunciado que todo aquel que no regrese de Rusia en un ataúd tiene derecho a recibir una medalla por enfermedad sexual de una prostituta francesa —¿Le cuento cómo se rieron todos de ello?

¿Y qué hay del soldado que se sumó a los vítores de las risas?:

—Podemos recibirlo gratis, las francesas lo piden —¿Qué le digo?

—¿Estás segura de que te ama?

—Me ha dicho que cuando acabe la guerra y ganen, se casará conmigo.

—¿Y le crees?

—No quiero pasar hambre. Hace dos años, en invierno, estaba en la cola del supermercado, temblando y con los cupones de racionamiento de comida en la mano. Recé para que un hombre robusto viniera a salvarme, y vino. No es francés, pero es amable conmigo; quiero estar en el lado ganador, no en el lado hambriento —No deja de hablar, soltando todo lo que tiene que decir mientras miramos la vitrina, un corsé de raso con un precio que asegura que la tienda tiene un stock de medias de verdad.

—¿No actuarías como yo? —ella me mira.

¿Qué puedo decirle? ¿Que en invierno, hace dos años, casi nos morimos de hambre? ¿Que fui la última en las interminables colas, para descubrir al final del día que no quedaba comida para los judíos? Si papá no hubiera guardado unos cuantos kilos de harina y aceite escondidos en la cocina, yo no estaría aquí junto a ella. ¿O tal vez pueda decirle que sé cómo esconderme? ¿O que estoy aprendiendo de mí misma que sé mentir mucho mejor de lo que creía?

—Es simpático, pero me temo que solo quiere meterse en tus piernas —elijo palabras especialmente groseras, sorprendida de mí misma por poder decirlas.

Pero Violette se ríe de mis palabras groseras, y me da la mano, y seguimos caminando por el bulevar como una pareja de amigas; ¿por qué no es Claudine? ¿Y por qué nadie me ha dicho qué hace un hombre cuando se mete en tus piernas, y qué se siente?

—Tenemos que decirte algo.

Violette y Anaïs entran en la boulangerie al día siguiente mientras se cruzan de brazos y se acercan al mostrador.

—Tenemos una invitación para un picnic este fin de semana —Violette está emocionada.

—¿Cómo estás hoy? —intento susurrarle.

—¿Vienes con nosotras? Por favor, ven —su mirada es suplicante.

—Por favor, ven —añade Anaïs—, es menos interesante sin la chica nueva.

—Siéntate; te daré algo —tengo que atender a un soldado alemán que espera en la cola. Quiero preguntarle a Violette cómo está, pero se asegura de seguir a Anaïs.

—Aquí tienes, dos croissants, ¿cómo estás? —Coloco la bandeja metálica delante de ellos en la mesa del rincón—. ¿Todo bien? —le susurro de nuevo, pero ella ignora mi pregunta.

—Sí, todo está bien —Anaïs se agacha y saca una caja de cigarrillos de su bolso de cuero, se pone un cigarrillo blanco en la boca y espera a que uno de los soldados alemanes se acerque a ella con un mechero encendido.

—Danke —ella le sonríe agradecida mientras él vuelve orgulloso a su lugar en la fila. Mientras se echa hacia atrás y sopla el humo azulado hacia el techo, su mirada se pasea entre Violette y yo, como si tratara de encontrar una conexión oculta.

—Deberías venir —me mira Anaïs—. Ernest también vendrá.

—¿Quiere verme?

—Dijo que estaría encantado de que te unieras a nosotros; no está acostumbrado a escuchar la palabra 'no'.

Vuelvo a mi lugar detrás del mostrador, sirviendo a los otros soldados. Puedo hacerlo, puedo ser amable con todos, darles lo que quieren, Violette, Orbest Ernest, Philip, incluso Simone.

—Monique, el cliente está esperando —oigo la voz impaciente de Simone. Probablemente después de que Violette y Anaïs se vayan, mencionará que no le agradan y que solo las mujeres inmorales y promiscuas fuman, sobre todo en público. Yo no soy como ellas.

—Monique, tienes que hacer tus deberes.

—Lo siento, me disculpo —tengo tareas que hacer; Phillip también dijo que debía hacer lo necesario, aunque él no esté realmente interesado en mí. Sonrío y me disculpo con el soldado que está esperando, entregándole los panes y el cambio. A pesar de la mirada examinadora de Simone, me acerco un momento a Violette y Anaïs.

—¿Dónde va a tener lugar el picnic?

—Nos van a llevar al río Marne, ¿te gusta el agua?

Nunca he estado en el río Marne.

Río Marne, noreste de París

—¡Vamos, Monique, Anaïs, no desistan, les estamos ganando! —los gritos de Violette se oyen por encima del tranquilo río, asustando a algunos patos, que huyen de la serenidad de la orilla, desplegando sus alas y pasando por encima de nosotros en una pacífica bandada.

—Vamos, no se rindan; se están cansando —sigue animándonos con fuertes gritos, y aunque las tres jadeamos con fuerza mientras sostenemos los remos, golpeando el agua en un intento de mantener un ritmo constante, no tenemos ninguna posibilidad contra ellos. La embarcación de los oficiales, de color castaño claro, va muy por delante de nosotros, con sus remos golpeando el agua de manera uniforme mientras escuchan el sonido de Orbest Ernest, dándoles ritmo con su tranquila voz.

Temprano, con los primeros rayos de sol, las tres chicas nos encontramos al pie del Arco del Triunfo, esperándolos y examinándonos una a la otra. Llevaban vestidos más bonitos que los míos, ¿por qué no me pinté los labios como ellas?

Los dos aburridos policías que custodiaban la puerta apenas nos dirigieron la palabra, pero me alejé de ellos, asegurándome de estar más cerca de Violette, aunque desde aquella vez que hablamos no me ha dicho nada, evitándome cuando le hago preguntas.

—Guten morgen —nos saludan cordialmente los oficiales mientras el vehículo militar de techo abierto se detiene junto a nosotros con un chirrido de frenos, lo que hace que me quede congelada por un momento, viendo a los policías cerca del Arco retroceder y mirar hacia abajo.

—Guten morgen, ¿cómo vamos a entrar todos aquí? —pregunta Violette y se ríe.

—Atarán a una de nosotras en el capó del auto como un ciervo cazado —ofrece Anaïs.

—Si acaso, un conejo o un zorro —le responde Ernest y me sonríe—. Buenos días, Mademoiselle Monique.

—Buenos días, Herr Orbest Ernest.

—Ustedes se sentarán atrás con nosotros —le responde Fritz. Y me sientan respetuosamente junto a Ernest, que está en el asiento del conductor, mientras todos los demás se apilan en la parte trasera, Fritz junto a Fritz y Violette sentada en las rodillas de la risueña Anaïs, cerca de las rodillas de Fritz.

—Me alegro de que hayas decidido unirte a nosotros —susurra Ernest en voz baja mientras intercambia una sonrisa oculta conmigo.

—Yo también me alegro —le respondo en voz baja, devolviéndole una pequeña sonrisa mientras mis uñas me arañan las palmas de las manos, temiendo que se haya dado cuenta.

—Y ahora, todos presten atención, les enseñaremos una canción alemana —anuncia Fritz desde el asiento trasero, tratando de superar el silbido del viento en el viaje y la risa de Violette. Y todos le seguimos, línea por línea, gritando el estribillo mientras yo traduzco la letra al francés para las dos chicas. Incluso Ernest se permite cantar en voz baja mientras se concentra en conducir, sus manos estaban enfundadas en guantes negros agarrando con fuerza el volante; de vez en cuando se giraba un poco para mirarme.

—Uyyy... esta es una canción sucia —anuncia Violette en una protesta de risa mientras traduzco la última línea, esperando que Ernest no note que me cuesta decir esas palabras.

—Así es, somos gente grosera —nos informa Fritz entre risas y elige una nueva canción para estudiar, mientras el sol de la mañana ilumina nuestro camino.

Cerca de un pequeño pueblo, giramos por un camino de tierra y estacionados el auto en la orilla del río, cerca de un muelle vacío, donde nos esperan dos botes de remos de madera de color castaño claro, pintados con un barniz brillante.

—Solo para nosotros —anuncia Fritz mientras espero a que Ernest salga y me abra la puerta, aprendiendo a ser mujer.

— Has pensado en todo —expresa Violette con admiración.

—Así somos, cantando canciones sucias y planeando todo —la levanta Fritz en el aire mientras ella se ríe y se sonroja.

—¿Compartimos a partes iguales? —sugiere Fritz.

—Creo que es el momento de Francia contra Alemania —ofrece Anaïs.

—Las chicas contra los chicos —Violette se une a ella. Tengo la sensación de que Ernest está interesado en otra división, pero no dice nada y me dedica una pequeña sonrisa mientras me uno a ellos, esperando a que Fritz estabilice nuestro barco, agarrándolo al muelle para facilitarnos la entrada.

—Francia va ganando —anuncia Violette cuando empezamos a remar, sin esperar a que los hombres suban a su bote. Aun así, reducen fácilmente la distancia, dejándonos muy atrás a pesar de los gritos de ánimo de Violette.

—Fuimos derrotadas, somos suyas —anuncia Violette dramáticamente mientras salimos de la barca y subimos a la orilla, extendiendo los brazos a los lados y tumbándose en la verde hierba.

—¿Lo has disfrutado? —pregunta Ernest mientras me sirve un sándwich de carne, y yo asiento con la cabeza, preguntándome si alguna vez se les escapa algo.

—Ven y acompáñanos; no es bueno sentarse a solas con un oficial alemán —Anaïs me toma del brazo y nos lleva detrás de uno de los árboles mientras Ernest me sigue con una mirada sonriente.

—¿Qué estás haciendo?

—Poniéndome un traje de baño.

—¿Un traje de baño?

—Sí, el río es agradable y fresco.

¿Le digo que no tengo ningún traje de baño? ¿Que mi último traje de baño que tuve fue en mi infancia, antes de que me crecieran los pechos? En casa, a nadie se le ocurría coser una insignia amarillo en el traje de baño; nunca pensábamos en bañarnos en el río, demasiado asustados por los soldados alemanes. En el caluroso verano, solía pasear por calles alternadas, sin querer ver a toda la gente tomando el sol en las orillas del Sena.

—No traje conmigo un traje de baño. No se me ocurrió.

—Qué pena —Violette me mira con tristeza—. Puede ser agradable.

—Puedes tirarte con la ropa interior. A Ernest le va a encantar lo que verá —ríe Anaïs mientras se acomoda los tirantes de su traje de baño azul, comprobando que están en su sitio.

—¿Quieres que te dé mi traje de baño? —sugiere

Violette—, no me importa entrar con ropa interior —pero le doy las gracias y me niego, prefiero quedarme en la orilla del río, no puedo exponerme así a los ojos de los hombres.

—¿No quieres bañarte en el río? —me pregunta Ernest cuando salimos de detrás del árbol. Saltan hacia el muelle y el agua, y me giro para sentarme en la manta de picnic que los hombres han extendido para nosotros.

—Me disculpo. Olvidé traer mi traje de baño.

—No me bañaré. No quiero mojarme —informa a los Fritz, que se han quitado los uniformes y los han colocado ordenadamente como en un desfile, y se sienta a mi lado en la manta. Los Fritz solo expresan una pequeña protesta antes de girarse para arrojar a las chicas al río y saltar al agua fría tras ellas.

—¿No te gusta nadar?

—Soy más bien un animal terrestre.

—Me he dado cuenta de que tampoco te has pintado los labios, como las otras chicas.

¿Qué debo responderle?

—Quería ser diferente a ellas. ¿Te gusta que una mujer se pinte los labios?

—Creo que una mujer es más femenina si se comporta como una mujer elegante —mis labios se sienten desnudos de repente.

—Lo intentaré —miro la hierba, sintiéndome tan sencilla en comparación con los vestidos de Anaïs y Violette.

—¿Y la poesía? Después de que hablamos la última vez, me preguntaba si te gusta la poesía.

—Sí, me gusta escuchar poesía —cuando era joven, antes de que todo empezara, me quedaba en la cama sin poder dormir. Los informativos del cine me asustaban, mostrando las declaraciones de guerra de Hitler y el inmenso e interminable ejército marchando en filas hacia la frontera.

Solo están siendo amenazantes, me explicaba papá, los alemanes son un pueblo culto, una nación que ha traído al mundo poetas y filósofos como Heine, Ghetto y Schiller no va a matar, así como así. Con su mano acariciando mi pelo, me proponía leer sus poemas.

Y yo me sentaba en la cama, esperando pacientemente a que volviera con un libro en la mano. Entonces se sentaba a mi lado en la sillita y empezaba a leerme poemas. *Papá, ¿dónde estás ahora?*

—¿Quieres que te lea poesía? —me despierta de mis pensamientos.

—Me encantaría —y se levanta y va al auto, volviendo al cabo de un momento con un libro en la mano y sentándose a mi lado en la manta.

—¿Comienzo a leer?

—Sí, por favor.

*"Aquel a que la suerte ha concedido
una amistad verdadera,
quien haya conquistado a una hermosa mujer,
¡una su júbilo al nuestro!"*

Me lee la "Oda a la alegría" de Schiller con su voz tranquila, y yo cierro los ojos y tarareo las notas de memoria mientras las lágrimas empiezan a brotar de mis ojos.

Lágrimas por la voz de papá que ya me cuesta recordar, lágrimas por no haber tenido tiempo de despedirme de él cuando la policía llamó a la puerta. Lágrimas por el hombre que me impidió correr en el campamento de Drancey, y por lo que llegué a ser. Lágrimas por no tener más hambre, y por este día caluroso y soleado y los sonidos de las risas que vienen del río.

—Siento si algo de lo que he leído te ha hecho daño, te pido disculpas.

—No, no pasa nada. Gracias por leerme.

Sigue leyendo con su voz tranquila, y me encuentro escuchándole, pero ya no soy capaz de contener las palabras, dejando que mis pensamientos vuelen hacia el este, mirando el agua que brilla bajo el sol del mediodía.

—Te has perdido toda la diversión —se ríe Violette mientras llega corriendo toda mojada, buscando una toalla y goteando sobre la manta, haciendo que Ernest guarde el libro.

—¿Qué hacías mientras no estábamos mirando? —Anaïs se une y se tumba en la manta extendida, jadeando y goteando también.

—Leíamos poesía —le sonrío mientras ella hace una mueca.

—¿Sabes que aquí tuvieron lugar grandes batallas en la guerra anterior? Aquella vez, perdimos contra ustedes, los franceses —Fritz se une a nosotros.

—Les dije que les habríamos vencido si nos hubiéramos esforzado más —responde Violette mientras se abraza a sus hombros.

—La última vez ganaron, y lograron detener nuestro ataque en la orilla del río, pero esta vez no. Esta vez nadie nos detendrá —Ernest mira a Fritz con aprecio.

—Qué aburridos son ustedes con todas estas charlas sobre la guerra —Violette se levanta de la manta y arrebata el sombrero de oficial de Fritz, que yace sobre la pila de ropa, poniéndoselo en la cabeza y poniéndose frente a nosotros con las manos en las caderas.

—¡Achtung! —se endereza y saluda, con el sombrero de oficial alemán y un traje de baño, mientras todos se ríen—. Un momento —se emociona por el momento teatral y también toma la camiseta de Fritz del montón, poniéndosela en el cuerpo mientras todos sonríen.

—Eres demasiado pequeña para su talla —comenta Anaïs.

—Cállate, Heil Hitler —saluda con la mano ante el sonido de las risas.

—¡Raus, todos los judíos fuera, vamos a matar a todos los judíos! —continúa gritando con acento alemán ante los vítores de la pequeña multitud sobre la manta. Todos la miran y disfrutan de la visión de sus pechos moviéndose de lado a lado en la camiseta abierta, apenas sostenidos por la tela del traje de baño mientras ella agita las manos.

—¡Juden raus, Juden raus! —sigue saludando con la mano en alto.

Tengo la mano extendida fuera del auto, sintiendo el placer del viento en mis dedos mientras vamos camino de vuelta a París.

—¿Qué piensas de los judíos? —me pregunta Ernest, con voz serena mientras sus ojos miran al frente, a la estrecha carretera.

¿Me está examinando? ¿Sospecha de mí? ¿Qué debo responderle?

Mi cabeza se gira por un momento hacia atrás. Todos están durmiendo en la parte trasera del auto. Fritz y Fritz con la cabeza apoyada en el asiento y la boca abierta al viento de la tarde. Violette y Anaïs están abrazadas, cada una acurrucada sobre su Fritz.

—No me gustan los judíos, pero no creo que sean tan peligrosos.

—He visto que no te reías antes cuando Violette daba su espectáculo.

—Antes tenía una amiga judía, se llamaba Sylvie; no se notaba que era judía.

—¿Qué pasó con ella?

—Ya no somos amigas, y yo ya no estoy en Estrasburgo.

—A mí tampoco me gusta lo que hacen con los judíos, pero no hay otra forma de tratarlos —continúa hablándome en voz baja, pues solo nos molesta el ruido del viento—. Si entendieras la economía, sabrías cómo intentan apoderarse del mundo; son como un zorro sabio que quiere entrar en una viña y saquear las uvas que no les pertenecen.

Orbest Ernest guarda silencio por un momento, como si tratara de averiguar cómo explicarme el problema judío de manera más apropiada.

—Verás, yo tampoco los odio, es como el cazador no odia al zorro, aprecia su sabiduría, pero debe cazarlo; de lo contrario, dañará la cosecha, destruirá la economía. Debemos detenerlos; no tenemos otra opción —me mira, y lo único que oigo es el ruido de los neumáticos en la carretera, que me sacude los oídos.

—¿Entiendes lo que quiero decir? —el viento me seca los labios.

—Creo que sí —le sonrío, la sonrisa de una buena mujer que aprecia una explicación inteligente pero que quiere saltar del auto al duro asfalto, escapar de esta caja metálica que me lleva por la carretera. Incluso papá, que entendía de economía, no entendía lo suficiente de los alemanes.

—Adiós, soldados héroes alemanes —se despide Anaïs con voz somnolienta. Intenta agarrar la gorra de oficial de Fritz, pero él le aparta la mano y no se lo permite, mientras Ernest estaciona el auto al pie del Arco del Triunfo, se apresura a salir y se acerca a abrirme la puerta.

—He disfrutado de tu compañía; has sido una compañera perfecta —me felicita.

—Yo también lo disfruté, gracias, gracias por leerme poesía.

—¿Hemos llegado? —pregunta Violette con voz somnolienta y se levanta de su Fritz.

—Sí, estamos en el Arco del Triunfo —le responde Ernest.

—Por nuestro triunfo —dice Anaïs.

—¿Has olvidado que hemos ganado? —Fritz le responde, pero ella le llena la boca con un apasionado beso de despedida.

—Aquí nos separamos —Ernest se queda cortésmente junto al vehículo, ignorando al resto. Creo que espera que lo bese. ¿Qué debo hacer?

—Gracias de nuevo por un día agradable —mi mano está extendida hacia él, pero no puedo acercarme. Soy una francesa lamiendo botas alemanas, incapaz de besar a un oficial alemán. Nunca he besado a un hombre.

Cuando empiezo a alejarme de él, me agarra la mano por un momento, deteniéndome.

—Mademoiselle Monique.

—¿Sí, Herr Orbest Ernest? —¿Me obligará a besarlo?

—La semana que viene tengo que ir de excursión a la zona de la costa norte. ¿Te gustaría acompañarme? Solo nosotros dos —y le hago un gesto afirmativo con la cabeza, soltando mi mano y caminando por el bulevar. ¿Qué otra cosa podría responderle?

Soy una prostituta francesa que tendrá que besar a un oficial alemán que quiere cazar educadamente a los judíos.

—¿Cómo estuvo tu hombre educado? —me pregunta Lizette cuando entro.

—Me invitó a una excursión de un día.

—¿Y vas a ir con él? —¿Qué le digo?

—Creo que iré, aunque a veces siento que tengo que sacrificar una parte de mí.

—¿Tomarás café conmigo? ¿Me harás compañía?

—¿Alguna vez has sacrificado algo? —le pregunto a Lizette mientras nos sentamos y sostengo la taza caliente entre mis manos.

—No siento que fuera un sacrificio porque creía en lo que hacía.

—Y después de eso, ¿no te sentiste decepcionada contigo misma?

—¿Por qué iba a estar decepcionada conmigo misma si me esforcé al máximo?

—Sigo intentándolo, pero después me siento decepcionada de mí misma, tengo tantas ganas de triunfar.

—La vida no funciona así; a veces la vida no puede proporcionarnos ni siquiera una taza de café normal —me sonríe y deja la taza de café amargo sobre la mesa.

—Gracias por escucharme.

—Gracias, hija mía, por hacerle compañía a una anciana; creo que ya has sacrificado bastante por una noche. Es hora de que subas a tu habitación a dormir —me levanto y miro la foto de su esposo, que está en el marco de plata de la chimenea. Está de pie con su uniforme del ejército, mirándome con orgullo, sin saber que unos días más tarde correrá hacia su muerte frente a las ametralladoras alemanas en el frente del Marne, en esa gran guerra anterior.

El primer beso

—¿Estás esperando a alguien? —me pregunta Simone unos días después del picnic.

—No, ¿por qué?

—Porque llevas todo el día mirando la puerta principal.

Llevo varios días inquieta, esperando que Herr Ernest entre por la puerta de cristal, sintiéndome tensa cada vez que suena el timbre. ¿Cómo voy a viajar con él durante todo un día? ¿Qué quiere de mí?

—Disculpe, ¿puede darme dos croissants? —me pregunta un soldado en mal francés, y me apresuro a servirle.

—¿Mademoiselle Monique? —otro soldado con uniforme verde grisáceo se acerca a Marie, que está limpiando las mesas con un paño húmedo.

—No, está ahí —me señala por encima del mostrador.

—¿Mademoiselle Monique?

—Sí, soy yo.

—Tengo una carta para usted —y extiende su mano con un movimiento recto sobre el mostrador, mientras yo me muevo incómoda bajo el escrutinio de Simone.

—El comandante me ha pedido que espere aquí una respuesta —habla en francés con acento alemán, corta las palabras bruscamente antes de dirigirse a la esquina de la tienda, quedándose quieto, esperando mi respuesta.

—¿Qué contiene la carta? —pregunta Simone, dejando por un momento el cajón de la caja.

—No lo sé —le respondo, sonrojándome y dirigiéndome a la trastienda, abriendo el sobre y leyendo las palabras escritas con una letra perfecta, dispuestas en líneas rectas.

Querida Mademoiselle Monique,

Está usted amablemente invitada a acompañarme en un viaje de un día por el norte de Francia, dentro de dos días.

Mi asistente espera su respuesta.

Saludos cordiales,

Orbest Ernest

Comandante de la Brigada de Ingeniería 566

—Monique, hay clientes —oigo la voz de Simone y tengo que dejar de mirar la firma rizada de Ernest; me apresuro a volver al mostrador mientras sostengo el papel blanco en la mano.

—Dígale que iré con él —le digo entre dientes a su soldado asistente, que tiene que acercarse para oírme.

—Echo de menos los días en que las mujeres francesas tenían dignidad —le dice Simone a Marie unos minutos después, mientras charlan en la trastienda. Mis dedos acomodan los panes que quedan en la bandeja, aunque ya he terminado de hacerlo antes de que entrara el ayudante de Ernest.

¿Qué espera de mí? Necesito hablar con alguien. Marie pasa y pienso en Claudine. ¿Por qué me fijé en el chico aquel día?

—Monique, ven aquí, por favor —me llama Simone al final de la jornada mientras me despido de ella.

—Esto es para ti, tu sueldo —me pone los billetes verdes en las manos.

—Me estás dando demasiado —le devuelvo algunos de los billetes.

—No, son tuyos, has sustituido a Claudine y he decidido darte un aumento; te lo mereces —y me apresuro a salir a la calle, olvidándome de darle las gracias. ¿Por qué no ignoré al chico ese día?

El chico, cerca del quiosco, no me entrega una carta oficial escrita en papel blanco, con una firma rizada; ni siquiera espera mi respuesta, solo me susurra: "Estación de Ópera" Y justo después, mete un fajo de periódicos en un gran bolso de cuero, y empieza a correr por la calle mientras agita el periódico, gritando los titulares de las noticias por todas partes "Los americanos están invadiendo Italia; el ejército alemán los ha rechazado en una heroica batalla, léalo ahora en el periódico Paris Soir".

Mientras me dirijo a la Ópera, todavía puedo ver al chico corriendo por la calle y a la gente que se le acerca, pagando con monedas y tomando los periódicos de su mano, pero tengo los labios secos y mis pensamientos están en otra parte; ¿cómo reaccionará Philip?

—¿Cómo fue salir con un oficial alemán? —Philip recorre el sótano como una pantera buscando una salida en las húmedas paredes que se cierran sobre nosotros, apenas mirándome. Mis manos se posan sobre la mesa de madera, esperando las suyas, pero él sigue de pie, negándose a sentarse frente a mí.

—No salí con él sola. Fuimos todos a un día de picnic en el Marne —no me dijo nada cuando entré en el sótano, apartándose y sin preguntar cómo me sentía.

—¿Es bonito hacer un picnic a orillas del Marne? Seguro que el río está tranquilo y frío en el calor del verano; el viento es agradable; puedes tumbarte en la hierba a la sombra de los árboles y reírte —continúa su desagradable discurso.

—Sí, es agradable allí.

—¿Y todavía se oye el ruido incesante de las ametralladoras, o los gritos de los heridos de la guerra anterior contra los alemanes de ojos verdes?

—No hablamos de ello.

—¿Disfrutaste nadando en el río? ¿Refrescando tu cuerpo de tanto calor y sudor?

—No, no disfruté bañándome en el agua fresca.

—¿Por qué no disfrutaste nadando en el río? ¿No te gustó el alemán?

—¿Por qué me haces esas preguntas?

—Porque me interesa y quiero saber de ti, ¿no es eso lo que hacemos en nuestras reuniones? Yo hago preguntas y tú las respondes.

—No, no disfruté del agua.

—Entonces, ¿qué hiciste? ¿Te pusiste un traje de baño, especialmente para que él lo viera?

—No me metí en el agua.

—¿Por qué no te metiste en el agua? He oído que los oficiales alemanes disfrutan que sus citas francesas lleven traje de baño para ellos.

—¿Por qué me hablas así?

—Porque quiero saber con quién estoy hablando ahora mismo.

—No llevé traje de baño, porque no tengo traje de baño,

porque hace años no me pongo un traje de baño —me levanto y alejo la mesa de mí.

—¿Crees que me interesaba ir a bañarme al Sena cuando un día antes había estado buscando restos de comida en los cubos de basura? ¿Crees que me importa mi aspecto en traje de baño? ¿Crees que es divertido sentarse en un auto con un oficial alemán? ¿Hablar con él de los judíos, sin saber si no le gustan, o tal vez si ha sacado el tema porque sospecha que soy judía? ¿Crees que es un placer estar con alguien que me asusta y me invita a viajar con él a solas durante todo un día, para intentar pensar qué haré si intenta besarme? —grito las últimas palabras y respiro rápidamente.

—Lo siento; no quise decir eso.

—Lo querías decir todo —vuelvo a sentarme en la silla y me tapo la cara—. Una y otra vez, me envías fuera de este sótano para que te consiga más información.

—Te pido disculpas —su brazo me rodea mientras se apoya en el suelo a mi lado, y siento el olor de su cuerpo, con el mismo aroma de una imprenta en sus dedos—. No llores; no quería hacerte daño.

—No estoy llorando —mis manos cubren mi cara; no quiero que me vea así—. Me leyó poesía; me preguntó si quería que me leyera poesía.

—Me disculpo; me encanta la poesía —me levanta del suelo de cemento y se abraza a mi cuerpo, sus manos son agradables y cálidas.

—¿De verdad te gusta la poesía? —lo miro, queriendo creerle, sintiendo su mano acariciando mi espalda y sin querer que pare.

—Sí, una vez, en la Sorbona, en otra vida que nunca volverá —sus labios están tan cerca de los míos.

—¿Fuiste estudiante en Sorbona? —no esperaba que sus labios tocaran los míos, pero lo hacen.

—Un pobre estudiante en la Sorbona —me aferro más a él y cierro los ojos.

¿Qué son todas estas sensaciones? Siento el tacto de sus dedos a través de la tela del vestido mientras respiro con dificultad. Mis manos se aferran a sus hombros con fuerza mientras nuestros labios se tensan y siguen tocándose más y más, sin poder parar.

—Tengo que irme —mis manos lo apartan y me muevo hacia atrás, intentando recuperar el aliento mientras miro a sus ojos oscuros, sintiendo que la áspera pared me araña la espalda.

—Te pido disculpas —intenta acercarse a mí de nuevo.

—Adiós —me alejo de sus cálidas manos y labios, subiendo jadeante las escaleras. Sé que si me quedo, no podré volver a cruzar el puente hasta la zona del cuartel general alemán y caminar como si nada hubiera cambiado bajo las banderas rojas de las esvásticas que ondean en la brisa de la tarde.

Tengo que parar unos instantes; estoy demasiado nerviosa. Necesito hablar con alguien, alguien que me escuche sin que tenga que mentir.

—Esto es para ti, mi niña, que un hombre cariñoso te regale una flor —coloco el ramo sobre la fría piedra y me siento a su lado. La vieja vendedora de la plaza del Trócadero intentó besarme la mano cuando compré un enorme ramo, pagándole con un montón de billetes por encima del precio que pedía. Una y otra vez me dio las gracias, bendiciéndome con cariño, mientras yo me alejaba de ella, sintiéndome más limpia sin todos esos billetes verde grisáceos en el bolsillo.

Pronto se pondrá el sol, y tengo que darme prisa en decírselo, antes de que se cierre la puerta del cementerio.

—Sus labios me resultaban agradables, pero yo estaba estresada. De repente, empecé a respirar con dificultad —intento explicárselo.

—Todavía siento el tacto de sus manos al pasar por mis pechos a través del vestido —las palabras salen de mi boca. Pero me da demasiada vergüenza hablarle de la extraña sensación en el fondo de mi estómago. No quiero que piense que soy una prostituta que no puede controlarse.

—Me escapé de él. No dijo nada sobre Orbest Ernest. Debería ir con él. No le hablé de Herr Orbest Ernest. Tengo mucho miedo.

Mientras salgo del cementerio, sonriendo al guardia mayor que se prepara para cerrar la puerta, me imagino a Claudine susurrando que no tengo nada que temer de Orbest Ernest y que todo estará bien.

Todo saldrá bien.

—¿Te sientes cómoda? —me pregunta Herr Orbest Ernest cuando me siento a su lado en el asiento trasero de su auto militar. Puedo oler la colonia que desprende su cara afeitada cuando se inclina hacia mí y me ayuda a ordenar mi pequeño bolso.

Esta vez espero sola al pie del Arco del Triunfo, con el cuerpo ligeramente tembloroso por la brisa de la madrugada de otoño, pero precisamente a la hora en que acordamos, oigo el rugido de un motor en el bulevar vacío.

—Guten morgen —Orbest Ernest salió del auto gris azulado, extendiendo la mano y ayudándome a subir al asiento trasero, mientras yo sostenía su mano envuelta en un guante negro. Su chofer personal se sentó al volante, ignorando mi existencia y mirando al frente como si estuviera soldado en su lugar.

—Ahora estarás más cómoda —saca sus prismáticos de campo del compartimento lateral, se los entrega al conductor y coloca allí mi bolso en su lugar—. ¿Nos vamos?

Los Campos Elíseos están vacíos de autos a esta hora, e incluso en la acera solo hay unas pocas personas que caminan de camino al trabajo. Los miro y me imagino caminando ahora por el bulevar vacío. ¿Miraría al vehículo alemán que pasa, lanzando una mirada de desprecio a la mujer sentada junto al oficial alemán?

—¿Debo pedirle al conductor que cierre el techo? —me pregunta Orbest Ernest al notar que un escalofrío se apodera de mí por un momento.

—No, está bien, no tengo frío —me tumbo y miro fijamente la espalda del conductor, sintiendo que merezco las miradas despectivas.

—¿En qué estás pensando?

—En el despertar de la ciudad.

—Esta ciudad es tan especial, mira las magníficas fachadas de los edificios, los alemanes definitivamente tenemos algo que aprender de ustedes —me habla mientras saluda a los guardias del puesto de control en la Plaza de la Concordia. El auto frena al pasar la barrera de bloques de concreto y alambre de púas, yo miro hacia abajo, preguntándome si estos son los guardias habituales y si me reconocen.

—Haremos que Berlín sea más bella que París. El Führer ya ha aprobado los planes, una combinación de arte francés y espíritu prusiano triunfante —saluda a los guardias del Cuartel General mientras pasamos bajo la enorme bandera con la esvástica que cuelga del edificio del Cuartel General del Ejército, mis uñas me arañan las rodillas.

—¿Adónde vamos?

—A La Coupole, cerca de la frontera con Bélgica, cerca de Dunkerque, donde creciste. Es un pueblo pequeño y sin importancia; probablemente conozcas el lugar —y yo intento sonreír; mis ojos se fijan en sus guantes negros mientras el conductor acelera el vehículo por las tranquilas calles, girando por la avenida de la Ópera hacia la salida del norte de la ciudad.

—¿Por qué vamos allí?

—Cuestiones militares que no interesarían a una bella acompañante como tú, seguro que disfrutarás de la naturaleza abierta y de los encantadores lugares que encontraremos en nuestro camino.

—Hace mucho tiempo que no voy allí.

—Estoy seguro de que te gustará volver a los lugares de tu infancia; te he preparado una pequeña sorpresa —me sonríe.

—¿Sorpresa?

—¿No les gustan las sorpresas a todas las mujeres? Pero mientras tanto, puedes sentarte y relajarte; tenemos un largo camino que recorrer —se acerca a mí y vuelvo a sentir el olor a colonia en su cuello cuando toma mi mano y la coloca en su palma enguantada en cuero.

—¡Alto! —la mano de Ernest toca rápidamente el hombro del conductor, y mi cuerpo se inclina hacia delante mientras el vehículo se detiene, con los neumáticos chirriando.

—Espere aquí —me dice y sale del vehículo, sacando su arma de fuego de la funda de cuero, y yo empiezo a temblar.

¿Qué ha pasado? ¿Se trata de mí? Vuelvo a mirar hacia la carretera, observando cómo camina lentamente, con la pistola en la mano. ¿Es la sorpresa para mí? ¿Debo salir del auto y huir? Tengo que dejar de temblar.

Un par de orejas grises se mueven entre los arbustos y un conejo empieza a correr por la carretera mientras Orbest Ernest levanta la mano que sostiene la pistola. Miro hacia abajo y cierro los ojos.

No hay ningún disparo, pero no puedo abrir los ojos, esperando.

—Consiguió escapar —le dice al conductor mientras abre la puerta del vehículo, devolviendo el arma de fuego a la funda de cuero.

—Estuvo cerca —le oigo hablar por primera vez.

—Lo atraparé la próxima vez —le sonríe, haciéndole una señal con la mano para que empiece a conducir.

—No nos rendiremos —el conductor gira la cabeza un momento antes de pisar el acelerador.

—¿Has visto cómo ha conseguido escapar? —vuelve a tomar mi mano. Tengo que sonreír.

—Apenas pude verlo. No sabía que estabas cazando.

—La milicia es una profesión; la caza es una afición que todo militar con sentidos agudos adopta para sí mismo —me mira—. ¿Tienes frío?

—No, estoy bien.

—Tienes frío; estás temblando —y le pide al conductor que se detenga y cierre el techo antes de que continuemos por la estrecha carretera. De vez en cuando nos cruzamos con un caballo que tira del carro de un granjero local o con un camión militar, pero no hay autos civiles en la carretera, probablemente por la falta de combustible.

—Hoy estás muy callada.

—Lo siento, me disculpo.

—Pensé que te gustaría visitar los lugares de tu infancia.

¿Por qué lo menciona? ¿Por qué acepté viajar con él por un día?

—Lo siento, tengo un poco de hambre.

—Lo siento, qué falta de consideración, llevamos mucho tiempo viajando y no te he preguntado si ya habías desayunado —Herr Ernest da una breve orden al conductor, y en pocos minutos el vehículo se detiene a un lado de la estrecha carretera, se saca una manta del maletero y se coloca una cesta de picnic junto a un campo arado.

—La sorpresa, por favor, acompáñeme —Orbest Ernest se acerca al vehículo, invitándome a bajar, y observo toda la comida dispuesta solo para mí en la manta de picnic.

—¿Qué te parece?

—La comida es deliciosa, gracias —Observo los campos que nos rodean, la tierra está esperando el arado de otoño, algunos árboles se alzan en la distancia, y puedo sentir una agradable brisa matinal. Aunque sus intenciones son buenas, su mirada me pone nerviosa, y el bocadillo de carne se me atasca en la garganta, asfixiándome.

—Cuéntame cómo has llegado a París —me pregunta, y por fin entiendo su intención al invitarme a acompañarle. Me prometió sorpresas.

—Pensaba que no íbamos a hablar de ello —intento sonreírle, pero demasiado nerviosa.

—Pensé que me gustaría saber más sobre una encantadora compañera que me acompaña en un viaje de un día.

—No querrás oír lo que pasó; tiene que ver con ustedes, los alemanes —pero sé que tendré que contarle lo que pasó, para eso me invitó en primer lugar.

—Me gustaría escuchar tu historia, saber qué te pasó.

—Te va a molestar.

—Te prometo que no lo hará.

—Fue hace tres años, en verano, solo que el trigo aún no había sido cosechado. Todo el campo estaba lleno de cultivos —y me mira con sus ojos verdes, concentrándose en mis labios.

—Estábamos huyendo de ustedes —intento pensar en la historia— Era un día caluroso, el sol me quemaba la piel y el camino estaba lleno de gente —no recuerdo los detalles, su mirada me aprieta.

—¿Eso es todo lo que recuerdas de tu madre y tu padre? —pregunta, y se golpea el cuello, matando un mosquito. ¿Qué le digo?

—Estábamos en un convoy interminable —intento pensar en mamá, papá y Jacob, los reales, no los del cuento. Se me cierran los ojos al concentrarme en todos los horribles rumores que han salido recientemente sobre Auschwitz, al imaginarlos caminando frente a mí en el campo, y empiezo a llorar; los echo tanto de menos.

—La carretera estaba llena de gente, y los aviones vinieron y nos dispararon, y a mi padre y a mi madre —¿Cómo es que estoy sentada desayunando con un oficial alemán en lugar de estar con mi familia?

—Siento que te haya pasado eso. No debería haber ocurrido —me entrega un pañuelo —No sabía que eso era lo que les había pasado.

—No podías saberlo —le quito el pañuelo y me limpio los ojos; ¿qué les ha pasado?

—Es terrible lo que le ha pasado al pueblo francés en esta guerra; no deberían habernos declarado la guerra, obligándonos a conquistarlos. Ustedes son una nación tan amante de la cultura; podría haber una gran amistad entre nosotros.

—No he salido de París desde entonces —le devuelvo el pañuelo. Herr Ernest lo toma en silencio y sigue mirándome.

—¿Y por qué aceptaste salir con un oficial alemán después de todo lo que te pasó? Una sensación de frío me rodea mientras el suelo cae bajo mis pies, ¿qué puedo decirle? Mis dedos golpean la manta de picnic con nerviosismo.

—He llorado durante dos años. No quiero llorar más; quiero vivir. Quiero estar del lado que habla del arte, del lado que tiene un propósito, sé que los alemanes son buenas personas y que mis padres murieron por error. Los errores ocurren en la guerra —¿Por qué no podía recordar la historia que había practicado tantas veces?

—Sí, los errores ocurren en la guerra —Ernest vuelve a relajarse y da un sorbo a la dulce bebida, mirándome mientras asiente.

—¿Seguimos nuestro camino? —sugiere, y yo me relajo, levantándome y alisando mi vestido mientras él hace una señal al conductor para que se acerque —¿Nos haces una foto?

—Un pequeño recuerdo de un día de diversión —me dice con su voz tranquila mientras ambos nos colocamos frente al conductor, y creo que he superado su prueba.

—Sonríe, nos está apuntando con la cámara —su mano me abraza por la cintura mientras me acerca, y siento la suavidad del guante de cuero, que vuelve a poner en su mano, listo para que el viaje continúe.

—Magnífico —sonríe al conductor después de hacernos la foto—. Ya casi llegamos.

"La Coupole" está escrito en alemán en la señal de tráfico blanca, y ya es el tercer control militar que pasamos en los últimos minutos, cada uno más estricto que los anteriores. Los soldados nos examinan detenidamente, saludando al ver al Orbest Ernest.

—Necesito que me esperen aquí. Tengo que ver algo, siéntete libre de dar una vuelta —me dice mientras el conductor estaciona el vehículo a un lado de la carretera para no molestar a los camiones de concreto que pasan junto a nosotros.

—¿Cuándo vas a volver?

—Tardaré una hora aproximadamente —me sonríe antes de desaparecer con el conductor tras la colina, dejándome sola en el vehículo.

Es agradable estar sola durante algún tiempo, respirando el aire libre, tumbada en el asiento trasero y mirando las nubes del cielo o de pie y mirando a mí alrededor, buscando algo que hacer conmigo misma; tengo una hora.

"ALTA CONFIDENCIALIDAD" está escrito en la carpeta de cartón marrón colocada en el asiento delantero del vehículo, con una elegante letra negra en lengua alemana, con el sello de un águila que despliega sus alas y sostiene una esvástica en sus garras. Deben haberla dejado aquí por error al organizar los documentos. Desde hace unos minutos, lo observo con aprensión.

Aunque Philip me advirtió que no me arriesgara, esta es mi oportunidad. Puedo llevarle el verdadero material que tanto busca, no solo chismes de soldados en su tiempo libre en París. Mis pies me llevan alrededor del auto, comprobando que no hay ninguna otra persona o soldado cerca, solo los camiones y los diminutos soldados son visibles en la distancia, pero están muy lejos. Los árboles ocultan el enorme edificio en construcción y no hay ningún soldado alemán cerca.

Es ahora o nunca. Debo aprovechar su error, hacer que Philip se sienta orgulloso de mí al menos una vez; no es momento de tener miedo ahora; solo necesito unos minutos. Mi mano busca papel y un lápiz en mi bolso.

—¿Qué estás haciendo, qué estás escribiendo?

—Nada —me levanto rápidamente detrás del vehículo y me aliso el vestido, ocultando los papeles a mi espalda; el lápiz lo dejo tirado entre la maleza.

—Enséñame eso —Orbest Ernest está de pie frente a mí, hablando en voz baja, el alemán salía de su boca como el siseo de una serpiente. Su chófer está de pie junto a él, sosteniendo el maletín de cuero marrón y los prismáticos.

—No estoy haciendo nada, solo estoy sentada fuera del auto.

—¿Qué tienes en la mano? Enséñame las manos, las dos.

—No es nada, solo algo que estaba escribiendo.

—Pensé que teníamos una gran amistad —su boca susurra las palabras con una sonrisa amarga mientras su negra mano espera recibir lo que tengo en la mano.

Mis manos se acercan a él lentamente, entregándole los papeles arrugados que sostengo en mi puño.

—¿Qué es esto? —pregunta mientras examina cuidadosamente los papeles arrugados.

—Flores.

—¿Qué son estos dibujos de flores? Aquí no hay nada escrito.

—Dibujos de flores.

—¿Por qué dibujas flores?

—Estaba aburrida así que me bajé del auto y me senté en la hierba a dibujar flores, me gusta dibujar flores —Orbest Ernest mira un momento más los papeles que sujeta con sus guantes de cuero negro y me los devuelve en silencio. Mientras me debato entre decir algo, se aleja con el conductor que lo sigue y se vuelve hacia él, pero no puedo oír su conversación. Tengo la mano en el estómago.

De vuelta a París, todo vuelve a ser como antes. Herr Ernest me tiende amablemente la mano para ayudarme a subir al auto y me pregunta si estoy cómoda. Mientras tomamos la carretera hacia París, sigue hablando de arte y del Palacio del Louvre, y de lo especial que sería visitarlo. Aun así, me cuesta escucharlo y prestar atención a la conversación. La mayor parte del tiempo mis ojos están puestos en la espalda del conductor que conduce en silencio. ¿Qué me habría pasado si no me hubiera fijado en el estuche de prismáticos abierto que se dejó bajo la guantera? ¿Qué habría pasado si no hubiera pensado en el conejo gris que cruzó la carretera?

Me duele el estómago y trato de cerrar los ojos y respirar lentamente, imaginando lo que es correr por el bosque, escapando del cazador.

—Hemos llegado —abro los ojos en la oscuridad al tacto de un guante de cuero en mi mejilla, mirando la silueta de un oficial alemán inclinado sobre mí, y quiero gritar.

—Mademoiselle Monique, hemos llegado, despierte —el oficial alemán me susurra. Es Orbest Ernest, y estoy dentro de su auto militar. Desde la ventanilla, puedo ver el Arco del Triunfo en la oscuridad sobre nosotros.

—Dame la mano —le agarro la palma de la mano y me sitúo en la calle, acostumbrándome a las tenues luces de las farolas, que solo brillan unas pocas debido a las normas de la guerra, y a la plaza desierta a última hora.

—Tenías frío, así que te cubrí con mi abrigo —bajo lentamente la mirada y examino el pesado abrigo que cubre mi cuerpo, dándome calor, dándome cuenta de que llevo un uniforme de oficial alemán nazi. Mis dedos se deslizan lentamente sobre la cruz de metal negro que está cerca de mi pecho, sintiendo la punta de las cuchillas.

—Gracias por cuidar de mí.

—Muchas gracias por un día fascinante —no menciona ni una palabra de lo sucedido en el lugar de construcción.

—Gracias —yo tampoco lo menciono.

—Me encantaría volver a salir contigo.

—Me encantaría ser tu acompañante.

Sus manos se aferran a mi cuello mientras acerca mi cara a sus labios, pegándolos a los suyos. A pesar del día de viaje, todavía puedo oler la colonia de sus mejillas mientras me acerca a él mientras su lengua penetra en mis labios.

Mis manos se apoyan en los costados de mi cuerpo mientras su lengua toca la mía hasta que se detiene y, en la penumbra de la noche, puedo verlo sonreír.

—Me alegro de que nos hayamos besado —dice. ¿Qué importa lo que yo responda? Lo habría hecho de todos modos. Está acostumbrado a conseguir lo que quiere.

—Yo también me alegro de que nos hayamos besado.

—¿Puedo? Por favor —él levanta la mano.

—¿Qué? —le pregunto, sin entender.

—Mi abrigo militar, ¿puedo tenerlo?

—Lo siento —me quito el abrigo y le entrego la tela verde grisáceo, sintiendo el frío de la noche.

—Buenas noches, Mademoiselle Monique.

—Buenas noches, Herr Orbest Ernest.

Mis ojos siguen el vehículo militar que avanza por el bulevar casi desértico, oliendo la gasolina quemada que ha dejado atrás y empezando a conducir hacia su casa. El somnoliento policía francés que vigila el monstruo del Arco del Triunfo me sigue con la mirada, pero lo ignoro, dirigiendo mis pasos hacia la única farola iluminada al final del callejón.

Necesito mucho que alguien me abrace.

Cuento las escaleras del sucio sótano del Distrito Latino, esperando para abrazarlo. Han pasado tantas cosas desde la última vez que nos vimos, cuando nos besamos, y estoy tan avergonzada de mí misma. Besé a un oficial alemán.

Philip me espera al pie de la escalera, como siempre, pero cuando me acerco a él y trato de agarrarle las manos, retrocede.

—Monique, te pido disculpas por lo que pasó la última vez; no debería haber ocurrido.

Me acerco y miro sus ojos oscuros, examinándolos de cerca. ¿Son marrones o negros?

—No debería haberte besado —continúa hiriéndome—. Es demasiado peligroso para nosotros; tenemos una misión que cumplir.

—Sí, tenemos una misión que cumplir —le doy la espalda y me dirijo a la mesa de madera, sentándome en la silla, deseando que se aleje de mí. Sobreviviré, incluso sin su abrazo. Philip se acerca a mí y busca algo más que decir, pero ya no lo miro a los ojos, sino que examino cuidadosamente los surcos de la superficie de madera de la vieja mesa.

—Están construyendo algo grande en el norte. No sé qué es.

—¿Has oído lo que he dicho? Estamos en guerra, lo siento —me agarra del brazo y trata de tirar de mí hacia él.

—Hay muchos controles del ejército, muchos soldados —le quito la mano y vuelvo a sentarme, no quiero que me toque.

—No es el momento adecuado. Estamos en guerra —se sienta frente a mí y pone las manos sobre la mesa, y yo miro de cerca las manchas de color negro de sus dedos, pero no pongo mis dedos sobre los suyos.

—Un montón de camiones de concreto, tal vez un gran búnker.

—No se me permite hacer lo que hice. Nos pone en peligro a nosotros y a nuestro juicio. Aquella vez no ocurrió.

—Y me seguía hablando de arte; ¿también tu Sorbona nunca sucedió?

—Tienes que olvidarte de la Sorbona; mi Sorbona pertenece a otra vida, ya no soy yo, ahora somos tú y yo aquí en un miserable sótano del Distrito Latino en una ciudad ocupada y hambrienta.

—Se interesó en mí y me preguntó por mi pasado —no sabes realmente lo que es tener hambre.

—¿Sospechó de ti? No quiero que te arriesgues —pone sus manos sobre las mías.

—No me arriesgué, y él no sospecha de mí en absoluto. Me trató muy bien. No es un pobre estudiante —retiro las manos de la mesa.

—¿Has visto algunos documentos? Tienes que tener cuidado de no acercarte a los documentos; podría ser una trampa.

—No, nada, solo los camiones y un conejo corriendo por la carretera.

—No quiero que te hagas daño.

—No me haré daño, sé cuidarme, incluso nos hicimos fotos juntos, él tiene una foto de los dos. Creo que deberías conseguirme una cámara la próxima vez que vayamos, para que yo también pueda hacer fotos —al menos alguien tendrá un recuerdo mío.

—¿Te has hecho una foto con él? ¿Por qué necesitas una cámara? Es peligroso.

—Porque si tuviera una cámara, podría tomar fotos del búnker que están construyendo —y también ser atrapada y ser ejecutada, tal vez eso es lo que le pasa a una como yo que besó a dos hombres. Te arrepientes y dices que nunca sucedió, y el otro es un oficial alemán.

—No te voy a traer una cámara, es demasiado peligroso. ¿Por qué te fotografió?

—Porque quería tener un recuerdo de nuestro viaje, de la que besó —o del que intenta cazar.

—¿Le devolviste el beso? —su mano ya no está sobre la mesa, se levanta y camina por la habitación, y yo vuelvo a mirar los surcos de madera de la mesa, examinándolos detenidamente.

—Deberías comprobar qué hay en el norte. Creo que es un comandante de alto rango —*y no dijo que fuera un error, como tú dijiste. Ni siquiera quieres sentarte en la misma mesa conmigo*.

—Hay que tener cuidado con él, es peligroso.

—Tenemos que correr riesgos, ¿no? ¿No estamos en guerra? —me levanto para irme, y él repite nuestra tradicional bendición.

—Cuídate.

—Cuídate —respondo antes de darme la vuelta y alejarme. Subo lentamente las escaleras que llevan a la calle, odiándolo a él y a esas palabras.

—Cuídate, francés miserable —repito la bendición las noches siguientes antes de dormirme, intentando olvidar a qué sabían sus labios cuando me besó en el sótano aquella vez. Nunca ocurrió. Ya no me abraza. Tengo que aprender a alejarme de él.

La Invitación

Pasa un rato hasta que dirijo mi atención al siguiente soldado de la fila, le entrego la bolsa llena de galletas, levanto la cabeza, lo miro a los ojos verdes y me quedo helada.

—Creía que solías enviar a tu ayudante —a pesar de la vitrina que nos separa, puedo oler su colonia.

—Quería venir a ver el lugar donde trabajas, el lugar del que todo el mundo habla —Ignora la rudeza de mis palabras mientras Simone cierra la caja registradora y trata de escuchar, haciéndose la ocupada.

—Trabajo aquí cuando no me sorprendes —le muestro el pequeño espacio, lleno de sillas, mesas y humo de cigarrillos, intentando recomponerme mientras ignoro a Simone, que se agacha para tomar algo del mostrador, pero se mantiene cerca.

—¿Así que no te gusta que te sorprendan?

—La verdad es que no.

—A mí tampoco me gusta que me sorprendan; creo que acabamos de encontrar otra cosa en común —me sonríe y yo consigo devolverle la sonrisa.

—Lo siento, Madame —se dirige a Simone en francés mientras ella se levanta, sonriendo al ver sus numerosos rangos y condecoraciones, ya fijándose en él por primera vez—. ¿Me puede prestar Mademoiselle Monique? Me encantaría que me enseñara la ciudad.

—Estará encantada de acompañarte —le sonríe y me hace un gesto con la cabeza para que me vaya, y me giro para quitarme el delantal de la cintura, preguntándome qué palabras usará Simone cuando salga por la puerta. ¿Le dirá a Marie que echa de menos a las jóvenes francesas respetables?

¿Aquellas que ya no se encuentran en la ciudad?

—Muchas gracias; se pondrá en contacto con usted mañana —le da las gracias a Simone mientras me abre la puerta de la boulangerie, rodeando mi cintura con su brazo. Ambos sabemos que soy de su propiedad, ¿qué sorpresa me habrá preparado hoy?

—¿Está todo bien? ¿Por qué vamos a entrar? —rompo el silencio entre nosotros frente a la puerta de los Jardines de las Tullerías.

—Tengo unas horas y quería pasar un rato contigo —Orbest Ernest se detiene ante el cartel de la entrada del jardín, clavado en la puerta de hierro abierta: "Se prohíbe la entrada a los judíos" Un recuerdo de los días en que aún había judíos en esta ciudad.

—Pensé que querías que te mostrara la ciudad.

—¿No es este jardín una parte hermosa de la ciudad? — cruza la puerta y entra mientras sus botas aplastan la grava blanca.

—¿Qué hacías en el ejército antes de conocerme? —dudo durante una fracción de segundo, pero camino tras él hacia el jardín que no he visitado en los últimos años. La piscina redonda de la entrada está vacía de agua y nadie se sienta en las sillas de hierro verde. ¿Dónde se han ido las esculturas de mármol?

—Ya te he dicho que no quiero hablar de Oriente, no te va a interesar. Cuando estoy contigo, quiero hablar de París y del arte, no de la guerra.

—¿Por qué conmigo?

Tarda en responder, como si intentara pensar en las palabras adecuadas. Caminamos en silencio por el jardín casi vacío, escuchando el ruido de la grava bajo nuestros pies.

—Porque eres diferente, no eres como las demás.

Cruza las manos detrás de la espalda, mirando la gran extensión del Palacio del Louvre —Eres tranquila, no gritas como Violette ni eres irrespetuosa como Anaïs, no tratas de impresionarme, sino que estás dispuesta a aprender. Tal vez seas como la nación francesa, al acecho de alguien que venga a llevarte. Y yo voy a ser ese alguien —Sonríe para sí mismo al encontrar las palabras que buscaba, deteniéndose y mirándome.

—¿Soy un símbolo para la nación francesa? ¿El triunfo y la victoria?

—No olvides quién eres; naciste en el Estrasburgo alemán, solo te llaman francesa por un insulto histórico.

—Nunca olvido quién soy —hablo alemán y francés, también lo besé, y también lamo botas alemanas.

—Es justo que este palacio nos pertenezca. Me llena de orgullo —mira las enormes alas del Louvre que nos rodean, mientras yo espero pacientemente a su lado.

Esta vez, no intenta besarme ni siquiera darme la mano. Herr Ernest sigue caminando hacia la salida del jardín, como si afirmara que, a partir de ahora, le pertenezco y seguiré sus pasos. Las esculturas de mármol del jardín me miran desde la esquina junto a la pared, las sacaron y las trasladaron, las juntaron y las envolvieron en sacos de arena, probablemente para protegerlas de las bombas aéreas, me pregunto si a ellas también les gustaría estar en otro lugar.

La pequeña grava es pisoteada bajo mis zapatos en la

salida de la puerta y el cartel: "No se admiten judíos".

—Déjeme invitarle a un pastel en la avenida —me dice, y yo le sigo obedientemente.

—¿Te gusta el pastel?

—El pastel está delicioso; gracias.

Miro el plato que tengo delante, repleto de una porción de pastel dulce hecha con azúcar de verdad, con cuidado de no levantar la vista hacia la avenida y la gente que pasa por delante de nosotros. Orbest Ernest se echa hacia atrás mientras me observa, saboreando una copa de champán de una botella fría que se encuentra en una cubertería especial junto a la mesa. ¿Por qué nadie me ha enseñado a comportarme con un hombre que me invita a champán?

—Tienes que ponerte un vestido brillante; te sentará bien.

—Gracias; lo intentaré.

—¿Desde cuándo dibujas flores? ¿Cómo esa vez en nuestro viaje? —menciona ese día por primera vez, y me tenso.

—Desde que era pequeña.

—¿En París?

—Sí.

—Creía que te habías criado en Estrasburgo.

—Me crie en Estrasburgo, pero mi primer cuaderno de dibujo lo recibí de París, papá me lo compró en París, en uno de sus viajes de trabajo —muerdo con cuidado el pastel, intentando mantener la calma. No debo volver a cometer un error tan estúpido, nunca.

—Por tus dibujos de flores —levanta la copa en mi honor, y yo sonrío, golpeando mi copa contra la suya, esperando que no haya notado mis dedos temblorosos.

—Halt —Herr Ernest medio grita mientras salta de su silla, y yo me paralizo en mi asiento. Toda la gente de la cafetería deja de hablar y nos mira. Solo el sonido de un tenedor cayendo en la acera rompe el silencio, perturbado por el sonido de las botas de punta de Ernest.

—¡Halt! —camina y pone la mano en la espalda de un hombre que camina por la calle. El hombre se detiene y lo mira con cara de sorpresa.

—¿Qué has hecho? —Orbest Ernest se coloca encima de él, acercándose a la cara del hombre.

—No he hecho nada —le responde el hombre con voz llorosa.

—Pídele disculpas a la señorita —lo lleva con la cabeza baja, dándole una palmada en el suelo a mis pies—. Pídele disculpas a la señorita por haber escupido en la acera.

—Me disculpo —llora a mis pies, y yo miro hacia abajo pero cierro los ojos para no verlo y romper a llorar.

—¿Aceptas las disculpas?

—Sí —asiento a Herr Ernest.

—Vete de aquí, francés asqueroso —lo toma por la nuca y lo empuja desde la zona de la mesa hacia la calle. El hombre se aleja rápidamente, sin mirar atrás, y mi mirada lo sigue hasta que desaparece entre los transeúntes, convirtiéndose en una mancha lejana.

Solo entonces dejo que mis ojos vaguen alrededor, viendo que toda la gente que nos ha estado observando empieza a hablar de nuevo. Los camareros vuelven a correr entre las mesas y el ruido de las conversaciones llena el ambiente. Incluso la pequeña multitud que se reunió en la calle desaparece como si nunca hubiera ocurrido nada.

—Pido disculpas por lo ocurrido —Orbest Ernest vuelve a sentarse en su silla, recogiendo su gorra de oficial del suelo y colocándolo de nuevo sobre la mesa, donde estaba antes de que todo empezara.

—No ha pasado nada —logro decir algo, mirando el pastel de azúcar en mi plato.

—Hay que enseñarles el significado del respeto—. Mira a su alrededor, y toda la gente del café detiene sus miradas robadas en nuestra dirección, volviendo a su pequeña charla.

—Lo he disculpado; no era su intención.

—¿Te gusta el pastel?

—Sí, mucho, gracias —¿Cómo puede pensar ahora en el pastel?

—No propusimos un brindis como es debido —Herr Ernest levanta de nuevo su copa en el aire, y volvemos a golpear nuestras copas, antes de llevarme la copa a los labios, bebiéndola toda e ignorando el sabor amargo del champán.

Hacia el atardecer me acompaña por la avenida mientras yo miro la acera, paseando a su lado.

—Vivo en un hotel. Por desgracia, no es apropiado que invite a un acompañante a visitar mi habitación —asiento en silencio y doy un suspiro de alivio.

—Pero me encantaría volver a verte —me sujeta el cuello y me acerca a un beso. Sus labios vuelven a tocar los míos y su lengua penetra en mi boca antes de que se despida de mí y me vuelva a casa, odiándome un poco más, el olor a colonia se queda en mi nariz.

El sonido de la llave es el único ruido que oigo cuando entro en el oscuro apartamento, pasando por el tenue salón y subiendo a mi ático. Lizette me dijo que estaría fuera, así que me quedo con mi privada oscuridad entre las cuatro paredes y la sencilla cama de hierro.

—Querido Dios —digo palabras de oración mientras me tumbo en la cama y miro el techo negro—, por favor, haz que todo vuelva atrás; por favor, convierte todo lo que ha pasado en un mal sueño. Por favor, devuélveme a mi casa; te prometo que no volveré a discutir con mamá cuando me pida que cuide a Jacob, por favor. Prometo ser lo mejor que pueda.

Pero a la mañana siguiente, me despierto en el mismo ático, sin la voz de mamá apurándome para que vaya a hacer cola para el pan, y Lizette me pregunta si tomaré un café con ella cuando termine de ordenar la casa. Y no oigo los sonidos de la risa de Jacob y de papá leyendo el periódico, explicando a mamá que, aunque la situación es tensa, no va a estallar ninguna guerra.

La lluvia otoñal no cesa en mi camino al trabajo, mojando las hojas caídas en la calle. Y la bandera nazi de la calle Rivoli, en el cuartel general alemán, gotea un chorro de agua fría sobre mi cabeza mientras cruzo la calle gris de abajo.

No es diferente de los demás cuando entra en la boulangerie con su uniforme verde grisáceo. Cierra la puerta tras de sí y se sacude el abrigo de las gotas de lluvia que han caído desde la mañana, buscándome con la mirada, como muchos otros.

—¿Mademoiselle Monique? —se vuelve hacia mí, ignorando a Simone y sus miradas de desaprobación.

—Sí, soy yo —mis ojos le miran sorprendidos; ¿cómo sabe mi nombre?

—Esto es un regalo de Herr Orbest Ernest —coloca un paquete envuelto en papel de seda de color púrpura sobre el mostrador, chasqueando las botas como si se preparara para saludarme, se da la vuelta y sale de la tienda, cerrando suavemente la puerta tras de sí.

—¿De quién es? —pregunta Simone y se acerca a mí, como si quisiera dejar claro que ella es la que manda aquí y que tengo que obtener su aprobación antes de tomar el paquete del mensajero, a pesar de que ella estaba a mi lado y había oído lo que dijo el soldado.

—De él —intento calmarme.

—¿Y qué hay en el paquete?

—No lo sé —lo sostengo con fuerza en las manos, temiendo que ella lo arrebate y arranque el papel, decidida a averiguar qué regalo he recibido de un oficial alemán.

—Entonces ábrelo.

Mis manos comienzan a desenredar la cinta blanca que envuelve el paquete; mi sonrisa me hace sentir culpable.

—¿Lo estás abriendo?

¿Qué me ha enviado? ¿Y si se trata de un objeto íntimo, como el que vi aquella vez en la vitrina de la tienda con Violette? Me apresuro a ir a la trastienda, a sentarme en un rincón sobre un cajón de madera donde nadie puede ver. ¿Y si espera algo de mí? Con una mano temblorosa, quito el papel de seda morado, sintiendo su delicadeza entre mis dedos.

—Marie, por favor, llama a Monique, las francesas decentes no deben recibir el regalo de un hombre extranjero —pero la ignoro.

Mis manos agarran el lujoso cuaderno, envuelto en una tapa dura de cuero negro con la letra "E" curvada grabada, y lo noto al pasar el dedo por el suave cuero.

—Monique, hay un cliente.

Abro el cuaderno y sostengo la nota blanca, escrita con letra redonda.

Para Monique,

Ten un diario para dibujar todas las flores que quieras.
Me encantaría que me acompañaras en un viaje de dos días a Normandía dentro de dos semanas, haciéndome compañía, incluyendo una noche de hotel.

Herr Orbest Ernest.

—Monique, el cliente está esperando.

Miro la nota un momento más antes de devolverla entre las páginas del diario, la meto en el bolso que cuelga de la percha detrás de la puerta y me apresuro a volver a mi sitio junto al mostrador.

De camino a casa paseo un rato, con ganas de mojarme bajo la lluvia, sintiendo que merezco sufrir. ¿Por qué he sonreído más que en mi cumpleaños de hace dos años? ¿Cuando recibí una caja de chocolate de mamá?

De nuevo Lizette no está, y la casa está vacía, y yo entro en el frío ático. ¿Qué espera Orbest Ernest que haga? ¿Es esa cosa a la que tengo tanto miedo?

—¿Qué esperas que haga? —le grito a Philip unos días después.

—Espero que hagas lo mejor que puedas —me responde enfadado mientras se levanta de la silla, moviéndola bruscamente.

—Prometo hacerlo lo mejor posible —le respondo, y miro el simple cuaderno de cartón que reposa entre nosotros sobre la mesa de madera, preguntándome por qué empezamos a pelearnos.

No pensaba abrazarlo mientras bajaba las escaleras hacia el sótano, me prometí que lo superaría, pero mis manos no pudieron contenerse. Me abracé a su cuerpo, aferrándome con fuerza y oliendo su olor corporal, mezclado con el olor del aceite de pistola, sin poder soltarlo.

—Solo un momento —le susurré—, sé que no debemos —y me abrazó en silencio, envolviendo mi espalda con sus manos y acariciándome suavemente.

—Te he traído algo —me susurra, y le abrazo aún más fuerte.

—Un momento más.

—Solo para que sepas que les gustó la información que nos diste la vez anterior —sigue acariciándome, y no puedo dejar de aferrarme a su cálido cuerpo, sintiendo todo mi cuerpo como una electricidad; ¿qué son estos sentimientos?

—¿Quién quiere que lo sepa? —pienso en sus dedos acariciando mi espalda.

—Los que obtuvieron la información. Debemos parar; dijimos que nunca había pasado —y suelto mis manos y retrocedo; no ha vuelto a suceder.

—¿Puedo empezar mi informe ahora? —ni siquiera quiere abrazarme de vez en cuando.

—Te he traído algo —saca un simple cuaderno de cartón y lo coloca sobre la mesa.

—¿Qué es?

—Es un cuaderno normal. En él puedes anotar información secreta. Te enseñaré a esconderla entre palabras normales para que quien la lea no entienda que hay información oculta en ella —¿Por qué se aleja de mí?

El cuaderno está sobre la mesa entre nosotros, envuelto en una áspera funda de cartón, y deteriorado en las esquinas como si lo hubiera usado otra persona antes que yo. Aun así, no me atrevo a preguntar, aunque cuando lo abro, veo que le han arrancado varias páginas y que en la primera no hay ninguna nota de saludo.

—Gracias —¿Le hablo del regalo que he recibido de Orbest Ernest?— Quiere llevarme con él a Normandía.

—¿Quién, tu oficial? —asiento en silencio e intento acercarme a él, pero Phillip se aleja de mí, se sienta en la silla de madera y me mira.

—Es una buena señal que confíe en ti —eso es todo lo que dice, ¿por qué no me dice algo más?

—¿Qué debo hacer? Dime qué debo hacer.

—Tienes que ir con él —me responde con voz distante.

—Iré con él. No tengo otra opción.

—Quizá tenga que traerte una cámara para que puedas hacer algunas fotos.

—Entonces tráeme una cámara —me pongo de pie y me preparo para ir; *por favor, impide que vaya.*

—Me disculpo; no quise decir lo que dije —Philip también se levanta y me mira, pero yo miro a un lado y me asusto.

Por un momento, me parece que la silueta de Orbest Ernest está de pie en el rincón oscuro de la bodega, observándonos, con su uniforme verde grisáceo con la Cruz de Hierro en el pecho.

—¿Qué te pasó? —Philip se da la vuelta rápidamente, con

la mano ya sujetando la empuñadura de su arma de fuego, listo para sacarla.

—Por un momento, me asusté por el montón de tubos que había en la esquina —y Philip me mira de nuevo, sus manos soltaron la empuñadura de su arma de fuego.

—Me preocupo por ti —suaviza su voz.

—¿Qué esperas que haga? —le grito, aun pensando en el rincón del sótano.

—Espero que lo hagas lo mejor posible —me grita Philip de vuelta.

—Prometo hacer lo mejor que pueda —mis manos agarran el sencillo cuaderno que hay sobre la mesa entre nosotros y lo arrojo hacia él—. Ya tengo un cuaderno, del que me lee poesía.

—¿De él? —pregunta en voz baja, y agarra suavemente el viejo cuaderno, acariciándolo con los dedos.

—No importa.

Y durante todo este tiempo, Orbest Ernest sigue de pie en la esquina, observándome mientras sus ojos verdes centellean bajo la visera de su sombrero de oficial.

—Volvamos a sentarnos.

—Tengo que irme. Tráeme una cámara, así seré lo mejor que pueda.

Intenta atraparme y abrazarme, pero no puedo sentir su tacto cuando sigo imaginando a Orbest Ernest observándonos. Tengo que salir de aquí; odio este sótano.

—Monique, no era mi intención; no te vayas enfadada —le oigo decir mientras subo las escaleras, y me arrepiento de haberle contado lo del regalo de Orbest Ernest, pero no puedo volver a recoger el viejo cuaderno. Tampoco le dije que nos íbamos por dos días; ¿qué iba a hacer cuando Orbest Ernest quiera que me meta en su cama?

—Monique, me preocupo por ti —sube las escaleras tras de mí y me abraza con fuerza, pero después de un momento, suelto sus cálidas manos, continuando mi camino hacia el callejón. No podrá entenderlo.

—Probablemente no puedas ayudarme con esto.

—Ven a verme si alguna vez necesitas ayuda —me había dicho una de las veces que paseamos las tres juntas, de pie en el Pont des Arts y viendo el río fluir tranquilamente bajo nosotros.

—Lo haré —le respondí entonces, sin creer que fuera a suceder. Qué estaba pensando de mí, pensé mientras la miraba con sentimientos combinados de renuencia y admiración. Mi mirada la siguió mientras se apoyaba en la barandilla metálica y expulsaba el humo del cigarrillo hacia arriba, ignorando las miradas críticas de los transeúntes hacia una mujer fumadora.

—Puede que aprendas algo —añadió, arrojando el cigarrillo al río verde grisáceo.

Y aunque siento que me estaba faltando al respeto, no tengo otra opción, y salgo de la boulangerie a mediodía, prometiendo a Simone que no tardaré mucho. No estoy segura de que Violette pueda ayudarme, y me da vergüenza preguntarle a Lizette, así que me encuentro caminando por la avenida principal, cerca de la tienda de la Gallery Lafayette, mirando los elegantes números del edificio, buscando su lugar de trabajo.

—Por favor, espere aquí —ordena la chica de la recepción mientras observa mi sencillo vestido, haciéndome sentir como una sirvienta que ha llegado por casualidad y que pronto será expulsada en desgracia.

—No le hagas caso —Anaïs llega y me agarra del brazo, llevándome a una sala del fondo —Distinguidas damas de Alemania han venido a nuestra casa de modas para comprar la colección de otoño, y ella no quiere que se sientan en el mundo ordinario —y no sé si está tratando de animarme o de nuevo de insultarme y ser condescendiente.

La trastienda está repleta de rollos de telas de colores en tonos crema, rojo y negro, y cuando estamos en silencio, puedo oír la conversación en la habitación de al lado con la compradora alemana que busca un vestido de noche para el baile.

—Es la esposa de un oficial superior —me susurra Anaïs en tono despectivo—, ha venido aquí especialmente, desde Berlín. Dentro de unos días la llevará a un concierto en la ópera con un vestido que le hemos cosido, y no tiene ni idea de que su esposo trajo aquí a su amante hace una semana, comprándole varios vestidos.

—No quiero molestarte en el trabajo.

—No me molestas; hay tantas costureras a su alrededor que no se darán cuenta de que he desaparecido por unos minutos. Están revoloteando todo el tiempo, 'Frau' y 'Frau' y 'Frau', mostrándole un vestido tras otro.

—Shhhh... Nos van a oír.

—No te preocupes, están llenas de admiración por los tirantes que están de moda este año; pronto les venderán un nuevo chaqué.

—¿No te gustan?

—Me gustan mucho. Le dan trabajo a Anaïs y acceso

a la ropa de moda —Sonríe mientras saca un paquete de cigarrillos del bolsillo de su delantal de trabajo y enciende uno para ella, no sin antes ofrecerme uno a mí, pero lo rechazo.

—Entonces, ¿por qué has venido a visitarme? —Expulsa el humo y me mira—. Seguramente no has venido solo a hablar o a ver un vestido nuevo —y, de nuevo, no sé está imponiéndose ante mí.

—Herr Orbest Ernest.

—¿Qué pasa con él?

—Creo que espera algo de mí.

—¿Qué?

—Bueno... esa cosa —me acerco y le susurro—. Creo que lo quiere.

—¿Meterse en tus piernas?

—Creo —puedo sentir que me estoy sonrojando.

—Creo que eres demasiado inocente para todas estas cosas.

—No sé qué hacer.

—¿Y por qué has venido a mí? —vuelve a echar el humo hacia arriba, disfrutando de humillarme un poco más.

—Porque no sé a quién preguntar, y pensé que tal vez tú lo sabías —¿Por qué me sonrojo?

—Anaïs te enseñará —sonríe y me toma de la mano, llevándome con ella a través de la recepción por las escaleras de mármol hasta la calle, ignorando al recepcionista que le pregunta a dónde va.

—En primer lugar, necesitas lencería con clase —me mira críticamente mientras repasa mi sencillo vestido, aludiendo a la ropa interior que llevo, mientras ambas nos situamos frente a una elegante tienda de sujetadores y calzones.

—Espera —la sujeto de la mano, impidiendo que entre en

la tienda y avergonzada de mí misma—. ¿Qué debo hacer con él? ¿Lo rechazo? ¿Accedo? ¿Qué se hace cuando...?

—Eres tan inocente —me mira con lástima antes de tomar mi mano y entrar conmigo en la tienda—. ¿De verdad crees que puedes rechazarlo?

Después de salir de la tienda, me lleva a un café; creo que es por pena, y trato de no pensar en la delicada sensación del sujetador y el liguero, los que la vendedora me midió en la tienda.

—¿Se siente bien? —por fin encuentro el valor para formular la pregunta que me asusta.

—A veces es agradable y otras no —me responde con sinceridad—, pero no debe ser agradable, debe servir para tus objetivos.

—¿Y cuáles son mis objetivos?

—Que esté satisfecho; si está satisfecho, te dará lo que quieres.

—¿Y cómo sé lo que tengo que hacer?

—No te preocupes, él ya lo sabe, seguramente no eres la primera —y vuelvo a sonrojarme.

—¿Así son todos los hombres?

—Sí, todos son así, solo quieren una cosa —me responde con indiferencia. ¿Y qué pasa con Philip? ¿Se ha metido ya en las piernas de otras mujeres? ¿Acaso yo le importo?

—¿Y qué hay de ti? ¿No te molesta?

—¿No me molesta qué?

—Estar con él cuando es un... —y no puedo terminar la frase.

—¿Alemán?

—Sí —asiento con la cabeza—. ¿No te preocupa eso?

—Anaïs tiene que cuidar de Anaïs —coloca el café en la mesa y sigue hablando, mostrándome de un vistazo a todos los oficiales alemanes sentados a nuestro alrededor comiendo y bebiendo en el magnífico café, que tiene vistas a la Ópera—. Nadie me preguntó si iba a empezar esta guerra, y nadie me preguntó cómo iba a conseguir comida, así que nadie debería preguntarme qué voy a hacer para sobrevivir.

Intento dar un sorbo a mi café, pero me sabe amargo, aunque sea de verdad.

—No te preocupes —pone su mano sobre la mía—, estarás bien. Ponte lo que has comprado, túmbate de espaldas y deja que él haga el trabajo, todo irá bien.

—Sí, dejaré que se meta en mis piernas —acerco mi cabeza a ella y susurro, intentando hablar sin rodeos y sonar madura, pero las palabras me suenan feas.

—Así de fácil —ella me sonríe, y también a dos oficiales alemanes sentados en una mesa cercana, que nos miran con interés.

—¿Por qué has tardado tanto? —me pregunta Simone mientras atravieso la puerta de cristal, mirando con hostilidad la bolsa de la compra que intento ocultar a mi espalda—. Dijiste que ibas a salir unos minutos.

—Me disculpo, tenía que ayudar a una amiga con un problema difícil.

Me disculparé con él por última vez; necesito que me abrace antes del viaje de dos días.

Los guardias del puente Pont Neuf me ignoran cuando paso de camino al Distrito Latino. Necesito que me prometa que perdonará lo que pienso hacer y que nunca me preguntará por ello.

Casi corro a sus brazos, bajando la mirada para no tropezar con ese escalón roto justo delante de la entrada del sótano. Pero cuando mis ojos vuelven a buscarlo, me detengo bruscamente, intentando volver a caminar tranquilamente como una joven.

Philip está en la misma posición de siempre, con el cuerpo preparado para saltar hacia cualquier ruido, pero tiene los brazos en las caderas y no se acerca a mí.

—Monique, te presento a Robert —me presenta al hombre que está a su lado.

Extiendo la mano, avergonzada por su inesperada presencia, y trato de respirar como siempre. ¿Por qué está aquí? ¿Por qué hoy?

—Encantado de conocerte, Monique.

—Encantada de conocerte, Robert.

—Siéntate —me indica Philip, y permanece de pie mientras el desconocido se sienta frente a mí, mirándome por un momento con interés y aprecio. ¿Dónde colocar mis manos? ¿Sobre la mesa? ¿Quién es? ¿Cómo se llama? Es mayor que nosotros dos, de unos treinta años; ¿qué es ese bolso de cuero marrón que cuelga de su hombro?

—¿Sabe que la ejecutarán si la atrapan? —se gira hacia Philip, que está a su lado, manteniendo distancia de mí.

—Sí, ella lo sabe.

—¿Y aun así quiere hacerlo?

—Ella lo pidió.

—¿Estás segura de eso? —finalmente se vuelve hacia mí, y no estoy segura de qué quiere decir exactamente con eso.

—Sí, estoy segura.

—Bueno —suspira y abre el bolso de cuero que descansa sobre su hombro, sacando una pequeña caja de metal con botones y una lente de cristal, colocándola sobre la mesa entre nosotros. Alargo la mano y, por primera vez en mi vida, sostengo una cámara.

—Con cuidado, tómala con cuidado —habla mientras mis dedos se deslizan sobre la magia del metal negro y los botones dorados.

—Esta es una cámara Leica, pequeña y compacta, la mejor del mercado. No hay sustituto para los alemanes cuando se trata de cámaras —suspiró, y mis uñas arañaron suavemente el águila con la esvástica grabada en el cuerpo de hierro de la cámara, sintiendo fatiga y náuseas. Tengo que volver a ponerla sobre la mesa, pero no puedo; no puedo retirarme ahora, después de que ya me consiguió una cámara.

—Ahora escucha, y escucha bien —exige Robert mi atención—, no hay lugar para errores —y en los siguientes minutos, me explica sobre fotografía, explicando los botones, cómo apuntar y dónde hacer clic, qué es un carrete y cómo cargarlo, obligándome a ponerme de pie y practicar.

—Tienes que apuntar rápido y disparar rápido; tienes que practicar cómo deslizar la cámara en un escondite de tu bolso. También debes tener una tapadera, al menos una básica, aunque no te servirá de nada si te atrapa un soldado alemán.

Sigue hablándome con fluidez mientras me sitúo en el pequeño sótano y enciendo la cámara, mirando a Philip a través del visor, pulsando el botón y acostumbrándome al ruido del obturador de la cámara al abrirse y cerrarse. Durante todo este tiempo, Philip permanece inmóvil en la penumbra de la habitación, mirándonos a Robert y a mí, sin intervenir ni pronunciar una palabra. Confía en mí, ya no puedo decepcionarlo, aunque quiera cambiar de opinión sobre todo esto. ¿Qué es en lo que me he metido?

—Monique, aún puedes cambiar de opinión; esta cámara podría ser tu sentencia de muerte —Robert me detiene cuando termina el tutorial, y yo sostengo la cámara comprendiendo que es mi posesión más preciada a partir de ahora.

—Monique, aún puedes retirarte.

Intento averiguar cómo esconderla en mi bolso lateral y miro a Philip. ¿Qué espera que haga? Sus ojos oscuros me miran desde la distancia. ¿Por qué le grité la última vez?

—Sé que es peligroso —respondo a Robert y meto la cámara en el bolso, intentando dar a mi voz un tono de confianza, pero mi cuerpo tiembla de miedo. ¿Qué pasa si fallo o cometo un error? ¿Lo defraudaré? ¿Qué pasará si me atrapan? ¿Por qué Robert no nos deja en paz?

Aunque le doy las gracias dos veces, se queda para hablarnos de cámaras y de fotografía, diciéndonos que ahora solo debe hacer fotos a escondidas y que echa de menos los días en los que iba por la calle y solo fotografiaba a la gente.

—*Vete ya* —le susurro una y otra vez en mi corazón, pero no me escucha mientras pasa el tiempo, y al final no me queda más remedio, y tengo que despedirme de ellos, sintiéndome triste por irme.

—Cuídate —me dice Philip con una cortesía distante, y Robert se une también.

—Cuídate.

Una lágrima brota de mis ojos mientras salgo al estrecho

callejón y miro a mí alrededor. No puedo disculparme con él. El abrazo tendrá que esperar a la próxima vez, si es que hay una próxima vez.

Normandía

A pesar del abrigo que llevo, el frío del otoño me hace temblar mientras espero a Herr Ernest en la Place de l'Étoile, cambiando el peso de mi cuerpo de un pie a otro y frotándome las manos.

El monumento del Arco del Triunfo que se alza en lo alto me hace sentir que cada vez que estoy así en la plaza, esperando al auto alemán, las figuras grabadas en el monumento de mármol me desprecian más, juzgándome con miradas atormentadas.

El auto gris llega justo a tiempo para mí, y Orbest Ernest se baja de él rápidamente, adelantándose incluso al conductor, que se apresura a abrirme la puerta y a ponerse de pie en la acera.

—Permíteme —Orbest Ernest toma el bolso de viaje que tengo en las manos, me acaricia el brazo un momento y no se olvida de adularme por el vestido que llevo, el que Lizette me ayudó a elegir.

La noche anterior, habíamos hecho juntas la maleta para el viaje de dos días; yo busqué en el armario y Lizette se ofreció a ayudar. Doblé la ropa con mano temblorosa, intentando no hablar ni mentirle.

—¿Tu amiga te ha invitado a venir a dormir con ella mañana después del trabajo?

—Sí, ella quiere que salgamos.

—¿Solo una noche?

—Sí.

—¿Y lo amas? —ella siente que no estoy diciendo la verdad.

—Sí.

—Entonces, ¿por qué estás tan preocupada?

Si pudiera decírselo, o cambiar los personajes, buscaba las palabras adecuadas, pero el miedo a meter la pata me hizo callar, mientras intentaba doblar la misma camisa una y otra vez.

—Dámela —ella sonrió y tomó la camisa de botones brillantes de mi mano. No quería hacerle daño; era tan importante para mí; no se lo merecía.

¿Qué haré cuando Orbest Ernest intente hacerlo conmigo? ¿Quizás pueda imaginarme a Philip en su lugar? Me tiemblan los dedos mientras doblo la ropa interior de encaje blanco, colocándola cuidadosamente en el fondo del bolso sobre un par de medias de seda, tan escasas a causa de la guerra. Anaïs me las entrega "Un regalo de mi parte" había susurrado al entrar un momento en la boulangerie, llevándome a un rincón e ignorando la mirada de Simone "Una mujer debe lucir lo mejor posible" Soltó una risita y me puso el suave paquete en la palma de la mano, y no tuve más remedio que darle las gracias y metérmelos rápidamente en el bolsillo del delantal, intentando no pensar para qué estaban destinados.

De vez en cuando, cuando la boulangerie estaba vacía de soldados alemanes, metía la mano en el bolsillo, sintiendo la delicada seda en mis dedos y tratando de ignorar el dolor sordo en el fondo de mi estómago.

Todo iría bien, intenté convencerme, pero el malestar continuó incluso por la noche, mientras hacíamos la maleta a la luz de las velas. Últimamente, los cortes de electricidad en la ciudad han aumentado.

—Toma este vestido; te va a quedar bien —sacó un cálido vestido gris de mi armario para el viaje.

—¿Cómo supiste que era el momento adecuado? —tomé el vestido y me observé frente al espejo.

—No lo sabía; nunca puedes saber cuándo es el momento adecuado.

—Entonces, ¿cuándo lo decidiste?

—No lo decidí, quería hacerlo —se detuvo un momento y bajó la cabeza—, pero quería que fuera especial para nosotros, quería que esperáramos hasta casarnos, pensé que debíamos crear un momento que recordáramos para siempre. Pero él tenía que alistarse en el ejército; siempre hay una guerra o algo por lo que luchar. Así que le dije que esperaríamos hasta que volviera. Toma, esa falda también te sentará bien.

Se puso una falda de color borgoña oscuro, y pensé en el hombre de la foto que esperaba el momento adecuado, lamentándose por esa última vez, por la llegada de Robert, por no haberlo besado, por no haber esperado unos minutos más, aunque ya era tarde.

—No estés triste —Lizette me puso la mano en el brazo—, es solo una historia de una mujer mayor, tu hombre te está esperando, deberías estar feliz.

Mientras el vehículo azul grisáceo se dirige hacia el oeste a lo largo del río Sena, Orbest Ernest se da cuenta de que tengo frío a pesar del abrigo que llevo encima, y ordena al conductor que se detenga a un lado de la carretera para cerrar el techo de lona. En silencio, me siento en el auto y miro hacia la lona, que nos cierra lentamente en la penumbra.

—Ahora será más agradable.

—Gracias; me encanta el otoño.

—A mí también me gusta el color gris. Te he dicho que somos parecidos —me sonríe y yo le devuelvo la sonrisa, concentrándome en los grandes árboles. Sus hojas amarillas caen sobre el camino mojado, y trato de ignorar su mano envuelta en su guante negro, apoyada en mis muslos.

—Te he traído el libro de poesía que te gusta, para la noche en el hotel.

—Gracias; disfrutaré escuchándolo.

—Quiero que esta noche sea perfecta, un momento que recuerdes para siempre.

—Yo también.

—De camino, tengo que parar en algunos sitios, comprobar algunas cosas, temas militares; tendrás que esperarme.

—Estaré bien.

—¿Trajiste el diario que te di?

—Sí, gracias, es precioso. Todavía no he tenido tiempo de darte las gracias.

—Puedes dibujar flores, todas las que quieras.

—Sí, gracias, lo haré —¿También te llevarás los prismáticos esta vez?

Orbest Ernest continúa hablando del maravilloso vino francés, hablándome de una nueva caja de botellas que ha recibido especialmente de Burdeos, y de la botella que ha traído especialmente para esta noche. Le sonrío, pongo la palma de mi mano en la suya y pienso en todas las mujeres que se amontonaban en la cola de la tienda de comestibles del Distrito Latino hace unos días. Susurraban que había llegado un cargamento de harina mientras esperaban pacientemente, deseando que no se acabara antes de que les llegara el turno.

—Hoy estás callada.

—Estoy mirando la vista del río, mira qué bonito es.

—Pero hoy estás especialmente callada.

—Pensé que te gustaba eso de mí.

—Me gusta, pero me gustaría saber más de ti.

—¿Qué más te gustaría saber?

—Estaré encantado de saber lo que tienes en mente ahora mismo —su palma sigue sobre mis muslos como si me custodiara, ¿a dónde puedo correr?

—Estoy pensando en las nubes grises que tenemos delante —señalo con la cabeza la masa gris del cielo que nos espera sobre el horizonte—. Espero que no llueva.

—Pronto llegaremos a la orilla del mar; te encantará el mar abierto.

El viento otoñal agita constantemente los arbustos y la maleza del camino de tierra, que se curva hacia la orilla del mar. En nuestro camino desde el pueblo más cercano, pasamos por dos puestos de control del ejército que bloquean la playa para los pescadores locales, y a ambos lados de la carretera hay cercas de alambre de púas y búnkeres de concreto desde donde se asoman las ametralladoras.

—Podrían venir de aquí —me dice Herr Ernest una vez que miro hacia las trincheras, tranquilizándome y sujetando el lateral del vehículo que tiembla en el camino de tierra.

—¿Por qué has parado? —le pregunta Orbest Ernest al conductor, que desliza lentamente el vehículo en la carretera.

—Mira —el conductor señala con la cabeza un conejo marrón que se encuentra tranquilamente entre los arbustos.

—Es hora —le susurra Ernest—, esta vez es mío —en silencio, sale del auto, y yo giro la cabeza hacia el otro lado cerrando mis ojos con fuerza, esperando que suene el disparo. Pero aunque estoy preparada, todo mi cuerpo se estremece cuando oigo el sonido de los disparos, y tengo que contenerme para no gritar, dejando los ojos cerrados.

—Gran caza —oigo su voz y abro los ojos, intentando mirar el mar lejano e ignorando al Orbest Ernest, que muestra orgulloso al conductor el bulto de pelo sucio marrón y rojo.

—Es grande —el conductor admira el trofeo.

—Sí, se lo regalaremos al cocinero del puesto fronterizo; hará un almuerzo con él —se ríe y se sienta a mi lado, dando un portazo e indicando al hombre en el asiento delantero que conduzca. Puedo oler la sangre.

—¿Lo has visto? —me pregunta.

—No pude mirar —¿Qué espera que diga?

—La cacería no es para mujeres —vuelve a poner su mano enguantada sobre mis muslos, y yo me imagino el bulto de piel que yace junto al conductor y su mano tocándolo, sintiendo náuseas.

—Aquí está la playa y el mar que tanto te gustan —me muestra mientras el conductor continúa por el sinuoso camino hacia la arena cicatrizada, rayada con alambradas y pilares de hierro dentados que se extienden hacia el mar tormentoso y las olas grises que golpean la orilla.

—Heil Hitler —oigo la fuerte llamada de la fila de soldados que nos esperan en un desfile, gritando cuando el vehículo se detiene frente a un gran búnker de concreto gris.

—¿Quieres esperarme en el auto? O puedes ir a dar una vuelta, dibujar algunas flores en tu cuaderno —me pregunta mientras el comandante local se acerca y cortésmente se detiene frente del vehículo, esperando a que Orbest Ernest se ponga el sombrero de oficial y se despida.

—¿Puedo pasear por allí y dibujar?

—Sí, pero no te acerques al borde del acantilado ni intentes bajar al mar —señala con la cabeza la playa dotada de alambradas.

—Me mantendré alejada del mar; gracias —me ciño el abrigo alrededor del cuerpo y me alejo del vehículo, dando la espalda al conductor, que muestra el bulto de piel a los soldados. ¿Qué pensaría el conejo mientras comía hierba? ¿Sabría que su destino estaba sellado?

—¿Qué estás haciendo?

Lleva un uniforme de soldado alemán, de pie en frente de mí sobre el montículo, observando con interés cómo me agacho y sostengo la cámara, tratando de capturar rápidamente a una batería de cañones que están bien camuflados y ocultos dentro de un búnker de concreto, dominando la playa.

—Estoy haciendo una foto.

—Las fotografías no están permitidas aquí, ¿quién eres?

Soy una mujer joven que pronto va a terminar su vida con una severa tortura por haber sido estúpida, arrogante y descuidada. Me tiemblan las piernas y quiero gritar, o empezar a correr y lanzarme sobre las alambradas que rodean el acantilado que da al mar.

—Soy fotógrafa de SIGNAL, su revista militar, ¿la conoce? Así que se me permite —le respondo en perfecto alemán mientras me levanto, intentando sonreírle con mi sonrisa más apacible, rezando para que no note mis piernas temblorosas.

—¿De verdad? Entonces, ¿por qué te agachabas?

—¿Qué tanto puedes fotografiar cosas del ejército? A veces también quiero fotografiar flores, ven a ver —y baja el cañón del rifle que apuntaba en mi dirección, colgándoselo del hombro, y se acerca a mí con recelo. Puedo oler su fuerte olor corporal mezclado con el hedor de los cigarrillos y el sudor.

—Es hermoso. Tienes talento —admira los dibujos de mi diario, hablando en un deficiente alemán.

—Gracias.

—¿De dónde eres?

—Ahora París, antes Berlín, ¿de dónde eres? —por favor, que sea de otra ciudad.

—Ahora Normandía, antes Gdańsk.

—¿No has nacido en Alemania?

—No, soy polaco, me reclutaron a la fuerza, necesitaban soldados, y Slava necesitaba comida y cigarrillos. Siempre es mejor estar en el lado ganador.

—Siempre es mejor.

—¿Quieres uno? —me ofrece un simple cigarrillo, sonriendo sin dientes.

—No, gracias —le sonrío; tengo que salir de aquí.

—Espera aquí, no te muevas —me da la espalda, desapareciendo más allá del montículo, y mis piernas vuelven a temblar; ¿qué hacer? ¿Dónde puedo escapar?

—Toma, ahora haz una foto —vuelve Slava, de pie frente a mí, intentando meterse la camisa en el pantalón y arreglar su uniforme mientras sostiene un ramo de flores silvestres que acaba de recoger.

—Cuidado con las alambradas del acantilado; hay minas —me despide con su sonrisa desdentada, dejándome sola entre las colinas, con un ramo de flores silvestres en la mano y sudando bajo el vestido, a pesar del viento otoñal.

—Monique, ¿dónde estás? —oigo el llamado de Ernest entre los montículos de arena, y me quedo congelada en el sitio; esta vez, me he confiado demasiado. La cámara está en mi mano, y mi pequeño bolso se ha quedado atrás, junto con el diario abierto.

—Monique —lo oigo acercarse.

—No vengas aquí.

—Monique.

—No vengas aquí —¿Cómo saco el carrete? ¿Qué me explicó Robert en el sótano? ¿Qué botón aprieto?

—¿Qué estás haciendo?

—Lo que toda mujer debe hacer a veces en privado —¿Es ese el botón? ¿Girar el botón? Ya no estoy segura, ¿es eso lo que me ha explicado? Tengo que darme prisa.

—¿Estás bien?

—Sí, estoy bien, por favor no vengas aquí —aquí, esa perilla, ahora saca el carrete de la cámara, ¿dónde está el botón de disparo? Por favor, no se me escape de las manos; está atascado, a la fuerza, libéralo ya.

—Te espero aquí.

—Gracias, ya he terminado —¿Qué hago con el carrete? ¿Dónde la escondo? ¿Y la cámara?

—¿Estás bien? No deberías haber ido tan lejos; hay

campos de minas por aquí, empecé a preocuparme por ti —Herr Ernest se acerca a mí mientras sostiene mi bolso en su mano, mirando amablemente a un lado, mientras yo salgo de detrás de un arbusto y me arreglo el vestido.

—He mirado tu diario; espero que no te importe —me entrega mi bolso y el diario abierto—. Los disfruto.

—¿Te gustan?

—¿Estás bien? Tienes las manos sucias por el suelo.

—Sí, estoy bien, tropecé al subir la colina, no es nada —me froto las manos y le quito el bolso y el diario de las manos mientras le sonrío, esperando que no note que estoy sudando. La caja metálica del carrete me araña los muslos, enterrada dentro de mis calzones.

—¿Has terminado tus cosas militares aquí? ¿Vamos al auto?

—No deberías haber ido tan lejos, es peligroso, ya he terminado aquí, ahora iremos al hotel, ya se hace tarde.

En el camino de tierra de vuelta de la playa al tranquilo pueblo, Orbest Ernest y el conductor se acuerdan del conejo. Con gritos de "Schnell, Schnell" el conductor acelera por la carretera blanca, persiguiendo a un conejo imaginario. Mientras Orbest Ernest me sonríe, yo le devuelvo la sonrisa, pensando en la cámara alemana que permanece bajo un arbusto a orillas de Normandía, cubierta de un poco de tierra que pude apilar con las palmas de las manos.

—¿Estás emocionada por lo de esta noche? —me pregunta—. Nos he reservado una mesa para cenar.

Mis dedos sostienen suavemente la servilleta rosa mientras me limpio los labios y la coloco en la esquina de la mesa.

—¿Te ha gustado la comida?

—La comida estaba deliciosa, gracias.

—¿Subimos?

—¿Podemos caminar un poco por el paseo marítimo?

—Está oscuro afuera y hace frío, ¿no quieres que subamos? La habitación nos espera.

—Estaría encantada de dar un paseo.

Mientras salimos del comedor del lujoso hotel, me doy la vuelta y miro hacia atrás. Todas las mesas están llenas de oficiales alemanes de alto rango, acompañados de mujeres como yo; ¿quizá Herr Ernest vea aquí a algún compañero que esté dispuesto a iniciar una conversación?

—¿Nos vamos?

El empleado de la recepción se apresura a traer mi abrigo al ver la mano de Orbest Ernest, y yo doy una última mirada al cálido comedor, dirigiéndome al exterior.

El frío viento del paseo marítimo me sorprende mientras caminamos uno al lado del otro en silencio, y trato de abrazarme a mí misma, de mantenerme distante de él.

—¿Tienes frío?

—No, me gusta el viento de invierno.

Somos los únicos a lo largo de la oscura playa, ya sea por el invierno o por la guerra. También aquí las alambradas se extienden a lo largo de la Costa Negra y solo se oye el sonido de las olas en la distancia.

—Heil Hitler —emerge alerta un guardia de un puesto de vigilancia, pero cuando se percata de los rangos de Ernest, se queda quieto y saluda, ignorándome.

—Heil Hitler —le contesta Ernest y le ordena volver a

su refugio de concreto, dejándonos de nuevo solos en el desértico paseo marítimo.

—¿Volvemos al hotel? —pregunta Herr Ernest al cabo de unos minutos—. La botella de vino que he traído nos espera en la habitación.

—Sí, volvamos al hotel —ha llegado mi hora.

Las medias de seda se resbalan repetidamente de mis muslos cuando intento cerrar la hebilla de la liga, enredándose con mis dedos temblorosos.

—¿Te sirvo vino? —oigo a Orbest Ernest desde el dormitorio.

—Sí, por favor.

Tampoco me gusta la ropa interior de encaje blanco, y me sonrojo cuando intento arreglarla para estar más cómoda, evitando mirarme en el espejo a la tenue luz de la lámpara del baño.

—¿Puedes encender velas, por favor?

—Pero este hotel tiene electricidad.

—Por favor.

—El vino nos está esperando.

—Saldré en un minuto.

Espero que no se dé cuenta de mis pasos tambaleantes, ni de mi insegura mano sosteniendo la copa de vino, tratando de sorberla de un solo trago y sintiendo cómo una gota cae sobre mi lencería blanca, dejando probablemente una mancha roja en ella.

—Eres tan hermosa; te estaba esperando. Acércate a mí; no te dolerá.

Philip, voy a pensar en Philip. Lo he memorizado docenas de veces en los últimos días, pero por más que lo intento, Philip ha desaparecido de mis pensamientos en la oscuridad del sótano del Distrito Latino. Lo único en lo que puedo pensar ahora es en una mujer tumbada de espaldas en una lujosa habitación de hotel sobre una gran cama, gimiendo por el dolor y el peso de su cuerpo.

Ya está; soy una prostituta francesa que se ha acostado con un oficial alemán.

Una Marioneta

Finales de noviembre, 1943

Confidencial

11/23/1943

De: Comando del Frente Occidental de la Wehrmacht

Para: Grupo de Ejércitos de Francia

Asunto: Preparativos para el invierno

Antecedentes: Las fuerzas rusas pretenden lanzar una ofensiva de invierno en el este.

General: Por orden del Führer, todas las fuerzas en los países ocupados deben suministrar alimentos de los recursos locales.

Tarea:

1. Recoger alimentos y otros suministros para mantener un nivel de vida adecuado para las unidades del ejército en toda la zona de París.

2. Es responsabilidad de los oficiales del ejército hacerse cargo de cualquier escasez que pueda surgir de las fuentes locales.

.

SS. Telegrama 641

El octavo distrito, la señora del cuarto piso

—Esta mañana has estado perfecta, querida, como siempre —me dice Herr Ernest después de unos minutos, mientras recupero el aliento. Mis ojos están fijos en el candelabro que cuelga del techo del dormitorio, esperando que me bese una vez en la mejilla antes de levantarse y dirigirse a su ropa, para vestirse.

—Yo también lo he disfrutado —mi mano tira de la manta para cubrirme una vez que me he liberado del peso de su cuerpo y puedo respirar libremente. Aunque él conoce mi cuerpo, me aseguro de ocultar mi desnudez a sus ojos siempre que puedo.

Cada vez que llega al apartamento, deja su uniforme cuidadosamente doblado en la silla junto a la cama antes de acercarse a mí. Pero antes, coloca sus botas militares junto a las patas de madera oscura del asiento, dejándolas en pie como si fueran dos perros doberman negros que esperan el regreso de su amo, vigilándome atentamente todo el tiempo que estamos juntos.

—Te he traído unas latas de carne en conserva.

—Gracias.

—Y la próxima vez, intentaré traer un poco de café. He visto que se te ha acabado.

—Sí, ya se acabó.

A pesar del frío que hace en el dormitorio, Herr Ernest se viste lentamente, prestando atención a cada detalle mientras se pone delante del espejo que cuelga de la pared, metiendo su camisa dentro del pantalón y examinando las medallas que lleva en el pecho.

—¿No tienes frío? Me aseguraré de que alguien te traiga leña de nuevo.

—Gracias, pero estoy bien.

—No quiero que te resfríes.

—¿Quieres que te prepare un café?

—No, tengo prisa —se acomoda el cinturón—. El vino que serviste anoche...

—¿Qué pasa con él?

—¿Es la botella de Château Lafite-Rothschild 1934 que traje la semana pasada?

—¿Está bien que haya abierto la botella? No me dijiste que querías guardarla.

—No, no pasa nada, es un vino excelente. Me encargaré de traer unas cuantas botellas más.

—Eso sería estupendo.

Herr Ernest se agacha para ponerse las botas, y yo me apresuro a salir de la cama, cubriendo mi cuerpo desnudo con la bata de seda rosa que me habían regalado, agachándome a sus pies sobre el parqué. Las puntas de sus botas de clavos me golpean accidentalmente en el muslo, haciéndome daño por un momento mientras le ayudo a meter el pie en las botas negras pulidas, pero me muerdo el labio. Nunca es su intención.

—Gracias, la bata te sienta bien.

—Gracias.

—He reservado entradas para la ópera dentro de tres días. Habrá un concierto de Wagner.

—Me encanta Wagner, voy a disfrutar de un paseo juntos. Nunca he ido a la ópera.

Siempre me informa con antelación, para que tenga tiempo de preparar nuestros encuentros, asegurándose de no sorprenderme. Incluso cuando llega temprano por la mañana para una visita rápida, suele enviar al chófer o a su ayudante a la boulangerie el día anterior, avisándome para que esté preparada para él.

—Quiero que te compres un vestido para esa noche —saca su cartera de cuero negro del bolsillo de su chaqueta militar y coloca unos cuantos billetes sobre el tocador de caoba.

—Es para el vestido —me sonríe—, sé que no puedes permitirte comprar algo elegante.

—Gracias —le devuelvo la sonrisa y lo acompaño a la puerta.

Junto a la entrada, sostengo su abrigo verde grisáceo mientras él trae el maletín de cuero del estudio, la habitación en la que no se me permite entrar.

—Gracias por esta agradable velada. Nos veremos dentro de tres días, vendré a buscarte.

Y con esas palabras, lo ayudo a abrocharse el abrigo, botón tras botón, acomodando la correa del maletín de cuero sobre su hombro antes de que salga a la fría escalera. Cuando oigo sus pasos bajando, me imagino a la vecina del tercer piso espiando por la mirilla de la puerta, examinando a Orbest Ernest en su salida. Sé que me está maldiciendo.

Mantengo la oreja pegada a la gruesa puerta de madera, escuchando el sonido de sus botas de clavos bajando las escaleras de madera hasta que oigo el ruido del portazo metálico en la entrada del edificio. Solo entonces me permito sentarme en el frío suelo de parqué de la entrada y empezar a llorar.

Nada es como era después de aquella noche en Normandía.

El viento nocturno soplaba a través de la gran ventana que daba a la costa del Mar Negro. A pesar del sonido de su tranquila respiración a mi lado, no pude conciliar el sueño en la habitación del hotel extranjero aquella noche en Normandía.

Quería salir a la fría noche y correr hacia la costa negra y las olas heladas, entrar y desaparecer, pero no podía. La alambrada o los guardias me detendrían, me devolverían a sus brazos. Lentamente me levanté de la cama y entré en el lujoso baño, cerrando la puerta tras de mí.

—Todo está bien. Lo lograste. Estuviste bien —mis labios susurraron mientras me restregaba la piel con todas mis fuerzas, frotándome dolorosamente con la esponja de baño y temblando por el frío del agua. Philip nunca me perdonaría que me acostara con él, pero seguí frotándome, incapaz de parar.

Solo cuando el agua fría era demasiado como para sufrir, volví a su cama, temblando, cubriéndome con una manta, intentando dormirme y mirando por las ventanas negras.

A la mañana siguiente, la segunda vez fue más fácil. Pensé en las flores que había dibujado en mi cuaderno y me concentré en la lluvia que caía fuera, goteando sobre el cristal de la ventana, creando pequeños caminos de agua. Incluso conseguí no oír los sonidos que hacía y sonreírle cuando todo terminó.

Pacientemente me quedé abajo hasta que se levantó para vestirse, invitándome a desayunar, empezando a organizarse para el viaje de vuelta. Mi mirada lo seguía mientras estaba de pie junto a la ventana y miraba la lluvia, con su pulcro uniforme y tarareando una canción alemana para sí mismo.

—¿Lo has disfrutado? —miraba fijamente la playa gris del exterior.

—Sí, mucho, gracias.

—Nuestro desayuno es dentro de un cuarto de hora. No quiero llegar tarde. Tenemos otro largo viaje a París —y traté de taparme con la manta antes de recoger mi ropa e ir al dormitorio.

En el camino de vuelta a París, mi cabeza se apoyó en la ventanilla cerrada mientras miraba fuera los árboles amarillos y el río, sintiendo su mano tocar mi muslo.

—Estás callada

—Me gusta mirar el río. Tan pacífico.

—Sí, tan pacífico y fiel, siempre puedes contar con él, ese es el secreto del poder de la naturaleza.

—Me gusta observar la naturaleza.

—Me he dado cuenta. Tus dibujos en el diario que te regalé son preciosos.

—¿Cuándo has visto mis dibujos? —*el carrete de fotos, ¿dónde está?*

—En el hotel esta mañana, cuando estabas en el baño, me permití abrir tu bolso y mirar el diario. ¿Te parece bien?

—Pensé que una mujer debía tener algunos secretos —el carrete, ¿la había encontrado escondida en el bolso? Estaba jugando conmigo y pronto pediría al conductor que detuviera el vehículo. ¿Sería capaz de cruzar el río nadando con este frío?

—¿Tienes frío?

—Sí, un poco de frío.

—¿Debo pedirle al conductor que se detenga unos minutos?

—No, estoy bien.

—Deja que te envuelva en mi abrigo. Estarás más cómoda. Podía sentir cómo su mano seguía acariciando mis muslos a través de su pesado abrigo militar, envolviendo mi cuerpo. *Por favor, no le pidas al conductor que se detenga.*

—He traído una botella de vino, especialmente para el camino de vuelta —le indicó al conductor que se detuviera a un lado, y mientras este acomodaba la manta de picnic, me alejé de ellos por la orilla del río y miré el apacible río gris. ¿Qué tan fría estaba el agua?

Cuando entramos en París ya estaba oscuro, y las calles casi desiertas estaban iluminadas con una luz tenue. El vehículo militar se detuvo en la Place de l'Étoile, a los pies del silencioso Arco del Triunfo. Observé cómo el policía se alejaba entre las sombras del monumento, manteniendo las distancias con Herr Ernest.

—Ha sido un viaje agradable —Herr Ernest atrajo mi cuerpo hacia el suyo y me besó lentamente, con sus manos sujetando mi cuello—. Volveremos a vernos pronto.

—Me disculpo por haber estado tan callada en el camino de vuelta —respiré profundamente el aire frío del atardecer y traté de superar el dolor de cabeza.

—Querré verte más a menudo.

—Estaré encantada —*¿El carrete de fotos? ¿La encontró?*

De pie, esperé y observé el vehículo militar hasta que desapareció por el bulevar, dejando en el aire el olor a gasolina quemada.

En el primer callejón, me detuve y, mirando hacia atrás con cuidado, asegurándome de que nadie me seguía, me metí en un rincón oscuro. A mis dedos temblorosos les costó abrir la hebilla metálica del bolso, resbalando una y otra vez mientras miraba con miedo la entrada del callejón. El diario estaba en el bolso, y mi mano escarbó en la suave tela de la sucia lencería, haciéndola girar una y otra vez, mis latidos se calmaron solo cuando sentí el tacto metálico del carrete de fotos.

Las piedras del pavimento me hacían daño en las rodillas mientras me apoyaba en la pared y vomitaba, sintiendo el sabor agrio del vino en mi boca.

Al cabo de unos minutos pude volver a ponerme en pie, respirar el aire frío de la noche y empezar a caminar hacia casa. De nuevo tuve que mentir a Lizette y ocultar mi verdadera identidad, no podía decirle que era la prostituta francesa de Herr Orbest Ernest.

Unos días después, Herr Orbest Ernest me lleva a un elegante café frente a la ópera y me comunica que me ha encontrado un apartamento.

—Gracias por tu preocupación, pero me llevo bien con la mujer con la que vivo —miro a mi alrededor a todos los oficiales alemanes sentados con sus acompañantes. ¿También tienen sus propios apartamentos?

—Quiero que pasemos más tiempo juntos.

—Podemos vernos todo lo que quieras —no debo presionar demasiado.

—Quiero mi tiempo íntimo contigo.

—Me encantaría visitar tu casa —y ser la esposa perfecta.

—No es apropiado que mi acompañante ande por los pasillos del hotel —termina la conversación.

—Las secretarias especiales de los autos de los oficiales —oigo a los soldados de la boulangerie reírse entre ellos, no sin antes comprobar que no hay ningún oficial cerca.

—Pero los oficiales superiores reciben chicas especiales de pasillo —añaden a veces, sonriéndome mientras esperan sus baguettes, refiriéndose a los hoteles confiscados por el ejército alemán.

—Las camareras de los hoteles tienen que separar los uniformes y la lencería —es la broma que más les gusta.

—Mañana iremos a ver el apartamento —Herr Ernest le hace una señal al camarero y yo sorbo mi café en silencio, ignorando el discurso alemán y las risas que hay alrededor en el café. ¿En qué me metí? ¿Cómo voy a dejar a Lizette?

No pude despedirme de Lizette. No podía vivir otra despedida. Durante días, deambulé inquieta por la boulangerie, bajando los ojos ante las miradas críticas de Simone, pensando en lo que podría decir después de que me tratara con tanto cariño. Las pesadillas vuelven, y me despierto sudada. Hasta que ya no puedo dormir y salgo corriendo.

Meto toda mi ropa en un gran bolso y salgo de casa mientras Lizette está fuera, dejándole una pequeña nota de despedida. Con cuidado, la coloco bajo la foto su fallecido hombre en el marco de plata de la chimenea, bajando los ojos y sin poder mirar los suyos. Pero continúa siguiéndome con su mirada orgullosa hasta que cierro la puerta tras de mí.

¿Por qué no me quedé para abrazarla por última vez? ¿Por qué no esperé a abrazar a Philip aquella vez en el sótano? ¿Qué me pasa?

—¿Te gusta el apartamento? —pregunta Orbest Ernest mientras recorremos el lugar abandonado y amueblado, sosteniendo las llaves y mirándome.

—¿Quién vivía aquí?

—Perteneció a una familia que se fue de Francia —responde despreocupado, revisando el estudio—, ahora pertenece a la nación alemana.

El crujido del parqué bajo mis pies me resulta extraño mientras lo sigo al estudio.

—Monique —me mira—, este será mi estudio. Nunca entrarás aquí —y me doy la vuelta y salgo con la mirada abatida, concentrada en revisar la despensa, mis dedos examinan las tablas de madera.

—Me aseguraré de que limpien aquí —él sigue mis dedos—. No te preocupes por el polvo.

Entro en el salón y miro a mí alrededor.

—Y también me encargaré de que haya cuadros nuevos en lugar de los que se llevaron —añade al notar mi mirada en los puntos brillantes de las paredes. Antes había obras de arte colgadas allí, pero ya no están.

—¿Te gusta el apartamento? Creo que te va a gustar.

Hace dos meses que vivo en un apartamento que me conviene. Suelo esperarlo por las tardes, y él viene cuando puede. Oigo el sonido de sus botas de clavos en la escalera de madera cuando llega. Un momento después, abre la pesada puerta con la llave que tiene, y yo lo espero junto a la entrada, tomando su abrigo.

—Te he traído unas cajas de carne y salchichas —me entrega la pesada bolsa de papel.

—Gracias, pero no es necesario. Tengo suficiente.

—¿Queda queso de la última vez?

—Sí.

—Me encantaría que lo sirvieras para la cena, con el vino tinto que he traído.

—¿Te quedarás esta noche?

—Sí —acaricia mi costado con su mano.

Existo para esos momentos. Para esas noches en las que se queda dormido después de bajarse de mí, tumbado en la cama.

En silencio, enrollo la manta y camino con cuidado por el suelo de madera, buscando en la oscuridad su bolso de cuero marrón que yace en su estudio, la habitación en la que nunca debo entrar. Escuchando todos los ruidos, abro cuidadosamente el bolso, sintiendo que meto la mano en la boca de un monstruo mientras saco un montón de documentos y los llevo al baño. A puerta cerrada, y a la luz de las velas, los leo. Nombres de unidades del ejército, fechas y órdenes de movimiento, instrucciones de fortificación y evaluaciones de la situación. Cuando termino, los vuelvo a colocar en su sitio, exactamente en el mismo orden, oliendo el aroma a cuero del pesado monstruo del bolso que yace en el suelo, mezclado con el olor a miedo que desprende mi cuerpo sudoroso.

Luego vuelvo a la cama con pasos tranquilos y me acuesto a su lado. Pero me resulta difícil volver a dormir, preguntándome si mañana por la mañana Orbest Ernest descubrirá lo que he hecho y me pondrá contra la pared por última vez. Solo por la mañana, después de oír el portazo del edificio, me permito sentarme en el frío suelo de parqué junto a la entrada y abrazarme durante unos instantes.

Desde Normandía, Philip no ha vuelto a abrazarme.

El sótano

—Llevo demasiado tiempo esperándote —Philip se apoya en la pared del sótano, con su vieja chaqueta de cuero.

—Alguien estaba de pie junto a los escalones de la entrada del metro, vigilando a la gente. Tuve que esperar a que pasara un grupo de mujeres. No quería que empezara a hacerme preguntas.

—Hay que cambiar el método; empieza a ser peligroso.

—El método está bien. Solo tengo que tener cuidado. Sé cómo ser cuidadosa.

—Me preocupo por ti.

Pero ya no lo demuestra. Se limita a mirarme desde la distancia, y todo lo que puedo oler es este sótano húmedo.

—Tus abrazos nunca sucedieron —susurro para mí.

—¿Qué has dicho?

—Orbest Ernest está constantemente ocupado fortificando y preparando la invasión americana. Llaman a las barricadas 'El Muro del Atlántico'.

—¿Cómo te llevas con él? ¿Y con Simone en la boulangerie?

—Ahora mismo, estiman que la invasión tendrá lugar en la próxima primavera. Eso es lo que afirma su inteligencia.

—¿Y dónde creen que tendrá lugar la invasión?

—Se están concentrando en la zona del Paso de Calais. La distancia más corta desde Gran Bretaña. Han trasladado allí otra división blindada.

—¿Qué pasa con Normandía?

—Tiene prioridad secundaria en sus órdenes del ejército.

—¿Y cómo te sientes? ¿No están tomando demasiados riesgos?

—Están transfiriendo unidades menos eficientes a

Normandía. Algunas unidades están compuestas por soldados reclutados a la fuerza en Polonia.

—¿Significa eso que tienen escasez de mano de obra?

—A mí no me parece que nada pueda provocar una escasez para los alemanes. Siempre pueden decidir conquistar alguna nación o pedazo de tierra.

—¿Tienes todo lo que necesitas?

—Sí, no me falta nada. Tengo la despensa llena. Orbest Ernest me está cuidando —Philip da un paso en mi dirección, pero después de un momento, vuelve a apoyarse en la pared, cruzando las manos. No puede entenderme, no es su trabajo. Tampoco es su trabajo abrazarme, no después de lo que estoy haciendo con Orbest Ernest.

—¿Recuerdas el carrete de fotos que me diste, de Normandía?

—Ya lo he olvidado.

Estaba tan enojado conmigo entonces, cuando regresé de Normandía.

—¿Cómo pudiste perder la cámara? ¿Qué le voy a decir a Robert? Tardé tanto en convencerlo. ¿Sabes los esfuerzos que hice para convencerlo? —se había paseado por el sótano gritando contra la pared, y yo me había quedado avergonzada en un rincón, avergonzada de mí misma y de lo que había hecho con Orbest Ernest.

—No tuve suficiente cuidado —intenté detener mis lágrimas mientras le entregaba el carrete que había sacado del bolsillo de mi abrigo, con los dedos agarrando nerviosamente la pequeña caja de metal. La había guardado durante días, temiendo al hombre del abrigo negro en las escaleras del metro. ¿Decidiría registrar mi cuerpo?

—Tómala, es para ti —me acerqué a Philip con miedo, queriendo disculparme, y no encontré las palabras, pero él se limitó a guardar el carrete de fotos en el bolsillo de su chaqueta y se alejó de mí. Ni siquiera tocó ligeramente mis dedos, dejándome a la espera de sentir unas manos cálidas, aquella vez después de Normandía.

—A Londres le encantó el material que fotografiaste; realmente aprecian lo que hiciste.

—Pude leer un telegrama.

—Me pidieron que transmitiera su agradecimiento.

—El telegrama indica que los alemanes están debatiendo cómo afrontar la invasión —y le explico el movimiento de las fuerzas y las unidades tal como lo recuerdo. Él puede pasar toda esa información a los anónimos que viven en Londres. Yo tampoco tengo identidad. Ya no espero que me abrace.

—¿Hay algo que pueda hacer por ti? ¿Puedo ocuparme de algo por ti? —miro su sencilla ropa.

—No, gracias. Herr Ernest se encarga de todo lo que necesito —a Philip solo le importan las cosas que le traigo.

—No olvides quién eres. Eres de los nuestros —no intenta abrazarme.

—No lo olvido —soy una puta francesa a la que todos abandonan. Al final también me abandonará. Por suerte, no me he enamorado de ti.

—Es que no me gusta que lo menciones.

—Yo le pertenezco.

—Eres de los nuestros —sus dedos juegan con el lápiz que sostiene.

—Tengo que irme. Tengo que comprar un vestido para la noche —mis dedos tocan el dobladillo de mi abrigo.

—Cuídate —consigo oír su voz detrás de mí mientras subo las escaleras que llevan al sótano y a la lluviosa calle, pero no me vuelvo.

—Cuídate —susurro mientras avanzo por el callejón y me limpio las lágrimas, pasando junto a una mujer con un vestido gris y su hija, ambas de pie en la puerta de su antigua tienda, mirándome caminar bajo la lluvia. Tengo que darme prisa. Tengo que comprar un vestido.

—Necesito tu ayuda —susurran mis labios a Anaïs, intentando que la recepcionista no me oiga.

—Está conmigo —dice Anaïs a la chica que está detrás del mostrador de caoba, mientras me arrastra tras ella a las trastiendas de la casa de moda, el espacio que alberga todos los rollos de tela apoyados en las paredes.

—¿Cómo estás? Dime, ¿cómo es él?

—Es educado.

—¿Es amable?

—Sí, es muy considerado.

—¿Y te hace daño?

—No, nunca. ¿Tu Fritz te hace daño?

—A veces, le cuesta expresar sus verdaderos sentimientos, pero yo sé cómo cuidarme. Soy una mujer.

Mis dedos acarician suavemente su mano, pero ella me da la espalda y enciende un cigarrillo para sí misma, volviéndose a girar y exhalando el humo, cerrando los ojos con placer: el humo azul grisáceo y maloliente permanece entre nosotras.

—Lo más importante es saber cuidar de uno mismo. Nadie más lo hará por ti.

—Lo sé.

—Entonces, ¿a qué debo el honor de tu visita? —vuelve a mirarme y me arrepiento de no haberla visitado antes, de haberla invitado a un café, de haberme sentado a charlar con ella. *Algún día lo haré,* me prometo.

—Necesito un vestido.

—Pues vamos a comprarte un vestido. Voy por mí bolso.

—No, necesito un vestido de aquí.

—¿De aquí?

—Sí, necesito un vestido para la ópera.

—¿Vas a ir a la ópera?

—Sí, Herr Ernest quiere que sea su acompañante para la ópera.

Anaïs me mira, fumando en silencio. De repente, parece más pequeña y vulnerable.

—Los vestidos aquí son caros. ¿Tienes suficiente dinero?

—Herr Ernest me lo ha dado —pongo el fajo de billetes enrollados en sus manos, preguntando con ansiedad—: ¿Será suficiente?

—Sí, será suficiente —examina lentamente los billetes, me los devuelve y apaga su cigarrillo—. No solo Anaïs sabe cuidar de Anaïs, Monique también sabe cuidar de Monique. Sígueme.

—Anaïs, ven aquí, por favor —la llama el director de la casa de moda desde la trastienda. Se disculpa conmigo y me pide que espere un momento.

De pie en el centro del probador, intento no mirar a la costurera arrodillada a mis pies. Han colocado el vestido rojo alrededor de mi cuerpo, examinando los tirantes, asegurándose de que no se caigan cuando me agache.

—Anaïs, por favor, ayuda a la señorita del vestido rojo.

Las ventanas de la sala de medidas están cubiertas con cortinas oscuras. Seguramente no quieren destacar frente a la pobre ciudad de fuera.

—Anaïs, por favor, tráele a la señorita un par de zapatos de tacón a juego con el vestido, los zapatos cerrados de la colección de invierno, ¿cuál es su talla?

Hay una pila de sillas de madera en la esquina de la sala, colocadas una encima de otra. Cuando llegan las mujeres alemanas, ¿se sientan cómodamente para ver toda la colección? No debo mirar hacia abajo.

—Anaïs, por favor, arregla el dobladillo para la señorita.

—Creo que así está bien —si solo pudiera huir de aquí.

—No, necesitamos que esté a la altura perfecta, Anaïs, por favor arregla eso.

¿Tal vez cubren las ventanas por las normas nocturnas contra los bombarderos? No, seguro es que no quieren presumir.

—Este vestido te queda perfecto. Estás perfecta. Gracias, Anaïs, puedes volver al taller de costura.

—¿Cuándo necesitas el vestido?

—El concierto es mañana —mis ojos siguen la espalda de Anaïs, viéndola desaparecer en la trastienda, cerrando la puerta tras ella con un ligero clic.

—Excelente, nuestro repartidor te llevará el vestido mañana por la mañana, dale la dirección a la recepcionista.

Al salir, quiero ir a despedirme de ella, pero la encargada del salón me acompaña hasta la salida, me da un beso de despedida en ambas mejillas, y me da demasiada vergüenza volver.

Un día iré a visitarla, y ambas daremos un paseo por la calle, pasando por el elegante café y viendo el teatro de la ópera. Mañana entraré en él por primera vez en mi vida.

Pompeya

—¿Te has mojado? —pregunta Herr Ernest cuando salimos del auto, subiendo a toda prisa las escaleras de mármol que conducen a la magnífica entrada.

—No —pero Herr Ernest se vuelve para regañar al chico que lleva un gran paraguas y abre las puertas del auto que llega.

—No pasa nada.

—No, no está bien. Tiene que saber hacer su trabajo —Herr Ernest baja las escaleras y le habla con su voz tranquila, y yo me giro, mirando las grandes banderas rojas con esvásticas en el centro. Cuelgan en la entrada del edificio, lloviendo sobre los que vienen al concierto.

—¿Entramos? —su mano sujeta la mía—. Ten cuidado de no resbalar en las escaleras de mármol mojado.

En la entrada de la sala, me detengo en el sitio, abrumada por la riqueza dorada que me rodea. Los candelabros de cristal iluminan las espectaculares pinturas del techo y las brillantes esculturas de oro, como si no hubiera cortes de luz en toda la ciudad. Los camareros con trajes negros y corbatines se mueven tranquilamente entre los invitados, sosteniendo bandejas de plata con copas de champán. La guerra no traspasa el umbral de la ópera, excepto para los invitados, oficiales del ejército alemán con uniformes planchados con diversos rangos y condecoraciones.

—Por favor, para ti —Herr Ernest me tiende una copa clara y amarillenta con pequeñas burbujas mientras acerca sus labios a mi oído, para no gritar en el bullicio que nos rodea—: ¿Qué te parece?

—Maravilloso —quiero salir corriendo de este lugar, sintiéndome tan prominente con mi vestido rojo.

—El vestido te sienta muy bien —me toma del brazo, como todos los demás oficiales alemanes que recorren el vestíbulo con sus uniformes, presentando con orgullo a sus compañeras con sus vestidos de noche, como si fueran un premio valioso.

—Ven, te presentaré a algunos de mis colegas —me conduce al centro, bajo la enorme lámpara de araña dorada.

—¿Y cómo es que una joven francesa como usted se interesa por Wagner? —un oficial superior con uniforme negro y gorro de visera se dirige a mí en francés, mirándome burlonamente.

—Hay jóvenes que aman su música y sus opiniones —respondo en perfecto alemán, mirando la calavera que decora su sombrero.

—No nos ha dicho que habla alemán —el oficial se gira hacia Orbest Ernest mientras me mira con aprecio, y todos se ríen.

—Tengan cuidado. Quizá sea una espía —otro oficial le responde, su casco también está decorado con una calavera, y los sonidos de las risas aumentan.

—Para mí está claro que es una espía —Orbest Ernest le sonríe—. Por lo tanto, la mantendré cerca de mí, para que no puedan arrebatármela. Todos ustedes conocen las reglas alemanas. Lo que cazamos nos pertenece.

—Nunca te fíes de las mujeres francesas si no van acompañadas de un oficial alemán que las supervise —le respondo al oficial del uniforme negro en mi perfecto alemán, esbozando una sonrisa perfecta con mis labios rojos, pero me duele el estómago de la tensión.

—Por las hermosas y leales mujeres francesas —el oficial de negro levanta su copa en mi honor, y siento la mano de Orbest Ernest apretando mi brazo.

—Por el Reich de los mil años —otro oficial levanta su copa de champán y todos aplaudimos.

—Y por los placeres de París —añade otro oficial.

—Y por quedarse aquí para siempre, para no ser enviados nunca al frente ruso.

—Puedes confiar en los americanos que están preparando la invasión. Nos mantendrán aquí —los sonidos de las risas continúan, aunque nadie se atreve a levantar su vaso.

—Por nuestro Führer.

—Por el Führer.

—¿A dónde vas?

—Al baño de damas.

—Date prisa. El concierto empieza pronto —me suelta el brazo y cruzo el pasillo lentamente, con dificultad para caminar sobre unos lujosos tacones altos y sabiendo que todos los ojos de los oficiales están fijos en mi espalda, examinándome.

—¿Estás bien? —me pregunta en francés mientras me lavo la cara en el lujoso baño.

—Sí, gracias, tuve náuseas por un momento.

—Es el champán. Seguramente no estás acostumbrada.

—Sí, debe ser el champán.

Oigo sonar la campana en el vestíbulo, llamando a todos a entrar en el concierto. Orbest Ernest me espera en el vestíbulo, que se está vaciando, y observo la columna de hombres que sostienen a sus extravagantes esposas. Suben lentamente las escaleras de mármol, y pienso en el hombre de la compañía ferroviaria, aquella vez en Drancy, cuando me habló de las filas de personas que subían a los vagones del tren.

—¿Estás disfrutando de la velada?

—Es una velada maravillosa. Gracias por traerme.

Cuando se queda la noche en mi apartamento después de estar dentro de mí, me siento tranquilamente en el baño y leo las órdenes militares. La ofensiva rusa de invierno ha comenzado. Por lo tanto, la Solución Final a la Cuestión Judía debe ser acelerada.

—¿Cuál es la solución final a la cuestión judía?

—No lo sé. ¿Cómo estás? ¿Cómo te sientes? —Philip intenta acercarse a mí, pero retrocedo hasta que las ásperas piedras de la pared del sótano me detienen.

—Consulta a tus amigos comunistas sobre la Solución Final.

—No son solo mis amigos; también son tus amigos. Si no lo fueran, no estarías aquí —Mantiene la distancia. ¿Cuándo se cansará de mí?

—Los alemanes están perdiendo en el frente ruso; han sufrido grandes bajas, unidades enteras se han disuelto.

—Les diré eso; ¿cómo estás tú?

No quiero decirle cómo estoy. De todos modos no cambiará nada.

—Aquí en París, tienen miedo de ser transferidos al Este. Lo hablan entre ellos.

—¿Y cuáles son sus sentimientos, y cómo está su moral?

—Su moral sigue siendo alta, sobre todo aquí en París, donde disfrutan de todos los placeres de la ciudad, abrazados a mujeres francesas como yo.

—Tú eres diferente, no eres como ellas; no tienes que pensar en ti mismo de esa manera.

—Sé que soy diferente a ellas —*¿De verdad? ¿Cuál es la diferencia? ¿Qué te estoy contando lo que leo por la noche? Créeme, estoy lamiendo botas alemanas al igual que Anaïs y Violette. Ellas al menos creen que las ayudará.*

—Eres una de nosotros, importante y apreciada.

—Soy consciente de ello —*¿Una de ustedes? ¿Una de la resistencia? ¿Una de los comunistas? ¿Una que traiciona a su amiga muerta? ¿Una que todos abandonan al final? Dejaré de ser una de ustedes en cuanto no les convenga. Sé exactamente lo apreciada que soy.*

—Estoy preocupado por ti. Estás tomando demasiados riesgos.

—Puedo cuidar de mí misma. Por favor, comprueba con tus amigos rusos lo que te he pedido, este asunto de la Solución Final a la Cuestión Judía. Tengo que irme.

—Monique, espera —me llama, pero ya no me persigue y me abraza en la escalera. Él también se ha acostumbrado al frío.

En la estrecha calle en la que las viejas cajas están tiradas a los lados, me dirijo a la entrada de la tienda del otro lado del callejón, saco una salchicha metida en una bolsa de papel y se la sirvo a la pequeña y sucia chica que siempre está en la puerta, mirándome. Ella arrebata la bolsa y corre hacia el interior de la oscura tienda, desapareciendo de mi vista.

He aprendido a no llorar.

—Querida, ¿qué quieres hacer esta mañana? —me pregunta Herr Ernest unos días más tarde, después de desprenderse de mi cuerpo, y yo me tapo, limpiando una lágrima con la punta de la manta.

—¿Qué pensabas hacer?

Los domingos suele quedarse conmigo hasta más tarde, buscando algo que hacer para él y su puta compañera.

—¿Tal vez podamos ir a ver algo de arte?

Mientras bajamos las escaleras del edificio, pasando por el tercer piso, oigo un crujido en la puerta del apartamento del vecino. Me mira por la mirilla cada vez que bajo. Una vez le pregunté de quién era el apartamento en el que vivo, pero se negó a decírmelo y se limitó a mirarme con odio en los ojos, cerrando la puerta de su apartamento en mi cara.

—Ponte el abrigo. Hace frío fuera —Herr Ernest me sostiene la puerta principal.

En la calle gris, su chófer nos espera fielmente en el vehículo militar, y me pregunto si estuvo sentado así toda la noche dentro del auto congelado.

—Buenos días —le saluda Orbest Ernest mientras el motor se atasca por el esfuerzo de arrancar a bajas temperaturas—. Por favor, llévenos a los Jardines de las Tullerías.

—Creía que íbamos al Louvre.

—El Louvre está casi vacío. Los ingratos franceses han conseguido esconder todos los cuadros. No sabemos dónde.

—Creía que lo sabías todo.

—Los alemanes tenemos la paciencia de descubrirlo todo de los traidores como ellos —me sonríe—. Y tú eres una de los nuestros, naciste en Estrasburgo, ¿recuerdas?

—Lo recuerdo.

—Me alegro de que no seas como ellos —pone su mano enguantada en mi muslo—. Eres como nosotros —y miro por la ventana del auto y pienso que tiene razón. Soy como ellos. Como comida alemana, me caliento en el frío invierno con la leña que me trae su chófer, y me llevan en un vehículo militar alemán un domingo por la mañana, observando las calles casi vacías.

—¿Puedes traer más velas la próxima vez que vengas? —los cortes de electricidad se han intensificado últimamente, provocando una escasez de velas.

—¿Ya se han acabado? Creía que había suficientes —incluso Simone se permite sonreírme más a menudo, preguntando de vez en cuando si puedo traerle algunas.

—Las he agotado.

—Sí, te traeré algunas. ¿Falta algo más? Detén el auto aquí, junto a la plaza —le indica al conductor.

—No, nada más.

—Espérenos aquí, por favor —le indica al conductor mientras me abre la puerta del auto cerca de la entrada de los Jardines de las Tullerías. Otros vehículos militares como el nuestro ya están estacionados junto al nuestro. ¿Qué exposición es esta?

—Por aquí —Herr Ernest se apresura a envolverme en mi grueso abrigo de piel.

El único sonido que oigo mientras atravesamos la gran puerta de los jardines es el sonido de la grava bajo mis botas de cuero, las que él me compró. El letrero de madera sigue colgado junto a la entrada, pero ya no me detengo, solo miro las letras blancas que empiezan a desprenderse, revelando una tabla de madera podrida debajo.

—Aquí —me sujeta del brazo y me señala un pasillo en la esquina del jardín.

Una pareja se acerca delante de nosotros, con un paquete envuelto, y mientras los oficiales se saludan con un "Heil Hitler" nosotras, las amantes, nos examinamos los abrigos con sonrisas avergonzadas.

—¿Qué es este lugar?

—Es el momento de cumplir mi promesa.

—¿Qué promesa?

El guardia de la entrada del vestíbulo saluda y da golpecitos con los talones, pero yo ya estoy acostumbrada y ya no me pongo tensa, solo le sonrío amablemente, apresurándome para huir del frío viento del exterior, hacia la sala llena de cuadros enmarcados.

—¿Qué exposición es esta? —miro a mi alrededor. Hay miles de cuadros colgados en las paredes, apilados unos encima de otros, o simplemente colocados en simples cajas de madera en el centro de la sala—. ¿A quién pertenecen?

—Hemos venido a comprar unos cuadros —se dirige Herr Ernest al hombre mayor que se acerca a nosotros, asintiendo cortésmente y dirigiéndose a mí.

—¿Qué estilo le gusta a la señorita? ¿O tal vez lo decide el caballero?

—La madame decide en casa —sonríe Herr Ernest y no le regaña—. ¿Qué estilo te gusta?

—¿Qué es esto de aquí? ¿A quién pertenecen todos estos cuadros?

—Esto es una tienda de cuadros —me responde Herr Ernest. Al igual que nosotros, varios oficiales alemanes pasean, algunos con sus cónyuges, otros con un asistente que les sigue, sosteniendo cuadernos abiertos y anotando los nombres de los cuadros que señalan.

—Y el precio, ¿cuánto cuesta?

El hombre mayor se aparta unos pasos por cortesía, esperando pacientemente a que terminemos la discusión y nos decidamos por el estilo que me gusta.

—Son cuadros en venta a un precio excelente —Herr Ernest me observa con la mirada perdida.

—¿Quién vende estos cuadros aquí? —bajo los ojos, pero no puedo contenerme. Debo callar.

—Estas colecciones pertenecen a familias que querían deshacerse de ellas, o ya no las necesitaban, así que las vendieron, esta es una verdadera oportunidad. Te prometí que te compraría algunos cuadros para tu apartamento, y cumplo mis promesas —me sonríe—. ¿Qué estilo de arte te gusta? —le indica al hombre mayor del traje que la discusión entre nosotros ha terminado, y le ordena que se acerque de nuevo.

—¿Qué quiere la señorita que le enseñe?

—Tengo que verlos yo misma —le respondo vacilante.

Al principio, camino paso a paso entre los cuadros, examinando en silencio la riqueza que hay ante mí, levantando los ojos y mirando las paredes a mí alrededor, o bajándolos y observando los montones que hay en el suelo. Pero entonces empiezo a darme prisa, recorriendo los cuadros, revisándolos uno a uno, y retirando pila tras pila mientras el hombre mayor del traje me ayuda a examinar los del fondo, caja tras caja. Está jadeando por el esfuerzo pero mantiene la calma, y durante todo ese tiempo, Herr Orbest Ernest nos acompaña en silencio, paciente con mi alocado comportamiento.

—Quiero ese —señalo finalmente un dibujo de una bailarina sonriente, que levanta los brazos por encima de su cabeza.

—Ya veo que a la señorita le gusta el arte moderno. Tiene buen gusto —me felicita el hombre mayor y se dirige a Herr Ernest para pedirle su aprobación—. Es un cuadro de un pintor muy conocido.

Me parece que Herr Ernest no está contento con mi selección, pero insisto, y él lo aprueba con un movimiento de cabeza, haciendo una señal a un joven que está a un lado para que venga a tomar el cuadro para pagarlo y empaquetarlo.

—¿Es todo lo que quiere?

—Sí, es todo lo que quiero, ahora te toca a ti.

Herr Ernest camina lentamente, señalando con el dedo al anciano para que le siga, y elige un gran dibujo de una carrera de caballos y un cuadro de cazadores cazando un zorro en el bosque "Serán perfectos para el salón y mi estudio" explica cuando el hombre del traje marca los cuadros para empaquetarlos.

Mientras salimos hacia el auto, seguidos por dos empleados que llevan los cuadros que hemos comprado y mantienen una respetuosa distancia detrás, le doy la mano a Herr Ernest y le agradezco las nuevas compras.

—No hay de que, querida. Hará más agradable tu apartamento.

El conductor que está al lado del vehículo gris se apresura a abrir la puerta, y yo espero fuera, con el viento helado, a que los trabajadores de la tienda metan los cuadros empaquetados en el auto.

— Tengan cuidado —les pido, no sin antes mirar por última vez la puerta del jardín y el cartel descascarillado. Me alegro mucho de no haber encontrado el cuadro que colgaba en mi dormitorio.

Mamá y papá me lo habían regalado por mi décimo cumpleaños. Una bailarina inclinada hacia delante, atándose las zapatillas de ballet. Alguna vez había deseado mucho ser bailarina de ballet.

Las bailarinas del cabaret levantan las piernas en el aire, zapateando al ritmo de la música estridente, y yo las observo a través del humo de los cigarrillos que llenan el repleto local, intentando mirar en otra dirección.

—Pruébalo. Te va a encantar —grita Anaïs mientras acerca sus labios a mis oídos, tratando de superar el ruido de la banda que toca y de la multitud que habla a gritos a nuestro alrededor.

—A Herr Ernest no le va a gustar —respondo mientras me inclino hacia ella, mirando a través del humo la fila de bailarinas en el escenario.

—¿Qué no le va a gustar? —Violette se une, haciendo una mueca mientras Anaïs señala el paquete de cigarrillos que hay sobre la mesa.

—Todo el mundo debería tener al menos un hábito obsceno —ríe Anaïs—, te hará sentir bien, inténtalo.

—Dicen que pronto será imposible conseguir cigarrillos —Violette casi grita para superar el ruido.

—Siempre será posible conseguir cigarrillos. Solo hay que saber la forma correcta de conseguirlos —Anaïs se echa hacia atrás y se enciende otro para ella—. ¿Para qué se inventaron los soldados?

Orbest Ernest y los dos Fritzes se sientan al otro lado de la mesa, inclinados el uno hacia el otro de espaldas a nosotros, mirando a las bailarinas y hablando, tal vez de la guerra.

—No creo que ahora estén hablando de tus existencias de cigarrillos —me río con Anaïs.

—Seguro que no. Se están preguntando a qué altura levantarán las piernas las bailarinas, y cuánto podrán ver —señala con la mirada los ligueros negros que de vez en cuando relucen bajo la tela de sus vestidos.

—Es asqueroso.

—Tienes que acostumbrarte a ello. Así son los hombres. Pueden sentarse contigo, leer poesía y hablar de arte y cultura, pero cuando están solos, van a espectáculos de strippers en Pigalle.

—¿Crees que van a espectáculos de striptease en esos clubes?

—Aunque te hayan llevado a la ópera, sigues siendo un poco inocente, ¿no? —ella sopla el humo del cigarrillo en la sala oscura y sonríe.

—Creo que están hablando de la situación en Rusia —intento cambiar de tema y le grito al oído, aunque no me lo creo. Hace tiempo que Orbest Ernest no habla de las grandes victorias en el Este. Los rumores sobre el éxito de la ofensiva invernal rusa han llegado a las tiendas de comestibles de la ciudad, dando a la gente que hace las interminables colas algo de lo que hablar. Incluso las pocas personas que caminan por las calles, acurrucadas en sus abrigos, creen que los alemanes están en retirada.

—¿Hablan de Rusia? —pregunta Violette.

—Sí, pero dice que no tenemos nada de qué preocuparnos aquí en París —le respondo.

—Quiero experimentar la cultura de esta ciudad —me dice Herr Ernest casi todas las noches que viene—. Debemos ser fuertes contra los falsos rumores —añade mientras conducimos por las frías y oscuras calles.

Los cafés siguen llenos de soldados, aunque algunos no tienen calefacción, y tengo que sentarme envuelta en el abrigo de piel que me compró Herr Ernest, mirando a la gente de fuera cuando me observan. ¿Qué importa si escupen en la acera? De todos modos, está mojada por la lluvia.

Los telegramas que leo por la noche sobre el frente oriental hablan de columnas blindadas alemanas aplastadas a los lados de las carreteras y de soldados congelados muertos en la nieve. Incluso el periódico del ejército alemán en francés, que todavía se vende en un puesto del bulevar, ha dejado de informar sobre la fuerza del ejército alemán, concentrándose en artículos sobre el espíritu de lucha en la batalla.

—Te prometo que no hablan de Rusia a no ser que la bailarina que tienen delante haya nacido en Moscú —se acerca Anaïs como si susurrara un secreto—. Quizá quieran empezar a practicar su ruso —se echa a reír y nos mira con desdén.

—¿Qué va a pasar? Me dan miedo los comunistas —pregunta Violette, sin sonreír esta noche.

—¿De qué tienes miedo?

—Fritz me trata tan bien que tengo miedo de que lo manden al este —se acerca a nosotras e intenta susurrar, aunque su susurro suena más bien a llanto—. He oído que allí ocurren cosas terribles.

—No lo enviarán al Este —pongo mi mano sobre la suya, tratando de calmarla—, lo necesitan aquí en Francia.

—Me temo que algún día se acabará.

—No se acabará —le responde Anaïs, y me sonríe mientras apaga su cigarrillo en el cenicero—. Nos prometieron un Reich de mil años, ¿no es así?

—Lo siento, las hemos descuidado —Fritz abraza a su Violette, que se aferra a él con fuerza, apoyando la cabeza en su hombro y mirándonos con una sonrisa.

—Creíamos que les interesaban más las bailarinas —le responde Anaïs, haciéndonos reír.

—¿Vas a los espectáculos de striptease? —acerco mis

labios a la oreja de Herr Ernest y le pregunto, intentando no hacer ruido, pero él se limita a sonreírme y no responde. ¿Por qué Anaïs sabe esas cosas que yo no sé? ¿Son todos los hombres así? ¿Philip también va a esos clubes del Distrito Latino y termina la noche en la cama de una sudorosa bailarina de cabaré? ¿Qué importancia tiene eso?

—Quiero intentarlo —grito al otro lado de la mesa y alcanzo la caja de cigarrillos colocada entre nosotros. La música me molesta y, a mis ojos, las bailarinas son feas.

—No es para ti —ríe Anaïs, arrebatando la caja—, es solo para mujeres sencillas como yo.

—Pruébalo. Te conseguiré más —dice su Fritz, pero una mirada a Herr Orbest Ernest lo hace callar, y pone su mano en el brazo de Anaïs, atrayéndola hacia él y besándola apasionadamente mientras ella le acaricia el pelo rubio con los dedos.

—Por París —levanto mi copa de champán, cubriendo el insulto, y todos se unen.

—Por la amistad germano-francesa.

—Por el Reich de los mil años —Anaïs levanta la mano y todos volvemos a beber.

—Sírveme más —le grito a Ernest. Intento superar el ruido de la banda y los pasos de las bailarinas con sus ligas negras. Al menos me permite beber.

Si bebo un poco más, tal vez pueda acabar con todos mis miedos y sentimientos de vergüenza.

—¿Debería parar?

—No, está bien, puedes seguir.

Puedo oír el rugido de los bombarderos americanos en la distancia. Los reflectores alemanes probablemente están recorriendo el cielo oscuro, buscando apuntar sus baterías de cañones antiaéreos y cazando bombarderos.

—¿Se siente bien?

—Sí, no pares.

Estoy tirada en la cama con un horrible dolor de cabeza. He bebido demasiado esta noche.

El gemido de las alarmas suena cada pocos minutos, y el rugido no cesa, como un gorjeo sordo que hace temblar la ventana y el parqué, haciendo crujir la cama de hierro con un sonido estridente. Pero tal vez todo esto sean los movimientos de Herr Ernest tumbado encima de mí mientras cierro los ojos.

—Están buscando las fábricas de Renault en los suburbios. Pasarán por delante de nosotros —susurra con odio mientras sigue sacudiendo la cama, y yo gimo, pensando en el dolor que le espera a una joven anónima que ahora está soldando chapa para un camión alemán en la cadena de producción de Renault, en algún lugar de los suburbios. Ella no sabe que en unos minutos su destino será sellado. ¿A quién le dolerá más?

—No te detengas —no importa; la muerte llegará para los dos, tarde o temprano.

—Mademoiselle —me abordan al día siguiente en la calle, cerca de la plaza de la ópera.

—Tengo prisa por llegar al metro, pronto dejará de funcionar, y tengo que comprar los regalos de Navidad.

—No te preocupes por el metro —sonríe el más alto—, ¿qué tienes en el bolso? —y yo quiero gritar.

—No tengo nada en el bolso —les entrego mi carné de identidad con las manos temblorosas, también por el frío.

—¿Monique? —pregunta en un buen francés, escudriñando el carné, comparando la foto con mi cara. Se colocan cerca de mí, ocultándome de las demás personas de la calle con sus abrigos de cuero negro. Los pocos que echan un vistazo rápido siguen caminando, agradecidos por su buena suerte. Sabía que se avecinaba. Era solo cuestión de tiempo que me atraparan.

—¿Naciste en Estrasburgo?

—Sí.

—¿Fecha de nacimiento?

— Catorce de diciembre de mil novecientos veinticinco

—¿Dónde vivías en Estrasburgo? —compara los datos con el cuaderno que ha sacado del bolsillo. ¿Qué hay escrito allí? ¿Qué sabe de mí? ¿Intenta asustarme?

—¿Qué has preguntado?

—¿Dónde vivías en Estrasburgo? —levanta los ojos del cuaderno y me mira.

—En la Rue de Barr, creo, era una niña. Estaba junto al río. Íbamos al río los domingos —*nunca confíes demasiado en ti misma. No eres un cuaderno de información en el que todo está escrito con precisión tal y como sucedió.* Siempre sospechan de alguien que sabe todas las respuestas con precisión, como si las memorizara. Philip me dijo eso, en el viejo almacén del sur de la ciudad, y creo que fue el momento en que empecé a confiar en él.

—¿Está cerca del río? —el oficial no deja de mirarme mientras su amigo examina mis temblores con la mano escondida en el bolsillo de su abrigo. ¿Qué tiene ahí?

—Creo que sí. Papá solía llevarme sobre sus hombros. Recuerdo que había un parque infantil junto a un tobogán.

—¿Tienes frío?

—Sí, no tengo un abrigo como el tuyo —*si sientes que empiezan a sospechar de ti, muestra algo de agresividad, pero no demasiado,* la gente que se siente culpable no tiende a ser agresiva. Philip me puso frente a la pared y se acercó a mí, haciendo un juego de roles conmigo, y allí olí por primera vez su olor corporal, mezclado con el olor a aceite de pistola y la tinta de impresión de sus dedos.

—¿Hablas alemán? —el otro hombre me pregunta en su idioma.

—Sí, desde luego, desde la infancia —les respondo en alemán.

—Entonces, ¿por qué no nos contestaste desde el principio en alemán?

—Porque se dirigieron a mí en francés.

—¿Y por qué no estás en Alemania, con todos los que ahora ayudan a la patria?

—Ayudo aquí, vendiendo deliciosa comida en una boulangerie a los soldados que vienen cansados del frente. Sé lo duro que es para ellos, sobre todo para los que lucharon contra el monstruo comunista que quiere destruirnos —si se te acaban las ideas, inventa, me dijo Philip, y yo me sentaba temerosa frente a él y pensé que era imposible que yo pudiera inventar algo.

—¿Y qué hay en tu bolso? —me quita el bolso sin preguntar.

—Un cuaderno. A veces dibujo.

Deja que el otro hombre sostenga mi carné mientras examina cuidadosamente el cuaderno, hojea las páginas y lee los títulos.

—¿Te gusta Normandía?

—Sí, mucho, pero ahora no podemos ir allí —*ten cuidado de que no se te resbale nada, proporcionándoles un dato que puedan comprobar y verificar que les estás mintiendo, como los lugares en los que has estado o las fechas.* Asegúrate de ser lo más general posible. Philip se quedó cerca de mí, pero desde entonces, por mi culpa, todo se arruinó.

El hombre bajito echa una última mirada al diario antes de cerrarlo y devolvérmelo.

—Que tenga un buen día, Frau Otin.

—Usted también.

Empiezo a alejarme, intentando mantener la calma sin mirar atrás, como si no hubiera pasado nada, pero después de unos pasos, me llama de nuevo y me detengo, volviéndome hacia él, llenando de dolor mi estómago.

—¿Frau Otin?

—¿Sí?

—Me gusta pasear por las playas de Normandía.

—El río Estrasburgo de mi infancia es más mágico.

¿Qué saben ellos de Normandía? ¿Por qué ha dicho eso?

—¿Cómo estás? ¿Está todo bien?

—Sí, todo está bien —mi mano temblorosa busca el paquete de cigarrillos en mi bolso.

—¿Cómo fue el camino hasta aquí?

—Nada especial. Los mismos hombres de la Gestapo parados en las escaleras del metro, examinando a la gente, estar así en la nieve durante tantas horas da mucho frío.

—Cada vez me preocupo más por ti.

—No tienes que preocuparte por mí. Sé cómo salir adelante —saco la caja de cerillas de mi bolso e intento encender un cigarrillo, pero me tiemblan los dedos y la cerilla está rota, al igual que la siguiente. Philip me quita la caja de cerillas de las manos y me da una cerilla encendida. Inhalo el humo con una mirada de alivio.

—¿Has empezado a fumar?

—Sí, un hábito tan obsceno —saco el humo, me inclino hacia atrás y le miro.

—Espero que no fumes al lado de Ernest. No creo que le guste que una mujer fume. No es femenino.

¿Es eso lo que le interesa? ¿Qué dirá Herr Ernest?

—Yo me encargo de Herr Ernest. No te preocupes por Herr Ernest. Monique sabe cómo cuidar de Monique.

Philip me examina, observando con sus ojos oscuros, buscando qué decir. Hace frío en el sótano, y los dos estamos envueltos en nuestros abrigos como si fuéramos a salir pronto de aquí. Philip se da cuenta de que mis ojos miran sus guantes rotos, y se cruza de brazos, tratando de ocultarlos, y yo quiero quitarme mis nuevos guantes de cuero, otro regalo de Orbest Ernest. Vuelvo a inhalar. El calor del humo del cigarrillo en mi garganta me reconforta un poco.

—Has cambiado —dice.

Vuelvo a inhalar el cigarrillo y lo miro. Tengo tantas ganas de abrazar su cuerpo y prometerle que he seguido igual, yo y todos mis pensamientos en la noche. Quiero mover esta mesa distante que se ha interpuesto entre nosotros durante tanto tiempo y apoyar mi cabeza en su hombro, susurrando para que me abrace. Pero sé que es demasiado tarde, estoy con Herr Ernest, y él tiene su resistencia y quizás una chica de cabaret con la que comparte sus noches, metiéndose en sus piernas como todos los hombres.

—Sí, he cambiado, pero no hemos venido a hablar de mí, hemos venido a hablar de los alemanes y del material que tengo que proveer, ¿no? Así que empecemos.

Y se queda mirándome en silencio mientras le describo toda la información que recuerdo, esbozando un nuevo plan de defensa que pude ver una noche.

—Esta información es importante. La transmitiré.

—Excelente.

—Estás haciendo un gran trabajo.

—Excelente —¿Por qué me arriesgo a llevarles todo esto? ¿Por qué no hacen algo con ello? ¿Qué están esperando? ¿A que me atrapen y me torturen? ¿A que Herr Orbest Ernest descubra quién soy? ¿Por qué no están ya invadiendo y ganando esta guerra?

—¿Qué pasó?

—No ha pasado nada —me levanto de la mesita, encendiendo otro cigarrillo. De repente este sótano se siente demasiado asfixiante para los dos.

—Pareces enfadada —Philip se levanta conmigo, tratando de acercarse, pero me alejo de él, soplando el humo gris en su dirección.

—No estoy enfadada. Estoy haciendo mi trabajo de forma excelente. Incluso tú lo dices.

—Entonces, ¿por qué estás tan distante de mí?

—Porque ya estoy cansada y porque tú elegiste.

—¿Qué elegí?

—Enviarme a él.

—Porque no tenía otra opción.

—Así que estoy con él y todo está bien.

—Debes seguir. No hay otra opción —intenta acercarse de nuevo, pero no quiero que lo haga, sintiendo que la pared del sótano me araña la espalda.

—Me va muy bien —el cigarrillo es arrojado al suelo y lo aplasto con el zapato. El aire aquí es comprimido y húmedo—. Entrego buena información, y tú me mantienes con vida, en gran medida.

Philip hace una pausa, mirándome furiosamente.

—No olvides quién eres.

Pero estoy cansada de que todos intenten explicarme quién soy. Ya no sé quién soy, ni quién seré cuando todo acabe, ni cómo acabará. De todos modos, no soy capaz de cambiar nada.

—Además, puedes pedir a tus compañeros comunistas que quiten el cartel que prohíbe a los judíos entrar en los Jardines de las Tullerías. Me molesta en mis viajes con Orbest Ernest, y ya no quedan judíos en París.

Philip me mira con rabia, y por un momento pienso que me he pasado y que me va a pegar, pero se limita a cerrar los puños, acercándose a mí y sujetando mi cuerpo, mordiéndome fuertemente los labios y haciendo que deje de respirar. Sus manos me agarran mientras sigue besando mis labios, tratando de separarlos con su lengua, y por un momento, se lo permito, ya sin poder contenerme.

—Feliz Navidad —lo alejo de mí, arañando su cuello con los dedos, y escapo, sabiendo que si me quedo un momento más, nunca podré volver a mi apartamento del octavo distrito.

Esta noche, Philip probablemente saldrá con su bailarina de cabaret y me dejará sola con Orbest Ernest.

Al menos puedo buscar a la niña en el callejón, dándole

dos latas de carne que guardé especialmente para ella, para el año nuevo.

La nieve que ha caído en los dos últimos días ha pintado la ciudad de blanco, cubriendo las tranquilas calles con sudarios blancos. Solo unas pocas personas caminan bajo el frío, dejando profundas huellas grises en la nieve. Pero la mayoría permanece en sus casas mientras intentan calentar los pequeños apartamentos con algunos periódicos viejos o algo de leña comprada en el mercado negro, a cambio de cupones de racionamiento de harina y aceite. Algún camión del ejército alemán cruza el bulevar a paso lento, dejando rayas negras en la carretera al derretir la nieve, pero el resto de los vehículos desaparecieron de las calles hace meses. No hay combustible. Incluso el gran mercado ha vuelto a utilizar los tradicionales carros de madera, enjaezados a caballos cansados.

—Feliz Navidad —nos saluda Simone mientras nos abrigamos y nos apiñamos cerca de la puerta trasera de la boulangerie. Incluso se permite un momento de sentimentalismo y nos abraza antes de que salgamos a las calles húmedas y blancas. Tengo que apresurarme a volver a casa. Herr Ernest me ha informado de que vendrá hoy.

Mis fríos dedos rebuscan en mi bolso, buscando la llave del apartamento, cuando oigo un ruido en el interior y me quedo helada.

¿Herr Ernest ha llegado temprano? ¿Me están esperando dentro? ¿Qué debo hacer?

Mis pies me llevan rápidamente escaleras abajo mientras salgo corriendo a la calle, casi resbalando y cayendo en las húmedas escaleras de mármol de la entrada del edificio. Jadeando en el aire frío, sigo corriendo hasta la esquina de la calle, ignorando las huellas que he dejado en la nieve. ¿Adónde voy ahora?

La calle está vacía, ningún auto negro me espera para recogerme, y no puedo ver las huellas de los neumáticos de los autos en la nieve de la carretera. Solo mis pasos parecen tan visibles para quien quiera perseguirme. ¿Qué debo hacer? Una mujer pasea a cierta distancia, encorvada, llevando un fardo de madera o trapos a la espalda. No parece ser una de ellas. ¿Podría estar equivocada? Quizá Herr Ernest esté en el apartamento esperándome. ¿Espero a que llegue?

La calle está oscureciendo mientras me pongo de pie y me froto las palmas de las manos, intentando moverme un poco e ignorando a un hombre mayor que pasa por allí. Probablemente se pregunte por qué una mujer está esperando así en una esquina cuando está nevando afuera. Me duelen los pies por el frío, pero intento seguir caminando, tratando de esconderme de los autos que pasan y que podrían estar buscándome. No puedo soportar más.

No tengo ningún otro sitio al que ir. ¿Cuánto tiempo más voy a vivir con tanto miedo?

Subo lentamente las escaleras de madera, abro la puerta con cuidado, suelto la llave y la sostengo entre mis dedos doloridos, dispuesta a luchar todo lo que pueda o a darme la vuelta y escapar. La casa es cálida y acogedora.

—¿Dónde has estado? Te estás congelando —se acerca a mí y me ayuda a quitarme el abrigo —¿Por qué has tardado tanto? Envié a mi chófer a la calle a buscarte. Nos he traído un árbol de Navidad para celebrar, como en la patria. ¿Estás bien? ¿Por qué estás tan callada?

—Tengo frío —dije quitándome los zapatos y los calcetines mojados, mientras me calentaba un poco junto a la chimenea, es todo lo que quiero ahora.

En el extremo del salón se alza orgulloso el árbol, y Herr Ernest lo rodea lentamente, colocando luces de cuerda y orbes de plata que titilan alegremente. Es agradable mirar el fuego que arde en la chimenea, concentrándose en las llamas que iluminan las paredes y el cuadro de un cazador que Herr Ernest compró, un hombre disparando a un zorro que corre, y mamá enciende velas. Todos cantamos las canciones de Hanukkah, riéndonos de Jacob, que no puede pronunciar las extrañas palabras en hebreo, y yo susurro las palabras en voz baja porque me da vergüenza que descubran quién soy, y papá me toca el hombro: —Monique, Monique.

—Monique —Herr Ernest me susurra, tocándome suavemente los hombros, y mis ojos miran a su alrededor, intentando averiguar dónde estoy y quién es este hombre de pelo amarillo recortado y ojos verdes—. Parece que te has quedado dormida —me mira.

—¿He dicho algo? —me enderezo en un sillón frente a la chimenea.

—No, solo has murmurado algo extraño —continúa examinándome—. Mira, nos he hecho un árbol de Navidad, para sentirnos como en casa.

—Es hermoso. El más bonito que he tenido nunca.

—También te he traído un regalo —señala la caja bajo el árbol.

—Lo siento mucho. No te he comprado nada. Pensé que volverías con tu familia en Alemania —busco una razón—. ¿Tienes familia en Alemania?

—Soy un hombre del ejército. Mi casa está donde están mis botas —se acerca al árbol de Navidad y trae mi regalo—. Feliz Navidad.

Mis dedos retiran suavemente la cinta de color y despegan el papel, tomando la caja de cartón y abriéndola.

Con horror, examino el estuche de cuero marrón que hay dentro de la caja, mirando la caja de metal negro con los botones dorados y la lente. Mis uñas rozan suavemente el águila de hierro grabada en el cuerpo de la cámara, que sostiene una esvástica con sus garras.

—¿Qué es? —le miro.

—Es una cámara. Es tu regalo, la mejor del mercado gracias a nuestro Führer, una cámara Leica.

Aunque quisiera levantarme y salir corriendo, no podría. Mis pies están paralizados. ¿Por qué me la ha comprado?

—¿Por qué?

—Porque te viene bien —no me sonríe—, te encanta dibujar, y se me ocurrió hacerte un regalo, deberías haberme agradecido tu regalo.

—Lo siento —mis piernas consiguen llevarme mientras me pongo de pie y me acerco a él, intentando levantar los brazos y abrazar sus hombros—. Me acabas de sorprender, nunca he tenido una cámara, ¿qué haces con ella? ¿Puedes enseñarme?

Y Orbest Ernest cede y se sienta en el sillón, comienza a explicarme cómo se sostiene la cámara y cómo se apunta y qué botones hay que pulsar para disparar o sacar el carrete.

Y durante todo ese tiempo, estoy arrodillada a sus pies en la alfombra del salón, haciendo preguntas, luciendo interesada mientras trato de calentarme y mirando sus dedos que sostienen la caja de metal. ¿Qué sabe de mí, y cuánto tiempo podré ocultarme?

—El próximo verano, me tomaré unos días libres en el ejército y nos iremos a la playa, quizá al sur de Francia, y entonces podrás hacernos una foto —me mira.

—Por favor, sírveme un poco de vino —le pido.

—¿Nos preparas la cena? He traído comida. Está en la cocina —me acaricia el pelo mientras estoy arrodillada en la alfombra.

—¿Qué has traído?

—Algunas cosas para las vacaciones —sigue acariciándome el pelo—. Lástima que no tengas sangre alemana pura.

Le miro confundida.

—Para tener un cónyuge legal, un oficial de mi posición debe encontrar una mujer alemana con certificados.

—¿Y qué pasa conmigo?

—Cuando ganemos la guerra, podrías venir conmigo a Berlín.

Mis labios guardan silencio mientras apoyo la cabeza en su rodilla, pensando qué decir que encaje, preguntándome qué pensaría de mi pureza racial.

—Feliz Navidad —beso su rodilla, sintiendo el áspero pantalón en mis labios. Tengo que levantarme y preparar la cena, y luego puedo beber el vino que ha traído. Esta noche probablemente me dejará beber todo lo que quiera.

—Hasta mañana, y cuidado con la nieve —se despide Simone unos días después del año nuevo, y yo empiezo mi camino hacia el apartamento a pie, soplando en mis dedos congelados. El metro no funciona.

¿Cuándo terminará esta nieve? Quizá hubiera sido mejor que la nieve durara siempre y pintara de blanco esta ciudad gris. Nadie me vestirá de blanco. Nunca me pondré un vestido blanco. Ni seré como la misma francesa que vi hace unos meses, que se casó con un oficial alemán en la iglesia de la Madeleine. Pasé por allí y los miré por un momento. Todos sus compañeros oficiales se colocaron en dos filas rectas en la escalinata, creando un pasaje de aplausos para ellos mientras el dobladillo del vestido blanco de ella desaparecía en la iglesia. Ni siquiera Herr Ernest me ama, y si supiera quién soy, ya me habría matado.

Miro al chico cerca del quiosco. Está temblando y me espera en la nieve. ¿Qué sentido tiene todo esto? La guerra nunca terminará.

Al final, los alemanes nos derrotarán a todos, a los rusos, a los americanos, a la resistencia, a mí, lo sé. Los mapas de las playas que veo por la noche, mientras espero ser capturada, me lo dicen. Las interminables filas de soldados alemanes en la boulangerie me lo dicen, incluso la comida y el vino que me trae Herr Ernest cada vez que viene me lo dicen.

—Un paquete de cigarrillos, por favor —me paro en el quiosco, moviéndome de un pie a otro para mantener el calor mientras el vendedor mira de reojo con nerviosismo.

—El precio ha subido. ¿Paga en francos o en Reichsmark?

—Lo que le convenga —saco la cartera del bolso y le pago en silencio, luego empiezo a caminar hacia el puente, encendiendo un cigarrillo para calentarme un poco.

Las suelas de mis zapatos ya están desgastadas y el frío del pavimento me congela los pies, pero se lo oculto a Orbest Ernest, no queriendo que se apresure a comprarme un par nuevo ni que vuelva a poner el dinero alemán en el tocador.

Junto al puente, paso junto a una familia encorvada, envuelta en viejos abrigos y mantas rotas. ¿Dónde está mi familia? ¿Cómo es que aún no tengo noticias de mamá, papá y Jacob? Al menos ellos no saben dónde he acabado y qué he tenido que hacer para sobrevivir. Mamá me gritaba y papá se callaba, pero su mirada me decía lo decepcionado que estaba conmigo.

—¿Qué sentido tiene? —aplasto el cigarrillo con la punta de los zapatos y, al cabo de unos minutos, enciendo otro, con los dedos temblando por el frío. El único vestido blanco que llevaré será la nieve que cubrirá mi tumba, como la de Claudine. Debería empezar a acostumbrarme a partir de ahora, y me paro en el frío antes de entrar en el callejón, dejando que los copos de nieve caigan sobre mi pelo.

Hace mucho tiempo que no nos vemos. ¿Qué importa lo que él diga?

—Están construyendo nuevas barreras aquí y aquí —mis dedos le muestran los lugares del mapa arrugado que sacó del bolsillo de su abrigo, aplanándolo cuidadosamente con los dedos—. Si tus amigos americanos no se dan prisa, no tendrán ningún lugar que invadir.

—Tenemos que ser pacientes. No tenemos otra opción. Te prometo que vendrán, ¿está todo bien? Estoy preocupado por ti —Philip deja el lápiz con el que ha marcado lo que he dicho, sin dejarme escribir. Si alguien pone sus manos en el mapa, podría ser una sentencia de muerte para mí.

—No, no lo estás —le arrebato el lápiz y empiezo a rellenar el mapa de la playa con las líneas de la barrera. Tal vez haya llegado mi hora.

—¿Qué estás haciendo? —Philip intenta detenerme, sujetando mi mano.

—No, no lo estás —grito y le araño la mano, sin dejar de escribir, aunque ya no sé qué.

—¿Qué no estoy qué? —sus manos me agarran con fuerza, y puedo oír el crujido de la mesa y las sillas de madera en el suelo del húmedo espacio del sótano.

—No estás preocupado por mí en absoluto. Son los telegramas los que te preocupan, eso es todo lo que valgo para ti. Me hace un árbol de Navidad y me habla de Alemania y de la familia, y a ti te interesan los telegramas. Ni siquiera has preguntado a nuestros amigos comunistas qué pasó con mi familia.

—Están en Auschwitz. Tu Ernest y sus amigos los enviaron a Auschwitz —me grita, mirándome con rabia y odio.

—Sé que llegaron al campo de Auschwitz.

—Nadie vuelve de Auschwitz, y cada vez hay más trenes con gente que va allí. ¿Entiendes lo que eso significa? —oigo el eco de sus gritos en las paredes que se cierran a mi alrededor, incapaz de creer lo que me está contando.

—Entonces, ¿por qué no me lo dijiste cuando lo supiste? —mi respiración es pesada. Tengo que sentarme, inhalar. Este sótano me asfixia—. ¿Por qué no me lo dijiste?

—¿Cómo iba a decirte una cosa así? —intenta abrazarme mientras se le quiebra la voz—. ¿Cómo iba a decírtelo?

Ya no puedo estar aquí. ¿Dónde está la puerta de fuera? Tengo que respirar, ¿dónde están las escaleras?

—¿Quién me va a querer? —*me han dejado sola, déjame salir de aquí, no me toques. Mis manos lo empujan. Por favor, deja de mirar mis lágrimas que corren por mis mejillas por mamá y papá y Jacob y el nombre que me da asco de Auschwitz, y Herr Orbest Ernest, y yo, por todo lo que hice cuando ellos ya no estaban. Me siento mal.*

—Te quiero.

—Nadie me querrá, ¿no lo entiendes? —intento luchar contra él. Ya no tengo ni a papá ni a mamá.

—Yo te querré, esto terminará un día, y yo estudiaré en Sorbona como antes, y todos volveremos como antes —insiste en abrazarme.

—El pasado ha muerto, se ha ido, incluso tú lo dijiste una vez —le grito y lloro—, nadie puede arreglarlo.

—Pero todavía te quiero —se niega a soltarme.

—No quiero verte más. Búscate un sustituto, alguien cuyos dedos no tengan manchas de pintura y olor a aceite de pistola —Me levanto del duro suelo y busco las escaleras.

—Por favor, no te vayas.

—¿No lo entiendes? No quiero verte más, nunca. Sal de mi vida. Soy como las ratas de las películas nazis, todo el que me toca muere o se va. Contagio enfermedades. Me acosté con un oficial alemán; nunca te casarás conmigo. Soy una judía infectada.

Por la Vida

Marzo, 1944

Confidencial

3/5/1944

De: Comando del Frente Occidental de la Wehrmacht

Para: Grupo de Ejércitos de Francia

Asunto: Preparativos para un ataque en el Oeste

Antecedentes: Las unidades del ejército subordinadas al Frente Occidental deben estar en alerta ante un intento de invasión americano-británico en las costas francesas.

Generalidades: Se espera que los ciudadanos de Francia muestren signos de ingratitud hacia el ejército alemán y pueden intentar provocar una rebelión en previsión de la próxima liberación. Las unidades del ejército deben imponer una disciplina severa a la población y buscar a los civiles ingratos.

Tareas:

1. Los oficiales del ejército deben estar atentos a los intentos de traición de los lugareños.

2. Es responsabilidad de los oficiales del ejército inculcar el poder del ejército alemán a la población local.

SS. Telegrama 93

La Caja de Costura

—Querida, he perdido un botón de mi uniforme. ¿Me lo coserías de nuevo?

—Por supuesto, cariño —Herr Ernest me entrega su camisa verde grisácea, la de la cruz de hierro negra, y se queda con una camiseta blanca de tirantes. Con cuidado, le quito el botón metálico de la mano y me dirijo al dormitorio, en busca de un kit de costura. No nos vemos desde aquella vez en el sótano, hace tres meses.

Es mejor para mí así, intentando no pensar más en él. Incluso he dejado de vagar por las calles sin rumbo, fumando, buscando castigarme, paseando sin rumbo hasta la hora del toque de queda. Las páginas del cuaderno están llenas de nueva inteligencia, escondida en nombres en clave entre todos los dibujos de flores. Pero toda la información que he recibido no ha cambiado nada, y aunque quisiera contactar con él, no sé cómo. Es mejor para mí, sin mirar sus dedos ni recordar el olor de su camisa.

—¿Cariño? ¿Has encontrado un kit de costura? —la voz de Herr Ernest procedente del estudio me devuelve a la realidad, y me siento junto a la cama, abriendo uno a uno los cajones de la cómoda, buscando una caja de costura. Recuerdo haber visto uno cuando nos mudamos aquí, junto con las pocas cosas que quedaban en el apartamento.

La caja de madera está escondida en el tercer cajón, entre manteles blancos. Es de madera de caoba, y la coloco sobre mi regazo, buscando en los pequeños cajones un hilo verde grisáceo, comparando los pequeños carretes con la camisa extendida sobre la cama. Abro otro cajón, y otro, mientras rebusco con los dedos, tirando desde el fondo, y de repente me fijo en ellos y me congelo.

Como si de una mordedura de serpiente se tratara, cierro rápidamente la caja. El sonido parece sacudir toda la habitación.

—¿Hay algún hilo del color adecuado?

—He encontrado algo parecido —me tiembla la voz. ¿Se ha dado cuenta?

Lentamente, con cuidado, vuelvo a abrir los pequeños cajones de madera, tirando suavemente de los carretes e intentando ver un poco, rezando en silencio para equivocarme, pero están ahí, en el cajón de abajo, bajo unas carretes de hilo de color burdeos.

Extiendo mis dedos, los toco, aparto los carretes, los expongo al aire caliente de la habitación, palpo suavemente la tela amarilla con las yemas de los dedos y dibujo el contorno de las letras "Juif" en el centro de la estrella de David.

—Querida, tengo prisa. Tengo una cita.

—Acabo de encontrarlo. Lo estoy cosiendo ahora mismo. Casi he olvidado cómo coser.

—Una buena mujer nunca olvida —su voz llegó desde el estudio.

Mis manos temblorosas fracasan una y otra vez al insertar el hilo gris en el ojo de la aguja. Se aparta con cada temblor, negándose a entrar, y las lágrimas también me interrumpen.

—Terminaré en un minuto.

Mis dedos cosen rápidamente, empujando la aguja con firmeza en la tela rígida y áspera, ignorando el dolor de clavarla en la camisa, bucle tras bucle, sin parar, como una máquina sin emociones. Sin embargo, en medio de la costura, no puedo más. Tiro la camisa a un lado, agarro la caja de madera y vierto todo su contenido sobre la cama con un gran ruido, sin pensar en lo que pasará si Herr Ernest pierde la paciencia y viene a buscar el origen del ruido. Mis dedos rebuscan en la caja, comprobando si queda algo en las celdas de madera vacías, pero no hay casi nada más. Solo las dos placas amarillas y una foto marrón claro de una familia junto al mar. Un padre y una madre y dos niños sentados en las pequeñas piedras, y en el otro lado, está escrito a lápiz.

—Nosotros, 5 de junio de 1939, en el hotel de Niza.

—¿Estabas llorando? —me pregunta mientras me sitúo en la entrada del estudio, entregándole el uniforme planchado con el botón en su sitio.

—No, solo me he frotado los ojos. No podía meter el hilo en la aguja.

—Bueno, muchas gracias. Lástima que hayas tardado tanto. Tengo que irme ahora. El conductor ya está esperando fuera.

—¿Nos veremos por la noche?

—Sí, por favor, espérame —se revisa en el espejo del vestíbulo, asegurándose de que el botón está en su sitio. Su presencia en el pequeño vestíbulo es demasiado densa para mí, pero antes de poder respirar, tengo que esperar hasta oír la puerta cerrarse de golpe tras él y el sonido de sus pasos bajando por la escalera. Debo salir y sentir un aire que no esté en este apartamento, un lugar que no tenga la presencia de un oficial alemán y el olor a colonia.

Pero no puedo devolver las insignias amarillas de mi bolsillo a su escondite en la caja de costura, ni la foto marrón claro.

—Que un hombre cariñoso te regale una flor —susurran mis labios mientras pretendo colocar una flor en su tumba, con la mano vacía. No pude encontrar ninguna flor. La mujer mayor no estaba en la esquina, y no sé qué pasó con ella. Tal vez no sobrevivió al invierno, o tal vez se fue a buscar parejas de enamorados a otro lugar. ¿Quién iba a comprar flores cuando no había dinero para comer y los soldados alemanes estaban en el frente?

La plaza que da al Eiffel también está desierta. Los sonrientes soldados alemanes y las chicas francesas como yo, colgadas del brazo, se han ido. Solo unos pocos camiones del ejército atraviesan la plaza en un lento trayecto, corriendo hacia su destino en el frente occidental, sin detenerse a comprar flores para nadie.

El cementerio está en silencio, y limpio la lápida con la mano, cepillándola todo lo que puedo aunque la lluvia del invierno la haya limpiado.

—Siento no haber estado aquí durante mucho tiempo. Te lo contaré todo —empiezan a murmurar mis labios mientras intento detener mis lágrimas, pero no puedo decírselo. No puedo decir las palabras en voz alta. Ni siquiera la insignia amarilla que se esconde en el bolsillo de mi vestido me da el valor suficiente.

—Exaltado y santificado sea su gran Nombre —mis labios murmuran la oración a las almas de mamá, papá y Jacob, y no sé más que estas palabras. No sé si se me permite rezar porque soy mujer, y no es aceptable, y estoy cometiendo un gran pecado, como me decía papá cuando me negaba a encender velas el viernes por la noche, gritándole que era francesa y no quería ser judía, pero no me importa.

Mis labios repiten las pocas palabras que conozco en un susurro, una y otra vez, mientras sostengo la insignia amarilla firmemente en mis puños, con los ojos cerrados.

—Lo siento, Claudine, hace mucho que no te visito. Vendré más —me disculpo antes de alejarme de la tumba. Por un momento, mi mirada se vuelve hacia atrás mientras lucho con el impulso de dejar la insignia amarilla en la piedra, pero es demasiado peligroso. Debo devolverla a su escondite.

Tengo que ver a la persona de la que estoy huyendo; tal vez acepte acogerme de nuevo.

¿Y si se niega a abrirme la puerta? Me detengo en la avenida y miro a mí alrededor. ¿Tal vez debería quedarme aquí? ¿Entre los cafés que ya conozco?

Las risas alemanas de la pasada primavera han desaparecido, y solo unos pocos soldados están sentados en las mesas vacías, atendidos por camareros aburridos. ¿Quizá me siente unos minutos? ¿Tal vez no sea una buena idea ir a verla?

¿Qué podría decirle? ¿Después de huir de ella sin despedirme? Empacando mis pocas pertenencias y desapareciendo de su vida sin dar explicaciones, ni siquiera la he llamado desde entonces, a pesar de que su lujoso apartamento tiene teléfono. Intenté descolgar el teléfono y preguntar por ella varias veces, pero en cuanto oí la voz de la operadora pidiéndome el número, volvía a cerrar de golpe el tubo negro.

Tengo que darme prisa, Orbest Ernest vendrá pronto, y a él no le gusta esperarme. Últimamente, sus ojos verdes se han vuelto fríos y su voz suena aguda, lo que me pone aún más nerviosa. Cruzo rápidamente el bulevar, apartando la mirada del Arco del Triunfo y de la bandera nazi que ondea en lo alto.

Veo que las estrechas calles no han cambiado mientras las atravieso; incluso la gran puerta metálica de la entrada sigue siendo la misma. ¿Qué me dirá? ¿Tal vez vuelva y regrese otro día?

Con los puños cerrados y las uñas apretando con fuerza las palmas de mis manos, espero junto a la puerta después de tocar el timbre. Me duele el estómago.

Ella no está allí. Ya puedo irme, al menos lo he intentado. Pero la puerta se abre y ella está de pie y me mira.

—Mi niña, has crecido mucho —oigo su voz mientras sus manos me envuelven cálidamente, y dejo salir las lágrimas.

—Soy judía —sollozo en el hueco de la escalera.

—Shhh... shhh... está bien... ten cuidado que nadie te oiga —me arrastra al interior y cierra la puerta tras nosotros.

—Soy judía, y enviaron a mis padres a un lugar llamado Auschwitz en el este, y probablemente los mataron —no puedo dejar de gemir y llorar.

—Está bien, mi niña, está bien —continúa abrazándome—. Te están cuidando desde arriba, te abrazan desde allí.

—Los extraño mucho, y estoy con un oficial alemán. Vivo con él. Me da mucha vergüenza. Me trae comida —mi cara está roja y húmeda por las lágrimas, y mi cuerpo tiembla y gime, vomitando toda la vergüenza que he llevado dentro durante tanto tiempo.

—Shhh... shhh... está bien —sus manos siguen acariciando mi pelo, intentando calmarme.

—Solo quería seguir viva y mira dónde he acabado... —mi voz se ahogó.

—Shhh... Mi niña preciosa... nadie quiere morir... —continúa abrazándome mientras me calmo y solo se escuchan mis respiraciones dentro de la lujosa habitación de huéspedes.

—¿Nos preparo una taza de té? ¿O un café? Creo que incluso me queda algo de café de verdad.

—¿Qué voy a hacer? —le pregunto algún tiempo después, mientras nos sentamos en su salón, sorbiendo el té que nos ha preparado. De vez en cuando, todavía tengo que limpiar mis lágrimas, pero ya no estoy temblando.

—Sigue adelante, sigue adelante. Tienes que seguir viva.

—No puedo vivir así. No puedo volver con él.

—¿Puedes dejarlo?

—Me atraparán y me matarán.

—Entonces debes volver, por ti, por tus padres que te observan desde arriba, por Claudine, por Philip, por toda la gente que se preocupa por ti. No estás sola. Aunque a veces sientas que no tienes a nadie, debes vivir por ellos.

—¿Cómo voy a hacer eso?

—Solo sigue adelante lo mejor que puedas, la liberación llegará, los americanos vendrán.

—Ya no creo que lleguen a invadir. Los alemanes siempre ganan al final.

—La guerra terminará, debes creer, si no por ti, por ellos.

—¿Y qué hay de ti? ¿Crees que la guerra terminará?

—A veces a mí también me cuesta, pero luego me imagino lo que él haría o diría —me sonríe con tristeza y mira al hombre del cuadro sobre la chimenea—, así que sí, probablemente sigo viviendo por él.

Nos despedimos con un cálido abrazo y me apresuro a llegar a casa, sabiendo que llego tarde y que Orbest Ernest se enfadará conmigo. ¿Por qué ha mencionado a Philip? ¿Cómo sabe de él? Pero no tengo tiempo para pensar en ello; él me envió a su casa, y Lizette seguramente ha oído hablar de él. Tengo que darme prisa, Herr Ernest me está esperando.

—Tengo que seguir adelante. La guerra terminará pronto —susurran mis labios repetidamente mientras acelero mis pasos. El apartamento ya está cerca.

—¿Dónde estabas? —levanta la vista de los documentos que tiene delante, sobre el enorme escritorio de roble de su estudio, la habitación en la que no se me permite entrar.

—Me he retrasado. Me disculpo.

—Te estaba esperando, habíamos hecho planes para ir a un espectáculo y he venido especialmente por ello.

—Lo sé, lo siento.

—Tengo mucho trabajo que hacer. La guerra no es un concepto lejano. Se está acercando a nosotros. Tienes que entenderlo.

Me visto en silencio, sin querer que se enfade conmigo más de lo que ya está. El trayecto hasta el teatro transcurre en silencio, con su mano enguantada apoyada en mi muslo.

—Siempre es un placer volver a encontrarme con la mademoiselle francesa que habla un alemán perfecto —me sonríe el oficial superior con su uniforme negro y una calavera en su gorro de visera, mientras estamos en la entrada del teatro.

— Alemania sobre todo—le respondo en perfecto alemán.

—Siempre me alegra encontrarme con un ciudadano francés leal.

—Espero que no en el edificio de la avenida Foch —se suma otro oficial, y todos los que están alrededor se ríen, pero Herr Ernest no dice nada.

—¿Adónde vas? —me pregunta el Orbest Ernest cuando le doy la espalda y empiezo a caminar.

—Al baño de damas.

No le tengas miedo. Solo está coqueteando contigo. No sabe nada. Me lavo la cara con agua fría, pero no sirve de nada. Tengo que volver. Me están esperando.

—Lo siento, he tenido un momento de náuseas —vuelvo al grupo de oficiales de nuevo, esperando que Herr Ernest no huela el cigarrillo que me he fumado en el baño.

—Esperamos que no nos esté cocinando un niñito alemán —me guiña un oficial de armamento, y me acerco a Herr Ernest, tomándolo del brazo.

—Bueno, sobre eso, tendrían que preguntarle a mi Herr Ernest —sonrío con una perfecta sonrisa de carmín rojo al oficial. Aunque todos se ríen, Herr Ernest me mira con sus ojos verdes y no sonríe.

No estoy embarazada. Anaïs ya me enseñó a cuidarme, cuando aún tenía que aprender lo que debía hacer.

—Toma esto, es para ti, así no tendrás que donar un hijo al Führer —puso un paquete de gomas en mis manos, explicándome cómo usarlas mientras me sonrojaba y me apresuraba a esconderlas en mi bolso—. Solo me aseguro de que no vengas luego a pedirme ayuda —se rio y se encendió un cigarrillo, antes de que yo empezara a fumar.

—Por las mujeres alemanas que dedican su vientre a la patria —fingí una sonrisa.

—Por las mujeres alemanas —los oficiales que me rodean están de acuerdo, oliendo a colonia, e incluso Herr Ernest levanta su copa.

—Vamos dentro —Herr Ernest me sujeta del brazo

mientras el anunciante hace sonar la campana, y todos nos dirigimos a nuestros asientos.

—Espero con ansias nuestro próximo encuentro —el oficial de uniforme negro me besa la mano amablemente mientras yo me aferro con fuerza al brazo de Orbest Ernest, esperando que se apaguen las luces.

Pronto la guerra habrá terminado. Lizette me lo prometió. Pero no he visto a Philip desde que le grité en el sótano.

Unos días más tarde, paso por el quiosco cuando me doy cuenta de que el chico ha vuelto. Está arreglando una pila de periódicos y me susurra sobre el punto de encuentro, y mi corazón late con fuerza. Ha pasado tanto tiempo.

No debo pensar en Philip; tengo que concentrarme, asegurarme de que no me siguen por la calle. ¿Y mis temores sobre Herr Ernest? ¿Se lo digo? ¿Me calmará después de todas las cosas horribles que le dije?

El camino hacia el Distrito Latino no se acaba mientras pedaleo la bicicleta, apresurándome al máximo, bajando la mirada avergonzada al pasar por una larga fila de mujeres. Esperan tranquilamente a la entrada de la tienda de comestibles, con la esperanza de comprar algo de comida con sus cupones de racionamiento.

Se lo contaré todo, aunque nunca haya nada entre nosotros, y aunque lo único que le interese sea la información que traigo. No me importa; me está esperando.

Las escaleras que bajan al sótano parecen oscuras, y me pongo de pie y acomodo mi aliento, mi vestido, la correa del bolso en mi hombro, y me cepillo el cabello con los dedos; estoy lista, a pesar del dolor sordo en el fondo de mi estómago. ¿Me abrazará?

Sin pensarlo, bajo rápidamente las escaleras, me detengo en el último escalón, le miro y me quedo helada. No es Philip.

—Hola, Monique —el desconocido que está en la entrada del sótano extiende la mano—. No huyas.

El Extraño

¿Dónde está Philip? ¿Qué le han hecho? ¿Lo atraparon? ¿Este hombre es alemán? Quiero gritar y me duele el estómago. ¿Qué debo hacer?

Piensa rápidamente en una tapadera. Mi mano se dirige rápidamente al bolsillo de mi vestido, pero lo único que tengo es una insignia amarilla. ¿Por qué no la he puesto en su sitio? Me van a matar. ¿Dónde está Philip?

—Todo está bien —el desconocido levanta la mano en un movimiento tranquilizador y me dice su nombre, pero con todos los gritos en mi cabeza, no puedo escuchar nada.

—Monique —intenta acercarse.

Lentamente, vuelvo a subir las escaleras.

—No huyas. Todo está bien. Soy uno de los nuestros. Estoy reemplazando a Philip.

No todo está bien, y no le creo, ¿dónde está Philip? Mi mano se queda metida en el bolsillo del vestido, sujetando con fuerza la insignia amarilla; quizá piense que tengo un arma, mientras mis ojos siguen sus movimientos, dispuestos a huir, aunque probablemente me dispare si le doy la espalda.

—Todo está bien, no tengas miedo, estoy sustituyendo a Philip, y voy a trabajar contigo a partir de ahora —me sonríe, pero oigo ruidos fuera, en la calle de arriba.

—¿Dónde está Philip? —me acerco lentamente a la mesa de madera que nos espera en el sótano, observando cómo se acerca y vuelve a levantar la mano.

Entonces, en un solo movimiento, le doy una patada tan fuerte como puedo, dándome la vuelta y escapando por las escaleras. Entre mis respiraciones, apenas puedo oír sus gemidos detrás de mí, y el sonido de una silla que se cae, pero no me detengo; debo salir corriendo de aquí.

Como una bala, irrumpo en la calle y empiezo a correr tan rápido como puedo, casi tropezando con las lisas piedras de la calle, intentando pasar entre dos comerciantes que discuten, sosteniendo carritos de madera, y se gritan el uno al otro por el derecho a cruzar la estrecha calle. No tengo tiempo de mirar atrás.

En uno de los callejones, me escondo y descanso durante unos minutos, apoyándome en la pared de ladrillos agrietados e intentando recuperar el aliento. ¿Qué ha sido eso? ¿Qué le ha pasado a Philip? ¿Me han tendido una trampa? Me asomo con cuidado a la calle principal, pero todos parecen sospechosos. El hombre adormecido en el banco y la mujer que está en la puerta de la tienda, y el joven que pedalea lentamente con su bicicleta, mirando a los lados, ¿me está buscando?

Agacho la cabeza mientras vuelvo a la calle principal, intentando caminar con calma. Correr antes fue un error; seguramente atrajo la atención. No quiero que me encuentren. Le prometí a Lizette que me mantendría viva.

—¿Qué ha llegado hoy? —le pregunto a la última mujer de la fila mientras me coloco detrás de ella, esperando en la calle para entrar en la tienda de comestibles, esperando no despertar sospechas con mi moderna vestimenta.

—Dicen que tenía pan y aceite, pero no queda mucho.

—Espero que quede algo para cuando entremos —le sonrío mientras miro a los lados de la calle.

—No acepta los cupones viejos, solo los nuevos. ¿Tienes los nuevos?

—Sí, los tengo.

—¿Quieres intercambiar cupones? —me susurra, sin querer que los demás que están en la cola nos oigan—. Puedo darte cupones de queso a cambio de cupones de carne, ¿te parece bien?

—Sí, claro —mis dedos rebuscan en mi bolso, buscando los cupones de racionamiento mientras le doy la espalda y arranco cuidadosamente los sellos. No quiero que se dé cuenta de que mis cupones de racionamiento está casi sin usar, eso despertará sus sospechas y empezará a husmear, a hacer más preguntas. La calle está vacía, tal vez he conseguido escapar de ellos.

—Qué tonta soy. Me he quedado sin cupones de aceite. Estoy aquí parada para nada —pongo una cara triste.

—No importa, te daré uno de los míos —me sonríe—. Las mujeres debemos ayudarnos unas a otras. Si no, ¿cómo sobreviviremos a esta guerra?

El sol ya se ha puesto cuando cruzo el Pont Neuf hacia la orilla este, con una bolsa de papel en la mano que contiene una barra de pan. El metro ya ha dejado de funcionar a esas horas, están intentando ahorrar electricidad, y tendré que ir andando hasta el apartamento. Al menos he insistido en darle algunos sellos de carne de mis cupones de racionamiento, sabiendo que no tienen precio y que, de todos modos, no los necesito. Mi despensa está llena de latas de carne del ejército alemán.

De camino a casa, de vez en cuando me detengo y miro hacia atrás, asegurándome de que no me siguen. A veces me siento en un banco de la avenida, descansando y mirando a mí alrededor, pero evito fumar, aunque lo necesito tanto. Una mujer fumadora siempre llama la atención.

Me acerco con cuidado al edificio, subo las escaleras y escucho fuera de la puerta. El apartamento está oscuro y vacío. No hay nadie esperando para detenerme, ni siquiera Herr Orbest Ernest. Me informó de que no vendría hoy. Últimamente viene menos.

Me despierto por la noche, oyendo a alguien fuera, en las escaleras del edificio, pero nadie llama con fuerza a la puerta, gritándome que abra. ¿Qué ha pasado con Philip? ¿Quizás me equivoque y todo está bien? ¿Quizás lo esté sustituyendo? Ni siquiera he conseguido escuchar el nombre del desconocido.

La próxima vez estaré más preparada.

Al día siguiente, al salir de la boulangerie, el chico me espera de nuevo y tengo que volver al Distrito Latino. Esta vez estoy preparada.

Paso a paso, bajo con cuidado las escaleras, con la mano apoyada en el bolsillo de mi vestido y mis dedos sujetando con firmeza el mango de la navaja. La insignia amarilla vuelve a su escondite en la caja de costura. No debo repetir nunca esos errores.

Por el camino, seguía esperando que fuera un error o un mal sueño y que Philip me esperara esta vez, pero no era un sueño. El mismo desconocido me espera en el húmedo sótano.

—Hola, Monique.

Permanezco de pie en el último escalón, examinándolo nerviosamente, y no digo nada. Debo saber qué le ha pasado a Philip.

—Hola de nuevo —intenta acercarse, pero nota el pequeño movimiento de mi cuerpo retrocediendo, y se detiene dónde está, temiendo que huya o intente patearlo de nuevo. Mis dedos agarran con más fuerza el mango del cuchillo.

—Te escucho.

—Estoy sustituyendo a Philip.

—¿Y por qué necesita un sustituto y dónde está?

—No puedo decírtelo.

—Entonces, ¿por qué debería creerte?

—Tienes que creerme. Mira, él me dio esto —y el desconocido saca el mapa de la costa de Normandía de su bolsillo, lo pone sobre la mesa, el mismo mapa que intenté dibujar la última vez que nos vimos. Siento mucho lo que le dije.

—¿Lo reemplazaste por lo que le dije?

—¿Qué le dijiste?

—No importa.

—¿Estás lista para acercarse?

—¿Volverá a encontrarse conmigo?

—No lo sé. No depende de mí.

—¿Cómo te llamas? —le pregunto en alemán.

—No lo entiendo —me responde en francés. ¿Debo creerle?

De vuelta a la orilla este de la ciudad, elijo regresar por el Pont des Arts. El agua gris del río fluye tranquilamente bajo las tablas de madera y, a pesar del viento frío, me siento en uno de los bancos y me enciendo un cigarrillo. Un par de adultos que se encuentran no muy lejos de mí me miran y susurran, pero los ignoro, sintiendo el humo caliente en mi garganta. Ya he hecho cosas mucho peores que fumar. ¿Estoy cayendo en la trampa de la Gestapo? ¿Se han infiltrado en la resistencia? ¿Ya no quiere verme?

—No llores, querida. Volverá —la mujer mayor que antes me miraba con ira se acerca a mí—. Todo irá bien.

—Gracias —le sonrío, secando mis lágrimas con el pañuelo que me ha entregado. Volverá, tiene que volver, llevaré la mejor información que pueda conseguir, y seguiré viva, diciéndole lo mucho que le echo de menos.

Antes de que se alejen, la mujer mayor se gira hacia mí, sonriendo una última vez para darme ánimos, y yo le devuelvo la sonrisa, secando de nuevo mis lágrimas. Tengo que dejar de llorar; Herr Ernest llegará pronto al apartamento. Quiere que salgamos con sus oficiales, y tengo que seguir actuando como si todo fuera perfecto.

El oscuro cielo nocturno se llena de las luces de las municiones de rastreo antiaéreo que suben lentamente, hasta desaparecer entre las nubes.

—Detén el vehículo —ordena Orbest Ernest al conductor mientras nos apresuramos a salir del auto, corriendo hacia el lado de la calle y mirando hacia arriba.

No puedo ver los bombarderos americanos en la noche oscura, ni los reflectores alemanes que viajan entre las nubes y los buscan, pero puedo sentirlos allí, en el cielo sobre mí.

Su ruido monótono y los ecos de las explosiones en la distancia me hacen sudar y encogerme de miedo mientras me cubro la cabeza con las manos.

La calle está completamente a oscuras, las pocas lámparas que aún permanecen encendidas por la noche se han apagado, como estaba previsto, y me arrodillo en la acera oscura y fría.

—Vamos, date prisa —me llama, y yo sigo en la dirección

de su voz, aferrada a la pared, esperando sentir el calor de las bombas, pero no llegan.

Los aullidos de las sirenas no cesan, desgarrando mis oídos, pero las baterías antiaéreas no se oyen en absoluto a la distancia. Solo se ven sus balas de muerte, que pintan el cielo de rayas rojas. Los bombarderos seguramente están de paso.

—Puedes levantarte. Se acabó —Herr Ernest me tiende la mano después de unos minutos, apoyándome mientras me levanto de la acera, acomodando mi vestido de noche—. Tus amigos fueron a bombardear a otros franceses.

—Estoy con ustedes, y ellos también me bombardean a mí. No apoyo a los americanos.

—Sé que eres leal a la nación alemana —me abre la puerta del auto; ¿hablaba en serio?

El resto del trayecto transcurre en silencio, con los faros del auto abriéndose paso por las oscuras calles hasta el cabaret, pero su mano no se posa en mi muslo.

—Pensé que no vendrías —me abraza Anaïs y me grita al oído, intentando superar el ruido de la música.

—Un ligero retraso —sonrío y señalo con el dedo hacia arriba.

—Sí, pronto llegarán, y entonces todos tendremos que aprender inglés —ella esboza su sonrisa cómplice.

—No voy a sustituir lo que tengo —pongo mi mano en la espalda de Herr Ernest, que está ocupado hablando con los Fritz. Aunque no hemos intercambiado una palabra desde la parada imprevista en la calle, debo hacer que confíe en mí.

—Ya veremos —se ríe de mí y abraza a su Fritz, susurrándole algo al oído, y él saca una caja de cigarrillos del bolsillo, encendiendo uno para ella.

—¿Cómo estás? —intento gritar a Violette, que está

sentada tranquilamente al otro lado de la mesa, pero no me responde; solo sonríe con tristeza.

—Últimamente, Fritz no le presta ninguna atención —se ofrece Anaïs para contarme las últimas novedades, ignorando a Violette, que está sentada a su lado—. Tiene miedo de que no se la lleve con él a Alemania —me da pena y quiero abrazarla. Me parece que está muy perdida.

—No te preocupes, Violette, se quedará aquí con nosotros hasta el final —Anaïs la abraza en lugar de mí—. Mira lo que le ofrece la ciudad —señala a la stripper que baila delante de los hombres. Lleva ropa interior y agita sus pechos, atados con un corsé morado, ante los vítores de la multitud—. Nadie más podrá proporcionarle tanto placer.

La maldad de Anaïs me sorprende, y busco algo para responderle, pero Violette se levanta y se dirige hacia el baño, abriéndose paso entre la multitud, mujeres en vestidos de noche y hombres en su mayoría con uniforme alemán.

—Ella no te necesita, necesita enfrentarse a la realidad —Anaïs me agarra del brazo cuando me levanto, con la intención de seguirla—. Necesita aprender a cuidar de sí misma, como nosotras.

—Ahora vuelvo —le sonrío y me apresuro a seguir a Violette hacia la tenue abertura en el lateral del escenario, disculpándome con la gente de las mesas al pasar. Me estoy quedando sin amigos que perder.

—Me ignora —grita frente al mugriento espejo, y todo su cuerpo tiembla mientras rebusca en su pequeño bolso, buscando un lápiz para arreglar el maquillaje alrededor de sus ojos—. Me dice que no lo apoyo lo suficiente y que está ocupado.

—¿Tal vez esté ocupado?

—Hace unos días regresó a la ciudad y no nos hemos visto desde entonces —sus sollozos continúan.

—Los hombres son así —mi mano toca su hombro—. Les gusta jugar a la guerra —el sentimiento de la mujer madura que debería animar a otra me resulta extraño.

—Él no era así al principio. Al principio, tenía tiempo para estar conmigo, prometiéndome cosas.

—Así son las cosas. Primero te prometen cosas hasta que se meten en tu ropa interior, pero después no les interesa —intento hablar con un tono divertido, pero Violette solo llora más.

—¿Qué me harán? —se gira hacia mí con una mirada asustada, con las mejillas sucias por su maquillaje de ojos corrido.

—¿Quién? —mi mano sigue acariciando su hombro, aunque me resulta extraño.

—Todos, los franceses.

—No lo entiendo.

—¿Qué me harán si vienen los rusos o los americanos? —dejo de acariciarla.

—No vendrán, llevan cuatro años luchando y aún no han venido.

—Hoy me he asustado mucho cuando he oído que venían los bombarderos. No quería venir, pero Fritz insistió.

—Los alemanes son fuertes. Derrotarán a los americanos si vienen. No te pasará nada. Tu Fritz te protegerá.

—¿Y los rusos?

—Derrotarán a los rusos también.

—Todo ocurrió por culpa de los judíos que controlan la economía mundial. Influyeron en los rusos con su dinero, y ahora también en los americanos —se limpia la cara con un pañuelo que sacó de su bolso, mirándose en el espejo. Nunca ha sido realmente mi amiga.

—He oído que los alemanes también han hecho cosas indecibles —no puedo contenerme.

—Son solo rumores. No creo que mi Fritz pueda hacer daño a alguien; es muy educado conmigo incluso cuando está enfadado, no como los hombres franceses —se arregla el pintalabios y, descontenta con el resultado, se lo quita con el pañuelo, aplicándolo de nuevo.

—Seguramente son solo rumores. No vendrán. Te quedarás con tu Fritz para siempre, ya verás —me obligo a abrazarla un poco para animarla, esperando a que termine de arreglarse el maquillaje, pero ella ya quiere volver al cabaret. De repente, el ruidoso cabaret me parece íntimo, a pesar de la música alta, los aplausos y el humo de los cigarrillos que lo llenan.

—¿Le has tomado la mano mientras se maquillaba? —Susurra Anaïs mientras nos sentamos a la mesa—. No te preocupes —acerca su boca a la mía, asegurándose de que la oigo por encima del ruido—, he organizado una compañía para todos en lugar de ti. ¿Para qué están las mejores amigas?

Pero no me parece que los hombres le presten ninguna atención. Aunque no deja de acariciar la espalda de su Fritz, los ojos de los hombres se centran en la bailarina casi desnuda del escenario. Ella se quita lentamente la falda ante el sonido de los vítores y los silbidos. A nadie del público le importan ya los oscuros aviones que han pasado por encima de nuestras cabezas esta noche.

Más tarde, en el dormitorio del apartamento, me pregunto si, como todos los hombres, Herr Ernest se acuesta conmigo pero se imagina a la stripper sacudiendo sus pechos ante sus ojos y, sobre todo, sonriéndole, impresionado por su alto rango. Cuando estaba en Rusia, ¿era dueño de alguna mujer? ¿Haciendo cosas horribles durante el día y siendo cortés con ella por la noche? ¿La misma cortesía que me muestra a mí?

El sonido de la respiración de Herr Ernest perturba el silencio de la habitación mientras me escabullo en el estudio prohibido. Debo encontrar mejor información, para volver a ver a Philip.

Fisuras

—Los alemanes están moviendo más fuerzas hacia la costa y dividiendo el cuartel general. Hay una discusión entre los generales.

—¿Qué tipo de discusión?

—Algo sobre los sectores de las unidades, no pude entender.

—¿Y cómo lo sabes?

—Escuché una llamada telefónica.

—Monique, has hecho un buen trabajo hasta ahora, pero son cosas que no nos interesan más. Necesito que me traigas planos, fotos, no rumores que quizás escuches en una conversación telefónica casual.

—Traeré todo lo que pueda conseguir.

—Monique, tienes que trabajar más. Necesitamos toda la información para la invasión que se avecina, no solo trozos de una conversación. Necesito que me consigas mapas, telegramas, material real —su dedo golpea la mesa de madera que nos separa, haciéndome estremecer. Me parece que no me ha perdonado la patada que recibió en nuestro primer encuentro. Puedo disculparme con él, pero me sigue asustando.

—¿Cuándo volverá Philip?

—Le estoy sustituyendo. Ahora trabaja conmigo.

—Sí, pero ¿cuándo volverá?

—¿Qué te importa? ¿Trabajas para Philip, o para la resistencia y la liberación de Francia?

Sus ojos negros me miran con rabia mientras me acurruco en mi silla, bajando ligeramente la mirada y examinando su limpia camisa gris de botones.

—Estoy trabajando para la resistencia.

—Deberías olvidarte de Philip; para ti, él ya no existe.

Mis dedos se tensan alrededor del mango de la navaja en el bolsillo de mi vestido, incapaz de soltar el agarre y poner las manos sobre la mesa. Pero él también está sentado frente a mí con las manos metidas en los bolsillos del pantalón, sacándolas solo cuando mueve los dedos y me regaña. ¿Por qué Philip ya no quiere reunirse conmigo? Tengo que encontrarlo.

—Monique, no me estás escuchando.

—Perdona, ¿qué has dicho?

—Que debes ser más eficiente, ciertamente si quieres volver a trabajar con Philip —Su dedo se levanta de nuevo frente a mi cara.

—Seré más eficiente, lo prometo —pero guardo la mano en el bolsillo del vestido.

Al salir, busco a la niña de la tienda en el callejón. Tengo dos latas de leche enlatada que me trajo Herr Ernest. Seguramente le gustará el dulce blanco; seguramente necesita la leche más que yo. La niña de los zapatos rotos y el vestido sucio se acerca a mí con pasos vacilantes y mira con suspicacia mis manos que sostienen las dos latas blancas, en las que están impresas águilas alemanas que sostienen esvásticas negras.

—Tómala —le susurro, y ella me las arrebata de la mano y huye lejos de mí, riendo como si no le importara la guerra y los alemanes sembrando el miedo.

No me recuerdo riendo. Creo que olvidé cómo reír cuando vi a mi primer soldado alemán unos días después de la ocupación. Se paró en la esquina de nuestra calle y le ordenó a papá que se inclinara ante sus botas de clavos antes de que pudiéramos seguir caminando. Estábamos de camino a casa y tomé a papá de la mano y le sonreí torpemente al soldado.

—¿De qué te ríes? —el enorme soldado me gritó en alemán, agitando el brazo y amenazándome mientras yo lo miraba y me asfixiaba.

—Está bien —me susurró papá, humillado y haciendo una reverencia antes de que el soldado nos dejara continuar nuestro camino, no sin antes arrojar el sombrero de papá a la acera, obligándolo a besar el suelo.

—Vamos a casa. Mamá te ha preparado algo delicioso —intentó animarme, pero desde ese día no volví a reír.

—No llores —intentó tranquilizarme papá—. Mamá nos espera en casa —nuestra casa con la alfombra roja en el salón y la cocina que siempre estaba llena de aromas de cocina. La casa que debió ser ocupada por un oficial alemán que albergaba a su amante.

¿Una de las habitaciones está preparada como su estudio, en el que ella no puede entrar, pero sí lo hace por la noche?

Mis dedos repasan rápidamente la pila de documentos de su maletín mientras los saco con cuidado y los llevo conmigo al baño. En silencio, me siento en el suelo y los leo a la luz de las velas, tratando de entender las evaluaciones de protección de un telegrama que asigna cercas de alambre de púas a varias costas.

El ruido de la manilla del baño me hace saltar al suelo y consigo apagar la vela.

—¿Qué estás haciendo? —oigo su voz a través de la puerta cerrada.

—Estoy aquí dentro —¿Qué hago? Estoy muerta, mis manos sostienen la vela, ¿qué hago con ella? ¿Y todos los telegramas?

—¿Qué haces ahí dentro?

—Necesito estar aquí.

—Llevo mucho tiempo despierto en la cama, esperándote —¿Qué le respondo? ¿Qué pasa con las páginas? Mis manos buscan en la oscuridad, buscando un lugar donde meterlas. ¿Y si se arrugan? Me matará.

—Por favor, no entres. Estoy muy avergonzada. He comido algo malo —mis dedos tantean y empujan con cuidado los papeles detrás del radiador antes de salir y cerrar silenciosamente la puerta tras de mí—. Por favor, no entres, te lo ruego —mis ojos intentan examinar su silueta en la oscuridad de la habitación, pero después de un momento, opto por darle la espalda y caminar tranquilamente hacia la cama; no debe pensar que intento impedirle entrar en el baño.

A cada paso, espero oírlo abrir la puerta o agarrarme del pelo y tirarme al suelo por darle la espalda, pero cuando me tumbo en la cama y por fin dejo de temblar, se une a mí.

Solo horas después, cuando estoy segura de que está bien dormido, me vuelvo a levantar y devuelvo con cuidado los telegramas a su bolso de cuero, rezando para que no se dé cuenta de que están más arrugados que antes. Ya no lo haré más. Se está volviendo demasiado peligroso.

—¿Estás bien? ¿No estás enferma? —me pregunta Simone a la mañana siguiente.

—No, estoy bien, todo está bien.

—Entonces, ¿por qué vuelves a llegar tarde? El hecho de que vivas con un oficial alemán no te da privilegios especiales. Los ciudadanos comunes tienen más dificultades que tú. Mira a Marie. Ella siempre es puntual.

Me disculpo con la señora Simone y me apresuro a ponerme detrás del mostrador, esperando que el día termine para poder volver al apartamento, bajar la cabeza y dormir un poco.

El sonido del jarrón que se hace añicos en el suelo me despierta con pánico y me siento en la cama, intentando averiguar qué está pasando. Tengo los ojos muy abiertos, pero no veo nada en la oscura habitación. A lo lejos, se oye el ruido sordo de una explosión, seguido de un destello de luz procedente de la ventana, que atraviesa la cortina de la habitación, seguido de una explosión mucho más fuerte que hace temblar la cama de hierro y la ventana. Me agacho y grito, cubriendo mi cabeza con mis manos. ¿Qué está pasando?

Otro destello en la ventana, seguido de una explosión ensordecedora; oigo los sollozos de las sirenas a lo lejos, y las tazas de la cocina rompiéndose en el suelo. Mientras tropiezo con la cama al suelo, me cubro la cabeza con las manos y me aferro al suelo de madera, haciéndome lo más pequeña posible, intentando desaparecer dentro del parqué. No quiero morir.

Otra explosión sacude la casa mientras me arrastro hacia la ventana, poniéndome de rodillas y abriéndola. ¿Qué está pasando fuera? La onda expansiva de las explosiones me arranca inmediatamente la ventana de la mano, cerrándola de golpe contra la pared, retirando la cortina, y todos los sonidos del infierno entran en la habitación. Las ventanas de la casa de al lado brillan con luz anaranjada, fuego reflejado desde la distancia, y los cielos se iluminan en colores rojo-anaranjados. Las baterías antiaéreas disparan líneas de munición trazadora roja en un estruendo monótono, pintando puntos rojos hacia el cielo naranja, pero sobre todo, está el ruido de los gruñidos y las explosiones.

Como un gorjeo profundo que no se detiene ni un momento, el ruido de los motores de los bombarderos en el cielo llena el aire mientras pasan en una corriente interminable de monstruos invisibles por encima de mí en la oscuridad, gruñendo incesantemente con una voz apagada de rabia.

Otra explosión sacude el aire y me lanza hacia atrás, gritando. *Por favor, no bombardeen la casa.* Mientras me arrastro por el suelo e ignoro los fragmentos de porcelana del jarrón que me hieren, consigo encontrar mi camisón y me dirijo en la oscuridad hacia la puerta principal. Otro destello, seguido de una explosión, ilumina mi camino por un momento. Debo escapar.

Mis manos luchan por abrir la puerta, deslizándolas por la fuerza, pero la llave cae al suelo con un agudo sonido de metal, y la busco a tientas con mis manos heridas, clamando para que no me maten. *Por favor, sigan adelante; lancen sus bombas a otra parte, pero no sobre mí.* Otra explosión sacude la casa mientras intento introducir la llave, buscando el ojo de la cerradura con manos temblorosas.

A través de la puerta abierta, me arrastro por las escaleras, tanteando en la oscuridad y apoyándome en la barandilla.

Desde la ventana de la escalera, puedo ver la luz anaranjada de los incendios lejanos y más explosiones, pintando el aire con fragmentos de luz que vuelan hacia los cielos, haciéndome encoger en mi lugar en las escaleras. Debo llegar al fondo, donde estaré a salvo.

Ella está arrodillada cerca de la puerta del tercer piso, y casi tropiezo y caigo al chocar con ella, gritando de miedo, pero agachándome y tocando su cuerpo. Se queda callada incluso cuando intento sacudirla, sintiendo que su cuerpo tiembla bajo mi contacto.

—¿Estás bien? —otro destello de luz procedente de la ventana resalta sus ojos abiertos que me miran.

—Son los americanos —responde con voz hueca.

—¿Estás bien? ¿Estás herida?

—Nos están bombardeando.

—¿Estás bien? ¿Herida? ¿Puedes levantarte?

—Son los americanos.

—Vamos, levántate, apóyate en mí.

—Nos están bombardeando.

—Debemos apresurarnos.

—Son los americanos.

—Levántate —grito y le doy una bofetada, encogiéndome de nuevo ante el ruido de los cristales cayendo en escalera y el interminable gruñido de los aviones. Basta ya. Las dos vamos a morir aquí.

—Levántate —vuelvo a abofetearla, y finalmente, se levanta lentamente, apoyándose en mi cuerpo, y ambas bajamos las escaleras, escondiéndonos bajo la escalera de la entrada. Mientras la abrazo, le susurro a los aviones que se vayan, pidiéndoles que se vuelen lejos y encogiéndome con cada explosión, sabiendo que la próxima bomba nos alcanzará.

Mucho después de que el gruñido se fue y desapareció en la noche, y solo la luz de los incendios de la ciudad pintara las nubes del cielo nocturno de color gris anaranjado, empezamos a subir lentamente las escaleras de nuevo. De vez en cuando oigo a la gente correr por la calle, o la sirena de un camión de bomberos que gime y desaparece entre los edificios en la distancia, pintados de amarillo.

—Ven, esta es tu puerta —me despido de ella en la puerta principal de su apartamento—. ¿Tienes la llave? —quizá me odie menos.

—Los americanos nos bombardearon —se niega a soltarse, me sujeta con firmeza, y tengo que llevarla a mi apartamento, sentándola en la cocina y preparándole una taza de té. Ya quiero estar sola y acurrucarme en la cama, aunque no pueda dormirme.

—¿Estás bien? —le pongo la taza de té delante.

—¿Tuve miedo?

—No, no tuviste miedo. Estabas bien.

—Tienes mucha comida —su mirada se dirige a los estantes de mi despensa, llenos de latas envueltas en papel marrón claro y marcadas con el signo del águila alemana.

—¿Quieres un poco? —y ella asiente con la cabeza. De todos modos, no necesito tanto.

—Que pases una noche tranquila —me despido más tarde en la puerta de su apartamento, ayudándola a bajar las escaleras y apoyándola, sosteniendo la comida que le he dado. Pero cuando la puerta se cierra de golpe, me quedo sentada en la oscuridad del hueco de la escalera, sin poder subir sola a mi apartamento. De vez en cuando oigo a la gente gritando en la calle, o el silbido de un auto que pasa.

—¡Una bárbara bomba americana golpea a París, a los franceses y a los alemanes en una asociación del destino! —grita el chico que vende periódicos mientras camina por la calle y sostiene el periódico Paris Soir sobre su cabeza. Por un momento, quiero detenerlo y meterle una moneda en la mano, y tomar el delgado periódico, que contiene insultos de propaganda gubernamental hacia los americanos, pero no estoy segura de poder leer sobre gente como yo que no tuvo tanta suerte anoche.

La ciudad está tranquila esta mañana; hay menos gente caminando por las calles, mirando a los lados, con cuidado de no tropezar y hacerse daño con los cristales esparcidos por las aceras; incluso el tráfico de autos, que ha sido escaso últimamente, apenas se nota esta mañana. Aquí y allá, oigo un camión de bomberos que se dirige a un incendio que aún no se ha extinguido; sus bocinas aúllan mientras los transeúntes miran tranquilamente.

Un hombre se encuentra dentro de una vitrina destrozado en la avenida, recogiendo tranquilamente los restos de cristal en un cubo de hojalata, retirándolos suavemente de la ropa de lujo que cuelga de las muñecas de la vitrina, y calculando los daños de su tienda. Más adelante, varias personas se reúnen y hablan animadamente, contando las experiencias de la noche anterior, y me detengo un momento.

—He oído que el distrito dieciocho fue el más afectado —balbucea una mujer a la multitud reunida a su alrededor, y me acerco, aunque Simone me está esperando.

—Intentaron golpear las vías del tren y atropellaron a gente inocente —añade otro hombre—. Muchos de ellos murieron —y la multitud asiente en señal de aprobación. Ya llego tarde y tengo que dejar de escucharlos. ¿Y si vienen de nuevo esta noche? ¿O mañana?

El cielo sigue lleno de humo gris, y el olor a quemado llena las calles y se intensifica a medida que me acerco a la ópera y a la boulangerie. Más gente se amontona en grupos alrededor de los quioscos, leyendo los titulares y hablando animadamente, pero yo solo paso de largo y no me detengo a hacer cola. Desde ayer no he dejado de pensar en Philip. ¿Le habrá pasado algo?

—Gracias a Dios que estás bien —me abraza Simone cuando entro por la puerta, y me avergüenza el contacto de sus manos—. Ya temía que te hubiera pasado algo. ¿Qué pasa con esos americanos y los británicos? No pueden venir a liberarnos, así que han decidido intentar matarnos —intenta hacerse la graciosa, contando un chiste que ya le había oído a alguien en la calle, en una de las concentraciones.

—Intentan expulsar a todo el mundo de París, para que la ciudad quede solo para ellos cuando vengan —yo también intento contribuir al humor, sintiendo que no lo consigo; el suelo de la boulangerie está lleno de fragmentos de porcelana.

—Ven y ayúdame. Vamos a empezar a limpiar —me entrega el delantal y la escoba, pero tras consultar con Martin, el cocinero, me llama a la trastienda.

—Monique, la entrega de mantequilla no llegó esta mañana. No sé qué ha pasado con el camión de reparto. Quiero que vayas al mercado y trates de conseguir mantequilla. Te daré nuestra carta de confirmación.

Hace dos años que me abstengo de acercarme al enorme edificio del mercado.

Desde hace dos años, lo rodeo o recorro las calles de los alrededores, evitando el mercado, temiendo que tal vez alguno de los vendedores me reconozca de aquellos días en que huía de ellos. Sin embargo, Simone se niega a enviar a Marie en su lugar, y no tengo otra opción, debo ir allí.

Me acerco a la estructura arqueada del centro de la ciudad, mirando hacia abajo y asomándome a los lados. El mercado es tan ruidoso como siempre, aunque los camiones que solían estacionar en las calles laterales han desaparecido y las carretas tiradas por caballos los han sustituido. Los montones de cajas son más pequeños, o tal vez se quedaron enormes en mi memoria mientras me escondía entre ellos, esperando la noche para escabullirme en un momento. Pero el olor a verduras en escabeche mezcladas con queso y carne no ha cambiado. Y el ruido y los gritos de los vendedores siguen siendo los mismos.

—Me llamo Monique Autin —susurro mientras me acerco a los dos policías que están bajo la puerta de entrada de la zona de quesos, intentando examinar sus rostros. ¿Me reconocerán? Pero parecen entusiasmados, hablando de la bomba de ayer con un hombrecillo que apila cajas de verduras en un carrito, sin prestar ninguna atención. Seguramente no están buscando a una chica soltera que se les escapó hace dos años. Respiro hondo y paso junto a ellos con paso firme, levantando la vista solo cuando estoy dentro y observando a todos los vendedores y a los guardias de la mercancía. Paso a paso, recorro el primer pasillo, respirando lentamente y abriéndome paso entre toda la gente, obligándome a mirar a mi alrededor y buscando a nuestro proveedor de mantequilla. Mi mano sostiene con fuerza el papel de confirmación que le permite vender mantequilla a la boulangerie. No debo perderlo.

—Mademoiselle, hoy no está aquí —el vendedor del siguiente puesto de queso me devuelve el papel arrugado mientras me mira atentamente, intentando recordar si me conoce.

—Gracias —le arrebato el papel de la mano y me alejo rápidamente.

—Quizá lo mataron por la noche, nadie lo sabe. ¿Le has comprado antes?

—No importa, gracias.

—Mademoiselle, puedo vendérselo.

—Gracias, me las arreglaré.

—Mademoiselle, nadie más le venderá, sobre todo después de lo que pasó por la noche.

¿Qué le digo a Simone? La selección es escasa en los puestos de queso, y tiene razón. Todos se niegan a mirar el papel que tengo en la mano, explicando que su mantequilla ya está prometida a otras tiendas. ¿Quizás el hombre grande me ayude? ¿El de la camiseta mugrienta y el olor agrio a col, que me salvó la vida hace dos años y desapareció? ¿Qué pasó con él? ¿Está con la resistencia? Miro a mí alrededor, pero es imposible reconocerlo. El mercado es enorme y ya no recuerdo dónde corrí y me escondí. Las hileras de puestos y las pilas de cajas me parecen iguales en todas las direcciones a las que miran mis ojos. Y si lo encuentro, ¿me reconocerá y querrá ayudarme de nuevo?

Finalmente, vuelvo al vendedor de quesos con la mirada abatida, le entrego mi pedido y me aseguro de mirar a mí alrededor, pero no a él, pero él sigue examinándome mientras corta los trozos de mantequilla, como si intentara refrescar su memoria.

—Gracias —me apresuro a alejarme de él con los paquetes sobre los hombros.

—De nada, vuelva pronto —grita tras de mí, pero ya no le respondo.

Solo a una distancia segura del mercado y de los dos policías de la entrada vuelvo a mi velocidad habitual. Era solo mi imaginación. Es imposible que me reconozca de aquellos días en que corría hambriento entre los pasillos. Debo apresurarme; Martin está esperando la mantequilla, pero es difícil caminar por las calles con el olor sofocante del fuego alrededor.

—Esto es todo lo que tengo. No es suficiente —coloco las cestas delante de Simone.

—Sabía que tenía que haber enviado a Marie a hacer ese trabajo. Dios sabe dónde desapareció unos minutos después de que te fueras, ve a buscarla.

—¿Está todo bien? —me siento junto a Marie en la puerta trasera de la boulangerie.

—Vi cómo chocaban con uno de los aviones y el fuego que salía de él —dice en voz baja—. No sabía hacia dónde correr.

—Están luchando para liberarnos.

—No pensé que dirías tal cosa —me mira.

—Sí, sé lo que piensas de mí —saco un cigarrillo y lo enciendo, fumando en silencio, pensando en los soldados americanos del bombardero en llamas que vinieron desde el extranjero para liberarme.

—Nueva York, San Francisco, la Estatua de la Libertad —susurro las palabras mágicas de la libertad; papá me enseñó una vez postales de América.

—¿Qué has dicho?

—Que tenemos que volver al trabajo. Simone nos está buscando —tiro el cigarrillo y lo piso—. No te preocupes; no volverán esta noche.

París no es bombardeada las noches siguientes, pero los aviones siguen pasando en la oscuridad sobre la ciudad. Me siento en la cama y escucho el ruido monótono de sus motores, mi cuerpo se tensa mientras espero oír las explosiones "Los Ángeles, Montana, las cataratas del Niágara" intento susurrar, pero mi cuerpo no deja de temblar. Solo por la mañana consigo dormirme, imaginando las cálidas manos de Philip abrazándome, como aquella vez en el sótano.

De camino al trabajo todavía hay un ligero olor a fuego, pero ya han limpiado los cristales de las calles, y las vitrinas agrietadas están cubiertos con tiras de papel adhesivo. Intento trabajar todo lo que puedo en la boulangerie, distrayendo mi mente de las noches que se avecinan.

La puerta de la boulangerie se abre y veo entrar a Violette, con los ojos enrojecidos.

—Buenos días —digo, pero me cuesta sonreír desde la última vez que nos vimos en el club, hace unas dos semanas.

—Necesito hablar contigo.

—¿Qué ha pasado? —pregunto, adivinando ya que la respuesta tiene que ver con su Fritz.

—No puedo decirlo —mira al soldado que espera en la cola para su pedido y nos observa.

—Espera. Enseguida estoy contigo —empaco sus croissants y espero que ella no haya involucrado a Fritz en ese problema femenino. ¿Anaïs también puso en sus manos un paquete de gomas? Su Fritz probablemente los trae del suministro del ejército alemán; no querría dañar la pureza de su raza aria, mezclándola con alguna simple amante local.

—Monique, estás soñando despierta. El honorable soldado está esperando.

—Perdona que solo te haya dado tres croissants; estamos limitados en cantidades —le entrego la bolsa al soldado. Los envíos de suministros se han vuelto irregulares en los últimos días, pero en realidad no importa. El flujo de soldados con uniformes verde grisáceos ha llenado el pequeño espacio con discursos ruidosos, y el humo de los cigarrillos es solo un recuerdo lejano. Estos días solo entran unos pocos. Todo el mundo está en el frente, esperando la invasión, apenas visitando ya París.

—Siéntate; me reuniré contigo en un minuto —o tal vez Fritz la abandonó, decidió que ella no era adecuada para él. No nos habíamos visto desde aquella noche en el club, me sentía cómoda manteniendo distancia con ella, temiendo tener la tentación de decir cosas desagradables. Nunca he sido así, tal vez aprendí de Anaïs, o tal vez ha pasado demasiado tiempo, y me he convertido en una de ellas. Seguramente esto es lo que Simone piensa de mí. Incluso Marie ya no quiere salir a pasear conmigo por el bulevar, como quería hacerlo cuando era nueva.

—¿Qué ha pasado? —nos sentamos en una de las mesas vacías, y ni siquiera Simone pone cara. Quizá entren más clientes al ver que hay gente sentada junto a las mesas de la boulangerie.

—No puedo seguir así.

—¿Qué ha pasado?

—No duermo por la noche, Fritz apenas viene y cuando lo hace está estresado, casi no hay raciones de comida en la tienda de comestibles y tú no vienes a visitarme.

—He estado ocupada; te pido disculpas —le toco la mano.

—¿Cuándo invadirán?

—No van a invadir.

—Tengo miedo —me toma de la mano—. ¿Por qué no podemos ser como antes?

—¿Qué quieres decir?

—Antes, cuando íbamos al río, navegábamos en barcos, nos reíamos y nos divertíamos, o cuando íbamos a los cafés de los Campos Elíseos, y nadie se preocupaba de cuándo venían los americanos. Odio este verano.

—El verano aún no ha empezado. Solo estamos a principios de junio —le respondo, y me pregunto cuándo exactamente, en todo este tiempo que ella estuvo disfrutando, los amigos de Fritz mataron a mi familia en Auschwitz. Quiero dejar de acariciar su mano, pero me contengo.

—Ya odiaba este verano antes de que empezara —sonríe un poco—. Me gusta sentir tus dedos, son cálidos, tengo suerte de que seas mi amiga.

Otros dos soldados de armamento alemanes entran en la boulangerie, riendo y diciendo que necesitan algo dulce antes de salir de París de camino a las zonas de concentración, y Simone se aclara la garganta. Tengo que levantarme y servirles.

—No te preocupes; los americanos no vendrán —le doy un último abrazo antes de acercarme al mostrador, preguntándome si habría seguido siendo mi amiga de haber sabido quién era yo en realidad—. ¿En qué puedo ayudarle? —pregunto con una sonrisa cortés a los dos soldados de uniforme moteado, los que intentarían matar a los soldados americanos si vinieran a liberarme.

De vuelta al apartamento, me detengo unos minutos y enciendo un cigarrillo, adentrándome en una de las pequeñas calles, lejos de las miradas de reproche de los hombres que ven a una mujer fumando, pero de camino al metro, veo a varias personas con largos abrigos negros escudriñando a la multitud, y decido volver a casa a pie.

Orbest Ernest me informó de que vendría esta noche, y ya no sé qué me asusta más, si su presencia o los bombarderos que atraviesan el cielo nocturno.

Qué importa, pienso cuando me detengo y enciendo otro cigarrillo. Mi final será el mismo.

—¿Qué tal el día? —me arrodillo a los pies de Herr Ernest, intentando ayudarle a quitarse las botas, pero me ignora y entra en el apartamento, examinándolo con la mirada.

—¿Qué pasó con las copas de vino que estaban en el salón?

—Las rompieron hace unos días los bombarderos.

—¿Los bombarderos americanos y británicos? —deja que le ayude a quitarse las botas.

—Sí, los bombarderos americanos y británicos —miro al suelo, sujetando sus sucias botas negras.

—Están destruyendo todos nuestros logros, vienen por la noche como ladrones, con miedo a invadir y luchar contra el ejército alemán.

—Los odio —coloco sus botas de clavos junto a la puerta de entrada.

—Pero toda la gente en las calles vitorea cuando vienen.

—No creo que los aclamen —me levanto del suelo y lo ayudo a quitarse el abrigo.

—No, están espiando para obtener información, eso es lo que dice nuestra inteligencia. Son desagradecidos por nuestros esfuerzos para detener al monstruo comunista que viene del Este, destruyendo el mundo junto con los judíos.

—Odio a los comunistas.

—El pueblo francés siempre me sorprende, apoyando al conquistador equivocado. Nuestra inteligencia informa que la resistencia está pasando información a Inglaterra, ayudándoles a destruir Francia.

—Estoy con ustedes. No quiero que París sea destruida —¿Me está tendiendo una trampa? ¿Qué debo responder?

—¿No eres más francesa que alemana?

—Estoy con ustedes, ¿esa no es la respuesta? —¿Qué debo hacer? ¿Por qué Philip no me preparó para esto?

Lentamente le devuelvo la botella de vino que ha traído, rezando para que no se dé cuenta de que me tiemblan las piernas, mirándolo a los ojos verdes y susurrándole en alemán: "Si no te conviene, puedo irme". Luego me doy la vuelta y me dirijo al dormitorio, preparándome para empezar a hacer la maleta, con todo el cuerpo tenso y tembloroso.

¿He hecho bien? ¿Debería haberme arrodillado y suplicado?

—Quítate la ropa.

Pero sigo caminando, dándole la espalda, sabiendo que es un oficial alemán y que puede hacer lo que quiera conmigo. Puede matarme. Nadie se molestará en investigar ni en preguntar por qué lo ha hecho. El ruido de mis pasos sobre el parqué me sacude los oídos mientras sigo caminando, pensando en mi respiración. No sé qué hacer, ¿he cometido un error?

—Por favor, quítate la ropa —me dice suavemente.

Más tarde, cuando estamos en la cama y él recupera el aliento, y se disculpa por no haberme leído poesía durante mucho tiempo.

—Me encantaría que me leyeras poesía. Me encanta la poesía alemana.

—Una mujer débil se pondría de rodillas y me rogaría que perdonara su comportamiento. Odio a la gente débil. Como entonces, en el Este, cuando podía oler su miedo

—susurra, como para sí mismo, antes de bajarse de mí y quedarse dormido.

La ventana abierta y el gruñido de los aviones que pasan por encima de nosotros me dejan despierta toda la noche, girando repetidamente inquieta en mi lado de la cama. Aunque él está profundamente dormido, estoy demasiado asustada para levantarme e ir a su estudio. ¿Puede oler mi miedo?

El olor del miedo me rodea en los días siguientes en la boulangerie casi vacía. Limpio repetidamente los mismos platos o intento salir por la puerta trasera, sentándome un rato al sol, pero Marie no deja de hablarme.

—Dicen que los soldados rusos son los peores. ¿Y si vienen? —pregunta—. La radio del ejército alemán dice que debemos unirnos y luchar contra ellos.

—Marie, no vendrán, están muy lejos, y según la radio alemana, el ejército alemán no ha dejado de ganar —pierdo la paciencia con ella. Incluso los titulares de los periódicos siguen publicando las victorias alemanas, pero ya no me las creo.

—Y dicen que los americanos invadirán Bélgica y que los alemanes destruirán París, igual como han destruido todas las ciudades antes de retirarse.

—Marie, los rusos están en Polonia, los alemanes están en París, no destruirán París. Si no, no tendrán cafés y boulangeries con croissants frescos. Todo estará bien —me levanto y entro, esperando el final del día. Pero el chico me espera de nuevo en el quiosco. Tengo que ir a su encuentro.

Estoy demasiado tensa. Me detengo unos minutos sobre el puente, tratando de calmarme y comprobando la gente que hay alrededor. La tensión me hace imaginar que algo va mal. Llevo demasiado tiempo con este disfraz. Es lógico que tenga miedo, sobre todo con todos esos rumores alrededor, todo el mundo se pregunta si habrá una invasión y cuándo.

Todo está bien, solo necesito relajarme.

Bajo con cuidado a la oscura entrada del sótano y me preparo para encontrarme con el hombre de la camisa gris abotonada que me está esperando. Por un momento, imagino que Philip estará allí, con su pelo alborotado y su vieja chaqueta, pero sé que no será así. Nunca me querrá después de lo que hice y dije.

—Buenas tardes, ¿cómo estás? —se acerca, queriendo abrazarme y besarme en la mejilla, pero me apresuro a sentarme en la mesa, sintiéndome más segura con la vieja tabla de madera que nos separa.

—Buenas tardes, ¿cómo estás?

—Estoy bien.

—¿Qué has traído hoy?

—No tengo mucha información. Mi oficial rara vez viene, y casi no nos encontramos.

—Aun así, ¿no has visto u oído nada?

—Están discutiendo entre ellos si habrá una invasión o no.

—Ya me lo dijiste la última vez, necesitamos más información.

Se echa hacia atrás y me mira con rabia. ¿Qué quiere de mí? ¿No sabe que lo estoy intentando? A él no le importan todas las noches que no duermo, preguntándome cuándo me atraparán. Sobre el edificio de la Gestapo en la avenida Foch 84, en el que no me atrevo a pensar.

—Intentaré hacerlo mejor —mis dedos sostienen con firmeza la navaja en el bolsillo de mi vestido.

—¿Cómo se llama tu oficial?

—¿No te lo ha dicho Philip? —*no es mi oficial, es alemán, y le tengo miedo, yo también te tengo miedo a ti.*

—No, Philip me dijo que me darías toda la información que te pidiera.

—¿Por qué me haces todas estas preguntas?

—Porque la gente que está por encima de mí quiere saber.

—Entonces pregúntale a Philip.

—No seas grosera.

—Lo siento.

—¿Y cuál es su rango?

—Creo que es un Orbestleutnant.

—¿Ni siquiera sabes su rango?

—Sus rangos son realmente confusos. Tienen tantos.

—No me estás ayudando. ¿Cuál es su apellido?

—Creo que es un oficial de armamento. No sé exactamente en qué unidad. Creo que está en un tanque Panzer.

Hay un largo momento de silencio mientras nos sentamos a ambos lados de la mesa, mirándonos el uno al otro. Bajo los ojos, intentando pensar si hay algún otro detalle que pueda contarle y que le guste. ¿Dónde están sus manos? ¿Por qué las tiene siempre en el regazo, sin ponerlas sobre la mesa como solía hacer Philip? Tengo que levantar la vista y sonreírle, el problema lo tengo yo y toda la tensión que me rodea.

—¿Eso es todo lo que sabes de él después de un año de estar juntos?

—No me cuenta nada, es callado.

—Debes aportarnos más material, aunque implique correr más riesgos.

—Te prometo que lo intentaré —decido no hablarle de aquella vez en el baño, cuando Herr Ernest casi me atrapa.

Sus ojos oscuros siguen examinando mi cara y mi cuerpo como si me investigara.

—Bueno, ya veremos qué hacer contigo y con tu deficiente material —da por terminado el encuentro entre nosotros tras unos instantes más de silencio, indicándome con la mano que puedo irme.

—Gracias.

Lo haré mejor. Lo prometo, Quiero decírselo cuando me levante, pero no digo nada, solo le doy la espalda y busco las escaleras. ¿Cómo he podido equivocarme tanto con Philip?

La luz gris al final de las escaleras parece invitarme a salir de este sofocante sótano, y me apresuro a salir al aire libre, sintiendo sus ojos en mi espalda, y dejando escapar un suspiro de alivio cuando mis pies tocan la acera del callejón.

Busco a la niña de la tienda, queriendo darle una chocolatina que he traído conmigo, especialmente para ella. Una auténtica tableta de chocolate, con sabor a azúcar dulce y cacao amargo, de tal manera que mi boca se llena de saliva cuando cierro los ojos e imagino su sabor. Incluso en el ejército alemán, ahora dan chocolate solo a los pilotos. Hace unos días, Herr Ernest trajo algunas tabletas de chocolate y las colocó en la despensa junto a las botellas de vino.

Pero la niña no se asoma a la puerta de la tienda y, a pesar de la lluvia veraniega que gotea, me da vergüenza acercarme y mirar dentro, prefiriendo quedarme de pie y esperarla. Tengo el mal presentimiento de que le va a pasar algo y de que será la última vez que nos veamos. Quizá le caiga una bomba, y quizá me pase algo a mí.

Tengo que relajarme. Me encontraré con ella muchas veces más, el sol se pondrá pronto, y tengo un largo paseo hasta el apartamento. Herr Ernest me ha informado de que llegará esta noche.

Toda la noche llovizna, obligándome a cerrar la ventana. A pesar del silencio en el oscuro apartamento, no consigo dormirme. Tengo los ojos muy abiertos en la habitación oscura mientras escucho su respiración, tratando de obligarme a caminar hasta su estudio, pero tengo demasiado miedo para salir de la cama. El timbre del teléfono del estudio me despierta, debo haberme quedado dormida. Mientras trato de entender qué ha pasado en medio de la noche, Herr Ernest ya se apresura a acercarse al teléfono que suena, escucha un momento los sonidos que salen del tubo negro, lo coloca en su sitio y empieza a vestirse rápidamente.

—¿Qué ha pasado? —mis manos están ocupadas atando mi bata.

—Nada especial, la habitual alerta militar, vuelve a dormir —termina de subir la cremallera de su abrigo, recoge los papeles de su escritorio, quizás esperándome como cebo aunque no me atreviera a acercarme a ellos. Herr Ernest los mete en su bolso de cuero y sale por la puerta, sin apenas despedirse.

La lluvia ha cesado, abro la ventana y me asomo a la calle oscura. Un auto militar pasa y se detiene un momento, recogiéndolo para seguir su camino. Se oye el ruido de las ruedas sobre las piedras mojadas de la calle, pero después de que desaparezca tras la esquina, la ciudad vuelve a su tranquila noche.

De camino a la boulangerie, el tráfico callejero es habitual mientras el sol de la mañana seca la acera mojada. Aun así, dentro oigo la voz enfadada de Simone, que habla con Martin, el cocinero, y que apenas se da cuenta de que atravieso la puerta, a pesar de que el timbre suena cada vez que se abre.

—Es la cuarta vez en las últimas dos semanas que no recibimos mantequilla. ¿Cómo esperan que hagamos croissants con sus terribles sucedáneos?

—Monique —se dirige a mí—, anota en el libro de proveedores: 6 de junio, y no ha llegado mantequilla de nuevo —voy detrás del mostrador, saco el pesado cuaderno de proveedores, y escribo con perfecta caligrafía—: Seis de junio de 1944, no hay suministro de mantequilla.

—Monique, quiero que vayas al mercado de nuevo para intentar conseguir mantequilla —pero consigo convencerla de que envíe a Marie, con la excusa de que debe ganar experiencia hablando con los vendedores, y pronto vendrán muchos soldados, aunque la boulangerie está casi vacía en los últimos días.

Las horas de la mañana pasan perezosamente mientras ayudo a Martin a limpiar la trastienda cuando suena el timbre y oigo el habitual grito de Simone en dirección a la sala de horneado: "Monique, tienes clientes".

Mis clientes son dos soldados de transporte. Los reconozco por las insignias de la unidad en sus uniformes.

—Buenos días, ¿en qué puedo ayudarles? —pregunto a los dos soldados de transporte en francés, y un minuto después entran otros dos soldados de otra unidad, intercambiando saludos, y uno de ellos les pregunta si han oído la radio esta mañana.

—No —responde el más alto de los dos, sonriéndome coquetamente.

—La radio del ejército ha informado de que el enemigo ha iniciado una invasión en las playas de Calais, pero hemos conseguido hacerlos retroceder hacia el mar —les dice el soldado de transporte y sonríe. Tras un momento de agitación, todos me miran y guardan silencio.

—Que tenga un buen día —me dirijo a él en un mal alemán, sirviéndole el pan.

—Gracias —me quita la bolsa de papel con una mirada suspicaz.

—¿En qué puedo ayudarle? —me dirijo a un soldado que antes intentaba sonreírme y ahora ya no lo hace.

—¿Cuándo se hicieron los croissant? ¿Esta mañana?

—No, desgraciadamente son de ayer, esta mañana aún no hemos recibido la mantequilla.

—Bueno, no importa, vendré más tarde —él y su amigo salen por la puerta.

—¿Qué han dicho? —me pregunta Simone al segundo de cerrarse la puerta.

—Dijeron que la radio alemana informó de un intento de invasión estadounidense en la zona de Calais esta mañana, y que el intento fracasó —digo, y observo las nubes grises de la mañana en el exterior.

—Bueno, eso encaja con los americanos, no pueden hacer nada bien. ¿Dónde está Marie? ¿Por qué llega tan tarde? —Simone va a hablar con Martin en la trastienda, y creo que se seca una lágrima al pasar junto a mí.

—Todas las carreteras de Normandía están bloqueadas —informa Marie con entusiasmo cuando por fin vuelve del mercado con las manos vacías—. Ningún camión de reparto ha salido de allí desde anoche, y todo el mundo susurra que la playa está llena de barcos americanos y que hay una guerra allí.

—Pero la radio alemana ha informado sobre Calais, y tú tampoco has conseguido mantequilla —la silencia Simone.

—Eso es lo que dicen en el mercado —se disculpa Marie y se dirige a la trastienda llorando.

El resto de la mañana transcurre en silencio. Un camión militar pasa de vez en cuando por el bulevar, lleno de soldados alemanes. Simone y yo los acompañamos con la mirada y volvemos a limpiar con paños las mesas vacías de la boulangerie.

—Monique, por favor, ocúpate de la caja registradora. Volveré pronto —me pongo detrás de la caja registradora con entusiasmo. Simone nunca abandona el cajón del dinero, siempre se asegura de estar de pie y vigilar el crujido de las monedas y los billetes.

—Te reemplazaré —le digo rápidamente, sin estar segura de que me haya oído a través del portazo.

Mis dedos pulen repetidamente los platos de porcelana con el paño blanco, los ordenan en una pila, deciden limpiarlos de nuevo y los colocan en un nuevo montón.

Simone entra y cierra silenciosamente la puerta de la boulangerie tras de sí, y yo levanto la vista de los platos de porcelana hacia sus ojos brillantes cuando se acerca a mí y baja la voz.

—La radio de la BBC ha informado de que la invasión ha comenzado en Normandía. Dicen que los americanos y los británicos han tomado la costa.

Mis manos temblorosas limpian una y otra vez el plato que sostengo. Pienso en la batería de cañones de Normandía y en el soldado polaco con uniforme alemán que lleva flores. Ahora están disparando a los estadounidenses y a los soldados británicos que asaltan las alambradas colocadas en la costa. ¿Sobrevivirán?

—Estatua de la Libertad, Nueva York, América —susurro.

—¿Qué has dicho? —pregunta Simone.

—Nada —me limpio una lágrima.

Némesis

Agosto, 1944

Confidencial

8/2/1944

De: Comando del Frente Occidental de la Wehrmacht

Para: Grupo de Ejércitos de Francia

Asunto: Preparativos para la defensa de París

Antecedentes: El ejército estadounidense ha establecido unidades en las costas de Normandía y está tratando de romper la línea de defensa alemana para ocupar toda Francia y París.

General: Los ciudadanos franceses deben ser tratados como enemigos y no como colaboradores como en el pasado.

Tareas:

1. Todas las unidades de la Gestapo y las divisiones de las S.S. deben intimidar a la población civil para evitar la insurgencia y el daño a los soldados alemanes.

2. Las unidades de la Gestapo trabajarán para exterminar a los combatientes de la resistencia sin tener en cuenta a los civiles inocentes.

3. Todas las mujeres soldado alemanas serán evacuadas inmediatamente de la zona de París para evitar la posibilidad de su captura.

SS. Telegrama 483

Los cascos grises lucharán hasta el final

—Carné de identidad, por favor —el soldado alemán que está frente al puesto de guardia me lanza una mirada hostil, manteniendo una distancia prudencial, mientras el subfusil de su amigo me apunta al cuerpo.

—Guten morgen —le entrego mi tarjeta de identificación y espero pacientemente. Aunque me ven todas las mañanas, ya no sonríen cuando paso por su puesto de control de camino al trabajo, cruzando el puesto de guardia de madera y las cercas de alambre de púas que han colocado cerca del cuartel general alemán de la calle Rivoli.

El soldado examina cuidadosamente el pedazo de cartón, mirándome y comparando mi cara con la foto adjunta, comprobando con el dedo los sellos para asegurarse de que no son falsos.

—¿Monique Otin?

Monique Moreno, quiero gritar en su cara que casi ha desaparecido bajo el casco de metal gris.

—Sí, soy yo —sustituyo el grito por una sonrisa educada.

—Que tenga un buen día —me entrega la gastada cartulina y vuelve a mirar las anchas calles de la Plaza de la Concordia, atento a un enemigo oculto que pueda surgir de repente.

Sigo caminando por la calle y vuelvo a guardar el carné en mi bolso, sin mirar atrás. Desde la invasión, lo he sacado tan a menudo en los controles de toda la ciudad que el cartón se ha descolorido, arrugado bajo todas esas manos que lo examinaron, y esos ojos que me miraron fijamente.

Un auto negro se acerca a mí por la calle Rivoli, y yo dejo de caminar, observando sus luces plateadas que apuntan en mi dirección, acercándose.

—Guten morgen —dejo de caminar y le digo a un aburrido soldado que está junto a uno de los vehículos que quedan frente al cuartel.

—¿Bitte?

—¿Tienes un poco de fuego? —mi mano busca la cajetilla de cigarrillos en mi bolso mientras le doy la espalda al auto negro mientras frena, y solo se oye el sonido del motor en la calle vacía.

—Claro —saca un mechero metálico del ejército, marcado con el símbolo de las SS, y me acerco a su mano, oliendo su aroma a colonia mezclada con grasa.

—Gracias —aspiro el humo. ¿Se ha parado el auto? Debo seguir caminando. Si no, empezará a sospechar.

—Que tenga un buen día —devuelve el mechero SS a su bolsillo y tengo que seguir caminando, mis ojos siguen las pequeñas luces traseras del auto negro hasta que desaparece al doblar la esquina. Esta vez estoy a salvo.

No debo pensar en el horrible edificio del número 84 de la avenida Foch, pero por un momento tengo náuseas, y tiro el cigarrillo inacabado a la calle antes de continuar mi camino, intentando respirar el aire limpio de la mañana.

Por encima de mi cabeza, puedo oír la gran bandera roja nazi ondeando tranquilamente en la brisa matinal, como susurrando por encima. Sin embargo, miro hacia el Palacio del Louvre, tratando de contar los autos frente al cuartel general y alejándome del soldado alemán. Solo quedan unos pocos, y no sé si están todos en el frente o han empezado a evacuar a Alemania.

Un largo convoy de camiones llenos de soldados cruza la calle camino del frente occidental, en dirección a Normandía, y los sigo con la mirada, contándolos e intentando identificar la unidad. Los soldados se agolpan en silencio y no silban en mi dirección, pidiéndome que les enseñe la ciudad.

Para mi sorpresa, la puerta principal de la boulangerie está cerrada con llave, y tengo que caminar por el callejón hasta la puerta trasera, deteniéndome y mirando por encima del hombro para ver si alguien me sigue. Pero Martin, el cocinero, está sentado en su puesto sobre un cajón de madera vacío, mirando la despensa casi vacía.

—Se habrá olvidado de abrir —dice, y entro en la boulangerie por la parte de atrás.

Al principio no la veo, pero luego me doy cuenta de que Simone está agachada detrás del mostrador, abriendo el cajón inferior donde guardamos los manteles, sacando una bandera roja, blanca y azul besándola con cuidado.

—Has llegado —se gira rápidamente mientras coloco el bolso en una silla.

—Buenos días.

—Es por si los alemanes se retiran, pero no va a ocurrir —se apresura a devolver la bandera al cajón de abajo y la cierra.

—Está bien.

—¿Por qué no has entrado por la puerta principal?

—No pasa nada. No diré nada.

—Echo de menos aquellos días en los que las mujeres tenían valores y no miraban a mis espaldas —pasa junto a mí, yendo a hablar con Martin. Quiero susurrarle al oído que ambas estamos en el mismo bando, aunque le dé asco porque estoy lamiendo las botas de un oficial alemán, pero sé que no me creería.

También sé que está escuchando las noticias de la radio de la BBC, una ofensa digna de ser ejecutada por la gente de abrigo negro de la Gestapo.

—Me lo ha dicho la vecina —me dice, pero no le creo. —Monique, el suministro no ha vuelto a llegar. Tendrás que ir al mercado y tratar de conseguir algo.

—¿Tal vez Marie pueda ir? Yo fui ayer y el martes.

—No, quiero que vayas tú. No confío en ella.

A pesar de mis peticiones, esta vez no me deja libre, y salgo y camino tan rápido como puedo. Intento mantenerme alejada de las calles, y no soy solo yo; todo el mundo intenta evitar estar fuera mientras la Gestapo busca a la resistencia.

En los primeros días después de la invasión, la ciudad esperaba la llegada de los americanos, la gente hacía banderas y también había valientes que escupían a los soldados alemanes cuando pasaban. Las soldadas alemanas, a las que llamaban "ratones grises" a sus espaldas, desaparecieron por completo de las calles de la ciudad y ya no se les ve pasear por los Campos Elíseos con las cámaras en la mano, como si estuvieran de vacaciones.

Pero los días han pasado y los soldados alemanes siguen en la ciudad, parados en las calles y controlando a la gente. ¿Qué está pasando en el frente? ¿Fue exitoso el contraataque alemán, como informó la radio del ejército alemán?

De camino al mercado, me cruzo con el quiosco de periódicos, pero ni siquiera este puede darme ninguna noticia. La revista del ejército alemán y el diario son los únicos que se exhiben, gritando a viva voz la propaganda nazi, que se limita a cuatro finas hojas de papel.

—Papeles, por favor —dos soldados alemanes paran a la gente en la calle, y yo bajo los ojos a sus botas de clavos.

—¿Estás nerviosa?

—No, no lo estoy —miro sus dedos sucios y grasientos.

—Bitte —me devuelve los papeles y le sonrío amablemente, caminando tan rápido como puedo, pero hay tres hombres con abrigos negros cerca de la entrada del mercado.

—¿Por qué has tardado tanto? —me pregunta Simone mientras cierro la puerta tras de mí.

—El vendedor del mercado dijo que, desde la invasión, hay barreras alrededor de la ciudad. Apenas dejan entrar suministros.

—¿Y no has traído nada?

—Dijo que hoy no recibió nada.

—Deberías haber discutido con él.

—Lo hice.

—Tenías que hacer más. No tenemos el privilegio de no ser leales a los alemanes y dejar de proporcionarles lo que quieren.

Miro hacia abajo y me disculpo, me apresuro a ponerme el delantal y vuelvo al espacio vacío detrás del mostrador. De nuevo saco brillo a los platos de porcelana y rezo para que todo acabe. Pronto me apresuro a ir al tranquilo apartamento. Herr Ernest ya casi no viene.

Al principio, cuando cierro la gruesa puerta de madera tras de mí, colgando el bolso junto a la entrada del apartamento, no noto nada raro. Pero la voz de Herr Ernest desde su estudio hace que me ponga tensa, y cruzo el pasillo hasta la sala de estar y me paro allí.

La puerta del estudio está abierta y Herr Ernest está sentado en su sillón de cuero, inclinado frente a sus documentos y mirándome como si nada hubiera cambiado. Sin embargo, todos los cuadros de las paredes, los que compramos juntos y otros que nunca he visto, han sido retirados y concentrados a un lado de la sala, listos para ser enviados. Además de los cuadros, hay varias cajas de madera cerradas con clavos de vino y champán, y tal vez incluso quesos y otros alimentos que no puedo identificar.

—Buenas tardes, ¿cómo estás? —levanta la vista de los documentos que tiene delante, pero no se levanta.

—Estoy bien. ¿Cómo estás tú? —me mantengo a una distancia prudencial de la puerta de su estudio.

—Estoy bien, gracias, ¿puedes prepararme algo de beber?

—¿Por qué están todos los cuadros fuera de las paredes?

—Los estoy trasladando a la patria —dice y vuelve a su escritura.

—¿Por qué? Creía que estabas derrotando a los americanos.

Herr Ernest deja de escribir y me mira.

—Los estamos derrotando, y no nos disponemos a abandonar París, desde luego no sin una marca alemana que será recordada para la eternidad.

—¿Qué harán con la ciudad?

—Encontraremos una solución digna para esta ciudad, al igual que los bombarderos americanos están destruyendo las ciudades de Alemania.

—¿Van a destruir París?

Herr Ernest me examina por un momento.

—Creía que estabas de nuestro lado.

—Estoy de su lado y creí que te quedarías aquí para siempre, así que no entiendo por qué te llevas los cuadros.

Vuelve a levantar la vista de los papeles que tiene delante y temo haber dicho demasiado, pero se limita a sonreír y vuelve a leer.

—¿Y qué pasa con mi cuadro? El que yo elegí —no puedo contenerme, observando mi bailarina colocada junto a la pared, cerca de los cuadros de sus cazadores.

—¿Puedes oler el miedo de la gente que nos rodea? —Herr Ernest levanta la vista del documento que está leyendo, mirándome con sus ojos verdes—. Ya no lo huelo. Quizá sea hora de una lección sobre la lealtad y la traición, ¿no crees?

—Sé que te soy leal —coloco mis temblorosas manos en la espalda.

—Sé que eres leal a la nación alemana y a mí. Me refería a la nación francesa y al precio que van a pagar por su deslealtad —sonríe—. ¿Por qué pensabas que estaba hablando de ti?

—¿Quieres dejar mi cuadro aquí? —¿Está tratando de engañarme?

—El cuadro debe ir a su nueva patria. Es valioso. No puedo dejarlo atrás. Ya es propiedad alemana. Por favor, prepárame una copa —me mira con rabia.

Por un momento, quiero preguntarle si yo también me considero una propiedad para uso alemán. Una propiedad ocupada que se abrirá paso en las fronteras milenarias del Reich, pero prefiero bajar la vista y examinar mi cuadro, que yace junto a la pared. Mi bailarina sigue atándose las zapatillas de ballet, tumbada de lado, y parece que su falda rosa vuela en alto, exponiendo su cuerpo a los ojos de Herr Ernest si tan solo la mirara.

—Por favor, déjame el cuadro a mí, así como me quedaré contigo.

Me mira en silencio durante un momento, como si se debatiera entre arrinconarme o dejarme ir, al menos por ahora, jugando conmigo para su placer.

—Aprecio tu lealtad y los restos de sangre alemana en tus venas, pero querida, soy yo quien decide cuándo dejas de estar conmigo.

La forma en que me mira y dice las cosas me hace estremecer, pero le sonrío y sigo sujetando mis manos con fuerza. Soy su propiedad personal, mientras él me quiera.

—¿Qué quieres beber?

En la cocina, apoyo las manos en el fregadero, cierro los ojos y respiro un poco. Por un momento, tengo el deseo de abrir el cajón de los cuchillos y examinar su contenido, pero me detengo y enciendo el fuego para calentar la tetera. Es demasiado peligroso andar por las calles con un cuchillo, especialmente ahora con todos los controles sorpresa. Solo tengo que seguir viva, solo unos días más, hasta que los americanos consigan romper las líneas de defensa alemanas y vengan.

—Cuando termines con el café —su voz llega desde el estudio—, me encantaría que me pulieras las botas, quiero que brillen para mañana por la mañana.

Aunque la ventana está abierta al aire de la noche, no puedo dormir junto a Herr Ernest, y mis ojos están fijos en el techo oscuro. Sé que tengo que ir a su estudio, pero no puedo. Tengo demasiado miedo, me siento asfixiada entre las habitaciones y sus brillantes botas de clavos que custodian la puerta de entrada, impidiendo que yo y mi pintura de bailarina huyamos a la calle.

A la mañana siguiente, mientras camino por la avenida, los veo salir de un auto negro y detenerse en mi lugar. Agarro con fuerza mi bolso, horrorizada.

Como una rapaz negra, el vehículo llega a gran velocidad y se detiene junto a un hombre que camina delante de mí por la calle. Él no se da cuenta de lo que ocurre, sigue caminando. Quiero gritarle que salga corriendo, pero es demasiado tarde.

Tres personas con abrigos negros saltan del vehículo y lo agarran por la fuerza. Aunque intenta resistirse, le apuntan con una pistola a la cabeza y lo arrastran al interior del auto. En cuestión de segundos, las puertas se cierran y el vehículo continúa su marcha, desapareciendo tras la esquina de la calle.

Sigue caminando, no dejes de hacerlo.

Todas las demás personas siguen su camino como si nada, girando la cabeza hacia el otro lado, solo el timbre de la puerta de la boulangerie me tranquiliza un poco. Aquí estoy un poco más segura.

—Monique, es bueno que por fin estés aquí. Te has retrasado como todos los agricultores que no pueden suministrar harina.

No tengo respuesta para ella y cuelgo mi bolso en la percha, pero se cae al suelo.

—¿Qué ha pasado? ¿No has dormido por la noche, que no tienes fuerzas?

—Estoy bien —me agacho para recoger mi bolso del suelo con mi mano temblorosa.

—Entonces será mejor que te des prisa, quizá venga algún soldado alemán por casualidad y puedas servirle.

—Ahora mismo voy, lo siento —mis dedos se enredan al atar el delantal.

—Deja que te ayude —se acerca a mí—. Eres como los americanos. Necesitas ayuda para todo, no eres capaz de hacer nada bien. ¿Está todo bien?

—Sí, todo está bien.

—No llores. No quise decir lo que dije. Es solo toda esta tensión y la espera de la llegada de los americanos —termina de disculparse y se va a la trastienda, probablemente regañando a Marie.

¿Cuándo llegará la Gestapo a mi puerta? Intento prepararme una taza de asqueroso sucedáneo de café.

Toda la mañana la boulangerie está vacía, y paso el tiempo escuchando lo que Simone piensa de los británicos y observando la calle, en busca de autos negros. Sin embargo, a mediodía, veo a Violette de pie frente a la puerta de cristal.

—¿Puedo tener un descanso? —le pregunto a Simone, ya quitándome el delantal.

—¿Te has enterado? Los americanos también han invadido el sur de Francia. Han conquistado Niza —Violette entra por la puerta—. Dicen que el ejército alemán se está derrumbando.

—París no está en el sur de Francia y no tiene nada que ver con nosotros —le responde Simone. Pero a ella también le embarga la emoción. Sin notar que estoy a su lado, se inclina hacia el cajón de abajo, detrás del mostrador, deslizando la mano sobre la bandera escondida, pero se levanta rápidamente al notar mi mirada, limpiándose la cara con la mano.

—Ve, ve. Tengo que volver a doblar los manteles —dice Simone—, pero no te quedes fuera mucho tiempo, ya no es seguro —y me apresuro a quitarme el delantal, saliendo al sol veraniego del exterior.

—¿Qué va a pasar? —pregunta Violette entre lágrimas—. Los alemanes se están retirando. No podrán proteger París.

—No, no tendrán éxito, probablemente se retirarán pronto.

—Me prometiste que no habría invasión y que los alemanes ganarían.

—Sí, me equivoqué, me equivoqué en muchas cosas, lo siento.

Las dos estamos de pie en el Pont Des Arts, viendo a un grupo de soldados alemanes colocando sacos de arena en la orilla, a los gritos de un sargento nervioso, preparando posiciones defensivas para luchar en toda la ciudad.

—Todo se está desmoronando, todo lo que teníamos —comienza a llorar—. Todo lo que tenía.

—No te preocupes, todo volverá a la normalidad —miro el agua verde que fluye tranquilamente—. Seguiremos sentadas en los cafés y bebiendo buen café, paseando por la avenida —pero en el fondo, sé que nada volverá a ser lo que había sido.

Tuve a papá, a mamá y a Jacob, que desaparecieron sin que pudiera abrazarlos por última vez. ¿Cómo podría volver todo a la normalidad? No me queda nada, solo Philip, que nunca me querrá después de lo que hice. Y ni siquiera sé si sigue vivo o ha sido capturado por la Gestapo. ¿Qué mundo tendré después de que se vayan los nazis?

—Al menos tienes a tu Fritz —le toco la mano para darle ánimos, pero el contacto me resulta desagradable y, tras un momento, devuelvo la mano a la barandilla metálica—. Todo volverá a ser como antes de la guerra, no te preocupes.

—Antes de la guerra, yo era una simple muchacha sin un cónyuge con quien pasear por la avenida —sigue llorando—. Incluso tú tienes lágrimas.

—Sí, hasta yo tengo lágrimas. Solo unos días más.— beso a Violette en ambas mejillas—No te preocupes.

—Hasta mañana —me despido de Simone mas tarde ese dia. Tengo que apresurarme hacia el apartamento vacío, no es seguro en las calles, pero el chico me espera junto al quiosco. Tengo que ir.

Solo unos días más

—Calle San José —me susurra el chico, y empiezo a caminar. Es demasiado peligroso fijar un punto de encuentro en la zona de la ópera. El lugar está lleno de la Gestapo y la gente evita entrar en las estaciones de metro de la zona.

Pero cuando entro en la tranquila calle, está vacía y no hay nadie esperando para acompañarme, ni a pie ni en bicicleta.

—Métete en el maletero de la camioneta y espera —pasa un hombre con ropa de trabajo y susurra, desapareciendo tras la esquina de la calle y dejándome sola, observando la camioneta gris estacionada y abandonada al lado del callejón. ¿Qué está pasando aquí?

Como si tuviera mente propia, mi mano baja a lo largo de mi vestido, buscando el bolsillo, pero no hay bolsillos en este vestido.

La calle está tranquila y no hay nadie alrededor. Todo está bien. Respiro rápidamente y entro en el maletero, cerrando la puerta tras de mí, envolviéndome en la oscuridad. *Respiro, todo está bien.*

Oigo cómo se abren y se cierran las puertas del auto, y el motor se pone en marcha, y respiro lentamente, luchando contra el impulso de no abrir la puerta y escapar. Ya he hecho esto antes. Tengo que confiar en ellos.

¿Cuánto tiempo llevamos? He perdido la noción del tiempo. ¿Seguimos en la ciudad? El vehículo cambia de dirección de vez en cuando. Probablemente todavía estamos en París. ¿La reunión es en el lugar donde conocí a Philip por primera vez? ¿Me encontraré con él esta vez?

De repente, el vehículo se detiene y me pongo en tensión.

—Apaga el motor —oigo una voz en alemán y quiero gritar.

—¿Qué? —oigo un sonido apagado.

—Apaga el motor —dice la voz en mal francés, y el monótono estruendo del motor se detiene. Debo guardar silencio.

—Certificados, por favor —crujidos y luego silencio.

—¿Qué tienes en el maletero?

—Está vacío. Hemos vuelto del mercado.

—Abre el maletero.

Respira, respira, respira, mis uñas arañan mis muslos, respira.

—No hace falta, está vacío.

—Ábrelo ahora —la voz en un mal francés se hace más fuerte.

Un aluvión de disparos, y pasos, y más disparos y un portazo y gritos en alemán. Mi cuerpo se aprieta en la oscuridad mientras agacho la cabeza y me meto el puño en la boca, ahogando un grito.

—Huye —oigo el grito de una mujer y otro bombardeo de disparos y mis manos temblorosas buscan a tientas el pomo de la puerta del maletero en la oscuridad, abriéndolo y sacando las piernas, tropezando por un momento en la carretera. La luz del sol de la tarde me deslumbra, pero consigo estabilizarme y empiezo a correr por la esquina de un almacén, corriendo sin parar.

Corre, corre, corre, no mires atrás.

Me duele todo el cuerpo por el esfuerzo, el sudor, mi pesada respiración. *Sigo corriendo, otra esquina, me escondo detrás de ella, ahora detrás de la colina, no me detengo, ignoro el dolor que me causa correr tanto, sigo corriendo, aún más lejos, entre los arbustos, no dejo de correr, cada vez más lejos.*

Solo más tarde, mientras me escondo entre los arbustos y trato de recuperar el aliento, empiezo a recordar lo que mis ojos habían visto. El hombre del abrigo negro tumbado en la carretera en una posición extraña, mirándome con una mirada hueca cuando salgo por la puerta trasera y casi tropiezo con él, los gritos en alemán que siguen resonando en mi cabeza: "Dispárale, dispárale" Y el extraño ruido silbante que pasaba a mi lado mientras corría. ¿Qué pasó allí? Tengo que esconderme y esperar la oscuridad. No importa lo que haya pasado allí.

La oscuridad ya está cayendo cuando me atrevo a salir de mi escondite bajo un gran arbusto, caminando tranquilamente por el sendero y escuchando. Tengo que seguir caminando. No me pasó a mí, le pasó a otra persona, no a mí. Nunca estuve allí en la camioneta.

Tengo las caderas arañadas por los arbustos y ya estoy cansada de caminar. ¿En qué dirección está la ciudad? No debo equivocarme. Cada vez que veo las luces de los autos que se acercan por la calle, me escondo hasta que pasan. Atravieso la zona de los almacenes abandonados, con la esperanza de ir por el camino correcto y de que las luces en la distancia me dirijan. Tengo que avisar al hombre de la camisa gris abotonada, algo ha pasado y no he llegado a la reunión, él debe saberlo. Había otras personas allí, y también les pasó algo, ¿qué les pasó? Se lo diré.

No sé qué hora es cuando llego a la orilla este, pero está claro que el toque de queda ya ha comenzado y no deben atraparme en la calle.

Con cuidado, me quito los zapatos, ignorando el dolor de mis pies, y empiezo a caminar descalza para no hacer ruido. De vez en cuando, oigo el ruido de las botas de las patrullas alemanas, y me apresuro a esconderme en el callejón o en la entrada de una escalera, esperando a que pasen para poder seguir caminando. ¿Estaba planeado? ¿Nos ha traicionado alguien? Debo saberlo.

Cerca del apartamento, la calle está tranquila. No hay ningún auto esperándome allí, ni en los callejones vecinos, solo una fresca brisa de verano y una única farola que brilla tenuemente. ¿Debo subir? ¿Me esperan allí? No tengo otro sitio al que ir, no debo quedarme en la calle, es demasiado peligroso.

Después de esperar durante largos minutos en el hueco de la escalera, abro con cuidado la puerta principal, con miedo a entrar, pero el apartamento está vacío. No hay nadie esperando para matarme mientras escudriño las habitaciones en la oscuridad, sujetando con fuerza el cuchillo de cocina en la mano y moviéndome con recelo. Tengo que comer algo.

Me tiemblan las manos mientras lucho con el abridor, incapaz de introducirlo en la tapa metálica de la lata de carne, intentándolo una y otra vez, abriéndolo todo lo que puedo y empezando a tragar con hambre la grasienta carne pulverizada. A la luz de la vela, me fijo en el águila estampada en la lata, con las alas desplegadas, y recuerdo la mirada hueca del hombre del abrigo negro y el grito de la mujer: "Huye".

Mis piernas ya no me sostienen y me derrumbo en el suelo de la cocina, vomitando, y empiezo a llorar.

—Llegas tarde otra vez. No te daré un privilegio extra por vivir con los alemanes —a la mañana siguiente, Simone levanta los ojos del cajón de dinero cuando oye el timbre. Pero no puedo explicarle nada. No puedo explicarle todas las veces que miré por la ventana la noche anterior, comprobando si había llegado un vehículo y venía gente a pararme junto a la pared. A primera hora de la mañana, me desperté asustada por el fuerte ruido, me levanté y me di cuenta de que el cuchillo que tenía en la mano mientras estaba sentada preparado en la silla frente a la puerta de entrada se había caído.

—Pido disculpas. Intentaré llegar a tiempo —mis manos toman el delantal de la percha, atándolo con un movimiento mecánico—. ¿Qué quieres que haga?

—Lo de siempre, nada ha cambiado desde ayer.

—Sí, madame Simone —me pongo detrás del mostrador como si nada hubiera cambiado desde ayer. ¿Qué ha pasado allí?

Debo reunirme e informar al hombre de la camisa gris de que ha pasado algo. ¿Me están buscando o ha sido una coincidencia? ¿He cometido un error, han descubierto mi identidad?

Entran unos pilotos alemanes que señalan el pan en silencio y esperan pacientemente a que se lo empaque.

—Monique, no estás concentrada. Tienen prisa.

¿Qué he podido hacer para exponerme? ¿Herr Ernest ha descubierto quién soy y ha enviado a sus perros de la Gestapo por mí, queriendo cazar a su amante lame botas francesa?

Mis ojos se levantan y observo a través de la ventana, ¿se detendrá aquí un auto negro dentro de unos minutos?

—Cuatro Reichsmark, por favor —me fijo por primera vez en sus uniformes grises abotonados, llenos de medallas.

¿Me ha traicionado alguien? ¿Qué sabe de mí? ¿Mi nombre? ¿Sabe el nombre de Herr Ernest o el lugar donde trabajo?

—Monique, están esperando el cambio.

—Danke —me dan las gracias con indiferencia, dando un portazo al salir y haciendo que me ponga tensa por el ruido.

—Monique, necesito que vayas al mercado.

Me da demasiado miedo caminar sola, pero no puedo decirle que no a Simone. Lentamente tomo mi bolso y salgo, cerrando la puerta tras de mí y escudriñando la calle.

—Has tardado en visitarme después del último vestido que compraste —Anaïs me recoge de la recepción—. ¿Qué ha pasado? ¿Necesitas de nuevo un vestido de noche?

—Me disculpo. Estaba ocupada.

—Deberías comprar uno, las señoritas alemanas han dejado de venir, tienen miedo, recibirás un gran descuento.

—No he venido a comprar un vestido nuevo.

—Entonces, ¿por qué has venido? —saca un cigarrillo y me ofrece uno, pero lo rechazo con una sonrisa nerviosa, y enciende el cigarrillo para sí misma, inhalando el humo con placer.

—Entonces, ¿por qué has venido? Incluso los cigarrillos son difíciles de recibir estos días. Fritz dejó de traerme.

—He venido a preguntar cómo estás. Te traeré cigarrillos —saco el paquete de mi bolso y se lo ofrezco, pero ella lo rechaza con una sonrisa amarga.

—¿Cómo estoy? Estoy bien, esperando que vengan los americanos.

—¿Y no tienes miedo?

—¿De qué debería tener miedo? —exhala el humo en el aire.

—Los alemanes, tu Fritz, toda esta guerra loca que nos rodea, los americanos.

—Anaïs supo llevarse bien con los alemanes, y Anaïs sabrá llevarse bien con los americanos —responde indiferente y me mira—. ¿Tienes miedo?

—Sí —admito—. Tengo miedo de todo el mundo, de los americanos que quieren matarnos, de los comunistas, de la Gestapo conduciendo por las calles.

—Tú eres la cónyuge de Orbest Ernest. No tienes nada que temer de la Gestapo. En cuanto a todo lo demás, tendremos que ver —me sonríe—. Seguro que el ejército estadounidense también tiene oficiales.

Finalmente me despido de ella. Ella tiene que volver al trabajo, y yo tengo que volver con Simone, diciéndole que no he podido encontrar mantequilla en el mercado.

—Hasta pronto —le digo, pero ya no estoy segura de que vaya a suceder. Probablemente me atrapen pronto.

En el camino de vuelta, me escondo cada vez que pasa un auto por la calle, esperando en la entrada de un edificio con el corazón palpitando. Tengo que relajarme.

—Venganza —el titular grita en letra negra en un cartel pegado a la pared de un edificio en la calle, y yo reduzco la velocidad e intento leer el texto.

—Ayer hicieron una gran operación, matando y capturando a muchos de ellos —dos mujeres susurran a mis espaldas, y yo sigo de pie, obligándome a seguir leyendo el cartel.

—¿Quién? ¿La Gestapo? —pregunta la otra.

—Sí, dicen que había un traidor entre ellos.

—Que Dios proteja a la resistencia. Que sobrevivan —responde la otra y se persigna mientras siguen caminando por la avenida, y yo los sigo con la mirada.

Philip, ¿está vivo? Debo saberlo, debo hablar con Lizette, ella es la única que podría conocerlo. Y empiezo a caminar lo más rápido que puedo hacia la estación de metro, olvidando que la Gestapo está esperando en las entradas, revisando a los transeúntes.

—Lizette, abre. Soy yo —llamo con fuerza a la puerta. He intentado tocar el timbre durante mucho tiempo, esperando pacientemente y volviendo a intentarlo antes de llamar. Pero la puerta sigue cerrada. Ella no suele salir a esas horas—. Lizette, abre. Soy yo.

—No está aquí —la vecina de al lado abre la puerta de su apartamento, asomándose como si estuviera dispuesta a dar un portazo en cualquier momento.

—Disculpe, ¿dónde está Lizette?

—No está aquí.

—¿Dónde está? Tengo que encontrarla.

—¿No lo sabes?

—¿Saber qué?

—Espera, ¿no eres la chica que vivía aquí hace un año? ¿Te veía en las escaleras, Monique? —ella abre la puerta y se acerca—. ¿No lo sabes?

—¿Saber qué?

—Lizette ya no está, la mataron, la Gestapo la mató, la otra vecina dijo que intentó escapar de un vehículo que habían parado.

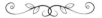

Mientras corro por las escaleras, puedo oír mis pasos golpeando la escalera de mármol como si los tambores sonaran en mis oídos, y la voz del vecino llamándome desde la distancia, pero lo único que hay son los tambores en mi cabeza y el agudo sonido metálico de la puerta del edificio cuando irrumpo en la calle.

Mis manos se agarran con fuerza a mis oídos mientras me agacho de rodillas en la acera, intentando silenciar las voces pero sin conseguirlo. No se detienen, arremolinándose con fuerza y emitiendo un extraño silbido al atravesar mi cuerpo. ¿Qué he hecho? ¿Por qué están todos muertos en vez de mí? Ni siquiera el brazo consolador de la vecina que intenta abrazarme puede detener los gritos, me levanto y huyo de ella, susurrándole mientras me alejo:

—No me toques, todo el que me toca muere.

El Telegrama

—¿Por qué has encendido esas velas? —pregunta Herr Ernest cuando nos sentamos a la mesa.

—Pensé que podría haber un apagón —observo las cuatro velas que están en el armario. ¿Los cristianos encienden velas conmemorativas?

—Ahora apágalas. Cuando nos reagrupemos al norte de París, habrá muchos apagones —muerde con hambre la carne enlatada que le he servido.

—Pensé que te quedarías conmigo para siempre —me levanto de la silla y me acerco a las velas, apagando el fuego con los dedos, ignorando el calor y el dolor.

—Debemos retirarnos de París. Hay traidores entre los franceses, pasando información a nuestros enemigos. Vuelve a tu asiento, ¿no tienes hambre?

—No tengo hambre hoy, me disculpo. ¿Quieres mi carne?

—Pero vamos a vengarnos. Ellos pensaron que no los encontraríamos. Los atraparemos a todos. Los que escaparon, escondiéndose en sus agujeros como sucias ratas. Ya no nos detendrán. ¿Queda vino?

—No, todo el vino se ha acabado. ¿Está bien si me voy a dormir? Estoy un poco cansada.

—Sí, puedes. Gracias por una cena encantadora.

Más tarde esa noche, con Herr Ernest a mi lado, no puedo dormir. Siento el dolor en mis dedos y pienso en el hombre de uniforme, el de la foto con marco de plata en casa de Lizette, y no puedo evitar las lágrimas.

En silencio, salgo de la cama y camino descalza hacia el estudio.

8/16/1944

De: División 44
Para: Brigada de Ingeniería 7112

Asunto: Preparativos para la destrucción de los
monumentos de París

1. La Brigada de Ingeniería 7112 marcará los lugares y puentes clave en París antes de su demolición.

2. Los mapas y cartas de los sitios se tomarán del municipio de París.

3. Los explosivos serán suministrados por el Batallón de Suministros 4221, que se encuentra en el aeropuerto de Le Bourget.

4. La destrucción se llevará a cabo tras una orden directa antes de la retirada de París.

SS. Telegrama 912

Mis ojos pasan rápidamente sobre el telegrama a la luz de las velas, mis dedos hojean los otros papeles, buscando y tratando de leer los más importantes antes de guardarlos cuidadosamente en su bolso de cuero, volviendo tranquilamente a la cama. ¿Qué debo hacer con esta información?

Debo olvidar lo que he visto. Los americanos están en camino. Solo tengo que seguir viva, esperar su llegada. No debo arriesgarme más. Me están buscando.

Aunque quisiera, no tengo a quién pasarle la información. No confío en el hombre de la camisa gris con botones, y no puedo encontrar a Philip.

Mi mano seca mis lágrimas en la habitación oscura mientras oigo constantemente la respiración de Herr Ernest a mi lado en la cama. Pronto llegará la mañana y se despertará.

Le pasaré la información del diario a alguien. No sé cómo ni a quién, pero encontraré la manera.

Suena el despertador a primera hora de la mañana y me levanto tensa, me apresuro a ponerme la bata de seda y me dirijo a la cocina para prepararle café, ya que queda un poco. Pero Herr Ernest se viste en silencio y se apresura a salir, dejándome sola en la cocina frente a la tetera hirviendo "Por favor, que no vuelva" susurro después de poner la oreja junto a la puerta de madera, al oír que la puerta principal del edificio se cierra tras él y voy rápidamente a vestirme. Tengo que darme prisa.

El bulevar está en silencio, y ningún vehículo del ejército alemán cruza la calle con el ruido de su motor. Incluso no hay personas en la salida del metro en la gran plaza frente a la ópera. Solo unos pocos transeúntes se paran a mirar los carteles pegados apresuradamente en la cartelera durante la noche "Levantamiento popular" grita el titular "Los policías y los ferroviarios por París".

Otro cartel llama a la revolución, impreso en tinta negra en la valla publicitaria.

—Vamos a pagar con sangre por esto —un hombre expresa su opinión y me hace un espacio mientras me abro paso entre ellos, tratando de leer las instrucciones de los rebeldes.

—Ya están huyendo, como ratones con sus uniformes grises —dice otro, y miro a mí alrededor.

El magnífico café frente a la ópera, que siempre estaba lleno de soldados alemanes, está cerrado, y en la entrada del metro no hay ningún Gestapo de abrigo negro. Las calles están vacías de alemanes, como si esperaran el cambio, pero las banderas nazis siguen colgadas frente a la ópera, y mientras me apresuro a ir a la boulangerie veo pasar dos vehículos blindados alemanes en medio del bulevar. Los soldados están alerta, con cascos redondos y ametralladoras en la mano, listos para la batalla. Con una mirada fría como la piedra, observan las calles vacías mientras conducen lentamente, haciéndome parar y esconderme en la entrada de una de las casas, sintiendo el estruendo bajo mis pies y esperando a que desaparezcan

"No huirán como ratones" susurro para mí y acelero mis pasos. Todavía están aquí, y nadie ha podido expulsarlos aún, ni los americanos ni la resistencia, ni con la información que le pasé a Philip o a su sustituto.

El diario está en el fondo de mi bolso y, a pesar de su poco peso, siento que la correa de cuero me lastima el hombro, dejándome una marca roja, y tengo que luchar contra el impulso de darme la vuelta y salir corriendo. Tengo que pasar esa información. Se lo debo a Lizette.

¿Por qué la mataste? Quiero gritar a las banderas rojas que cuelgan frente al edificio de la ópera, pero aunque la calle está vacía, temo que alguien oiga mis gritos.

Ahora Lizette está con el hombre encantador que la

esperó pacientemente, mirándola durante tantos años desde el cuadro que hay sobre la chimenea. Lo abraza sin parar, envolviéndolo en sus cálidos brazos, como solo ella y mamá sabían. Tengo que darme prisa, casi tropiezo por culpa de mis ojos húmedos.

Otros dos vehículos blindados alemanes con colores de camuflaje pasan por el bulevar, sus cadenas crujen ruidosamente y los soldados sostienen ametralladoras apuntando a los lados de la calle, las cadenas de balas listas para ser disparadas, esperando enviar las balas de cobre bajo orden. Debo ignorarlos.

El quiosco está casi desnudo a comparación de todos los periódicos que lo cubrían en el pasado, dejando al descubierto tablas de madera pintadas descuidadamente con colores descascarillados. Solo un simple periódico gubernamental que glorifica las victorias alemanas sigue a la venta.

—Se me han acabado los cigarrillos —el vendedor mira a los lados—, incluso los más sencillos, prueba en unos días.

—No estoy buscando cigarrillos. El chico, necesito al chico.

—¿Qué chico?

—El chico de la gorra gris, el que a veces está aquí y arregla los periódicos fuera, al fondo.

—No conozco a ese chico.

—Tengo que encontrarlo. Tengo algo para él.

—Mademoiselle, tiene que irse —mira de reojo con aprensión, examinando si he venido sola y no se calma ni siquiera cuando nota que no hay nadie.

—Por favor, debo encontrarlo. Sé que puedes ayudarme.

—Ha desaparecido, no ha vuelto a venir aquí, nunca —baja la mirada y se gira para ocuparse de sus asuntos, ignorando mi presencia. ¿Qué hago?

—Por favor.

Pero ya no me responde.

Simone se levanta hacia mí desde detrás del mostrador al oír el timbre, pero la boulangerie está silenciosa y oscura, la puerta de madera de la trastienda está cerrada y las bandejas de la vitrina, que siempre estaban llenas de panes, están vacías.

—Buenos días —cierro suavemente la puerta tras de mí.

—Buenos días, Monique.

—¿Qué ha pasado? —mis ojos miran alrededor, tratando de acostumbrarse a la penumbra.

—Hoy es imposible abrir. Estamos cerrados.

—Nunca estamos cerrados.

—A partir de hoy estamos cerrados, no hay víveres, y el mercado está cerrado, no podemos hacer nada, tendremos que esperar a que todo termine. Vete a casa, ya he mandado a Martin y a Marie fuera.

—¿Y tú?

—Me quedaré aquí, al menos por ahora. Los esperaré aquí.

Por un momento, me parece que está sola en la oscura boulangerie, y me gustaría decirle algo alentador, pero nunca le he agradado tanto.

—Te ayudaré a arreglar las cosas y luego me iré.

Los dos trabajamos codo con codo en silencio, mirando de vez en cuando hacia la avenida por el sonido de un vehículo blindado alemán que pasa a cámara lenta, sacudiendo las piedras de la carretera y poniéndonos tensas.

—¿Qué harás cuando todo termine? —me pregunta, sacando los manteles del cajón y doblándolos de nuevo, aunque no sea necesario.

—Ya no creo que acabe bien.

—Para las mujeres que colaboraron horizontalmente, definitivamente no terminará bien —da su opinión, y sé que se refiere a mí. Ya no importa si vivo o no. Lo que hice ya no se puede cambiar.

—Tengo que irme.

Recojo rápidamente algunos restos de galletas de chocolate. No son frescas, pero son las últimas del tarro, y no tengo otros planes para transmitir la información que tengo.

—Cuando todo termine, si quieres seguir trabajando aquí, eres bienvenida —dice cuando voy a abrir la puerta, probablemente por última vez.

—Gracias —no lo dice en serio.

—Monique.

—¿Sí?

—Se cuidadosa, cuídate mucho.

Con un ligero portazo, cierro la puerta tras de mí y apresuro mis pasos hacia el Distrito Latino, armada con un diario lleno de líneas escritas de mi puño y letra y una bolsa de papel con galletas de chocolate.

—¿Qué tienes en tu bolso?

—Las pertenencias de una mujer.

El soldado que se encuentra frente al puesto militar del puente Neuf me mira con indiferencia mientras su amigo examina mi cuerpo con una mirada ansiosa, moviendo sus ojos desde mi vestido hasta mis pies. Los policías del puesto de guardia han desaparecido y han sido sustituidos por soldados con uniformes grises y verdes, de pie junto a una posición de ametralladora y cercas de alambre de púas.

—¿Puedo ver el bolso?

—Por favor, es para ti —saco el paquete de cigarrillos del fondo del bolso, lo extraigo y se lo sirvo.

—¿Todo el paquete?

—Todo el paquete.

Con un gesto, se guarda el paquete de cigarrillos en el bolsillo del uniforme y le indica a su amigo que me deje pasar.

No mires hacia atrás, sigue caminando, con la mirada al frente, no le des tiempo de arrepentirse.

Ignoro a los soldados que miden el puente y al oficial que señala con el dedo, dando órdenes a un soldado que se arrodilla en el centro del puente, pintando cruces blancas en las viejas piedras con un pincel.

Sigue caminando, entra en el callejón, solo allí te sentirás segura. Cuando entro en la estrecha calle, me permito pararme unos minutos y me limpio la mano sudorosa que sostiene mi bolso y el diario en su interior.

Las paredes del viejo callejón están llenas de carteles que instan a los ciudadanos a rebelarse y tomar las armas. Unas cuantas personas se reúnen en torno a la entrada de una tienda de comestibles, hablando entre ellas y deteniéndose cuando paso, escrutándome, revisando mi nuevo vestido.

Soy una de ustedes, ayúdenme, quiero gritarles, pero sé que no me creerán. ¿Quién va a creer a una joven vestida elegantemente en un barrio pobre? Después de todo, he cooperado horizontalmente con los alemanes.

La entrada del sótano también está cerrada con una puerta metálica, asegurada con un gran candado, y no hay nadie cerca para ayudarme. Solo la chica de la tienda me sonríe.

Me mira con ojos brillantes a través de la vieja puerta de la tienda, y me acerco a ella vacilante, queriendo darle las galletas que había guardado, especialmente para ella.

—Sal de aquí —susurra su madre con enfado, tirando de ella hacia el interior de la tienda.

—Necesito que me ayudes —la sigo. No me queda nadie más.

—Sal de aquí y no vuelvas —ella toma un palo de madera.

—El hombre que estuvo aquí hace mucho tiempo en el sótano —pongo el diario sobre el mugriento mostrador—. Dale esto —y le doy la espalda y salgo corriendo antes de que pueda decir nada, antes de que me arrepienta, antes de que mire lo que está escrito dentro y vaya directamente a la policía o a la Gestapo.

De vuelta a la orilla este, me doy cuenta de que he olvidado dejar la bolsa de galletas de chocolate para la niña, pero no tengo el valor de volver, y me siento en un banco, comiéndolas y observando la catedral de Notre Dame y los soldados que miden el puente. Tengo que hablar con alguien. Necesito calmarme.

—Anaïs ya no trabaja aquí —me responde la recepcionista con una sonrisa de victoria cuando me pongo delante de ella, pidiendo que la llamen.

—¿Qué ha pasado con ella?

—No vino a trabajar, desapareció, así que la despidieron. ¿Puedo ayudarle en algo más?

—No, gracias, estaba buscando a Anaïs.

—Si yo fuera tú, no me preocuparía por ella —continúa con su tono arrogante. Cuando bajo las escaleras de mármol, pienso en Anaïs cuidando de Anaïs, preguntándome cuál será el próximo soldado con el que salga. Con una sonrisa perfecta, le mostrará todos los tesoros de París.

Puedo buscarla en el apartamento donde vive, una vez me dijo la dirección, pero tengo la sensación de que tampoco está allí, y lo peor de todo es que cuando bajo la calle y empiezo a caminar por la avenida hacia la Galería Lafayette, se oyen unos disparos.

Un grupo de soldados armados se encuentra en la entrada de la gran tienda, corriendo rápidamente a posiciones de combate, refugiándose detrás de los troncos de los árboles. ¿Qué debo hacer? Toda la gente desapareció de la calle cuando empezaron los gritos, dejándome sola en la acera.

¿Dónde correr y esconderse? Consigo correr hacia una columna publicitaria cercana, agachándome y temblando a sus pies. ¿Quién está disparando? Solo oigo los gritos alemanes de los soldados que están en la calle. ¿De dónde vienen los disparos?

Pasan los minutos en la calle, no pasa ningún auto y solo se oye el ruido de las ramas de los árboles al viento en la avenida.

—Todo el mundo en pie, sigan avanzando —grita el sargento en alemán a sus soldados, y todos se levantan y siguen marchando por la calle, mirando a su alrededor con las armas desenfundadas y miradas sospechosas. A su paso, entierro la cabeza entre mis manos, acalambrada por el ruido de sus botas de clavos en la carretera.

—¿Estás bien? El peligro ha pasado. Puedes levantarte —un caballero con traje me toca el hombro y me toma la mano, ayudándome a levantarme.

—Gracias —miro a mi alrededor, frotándome las rodillas de la suciedad de la acera. Los soldados ya han avanzado por la calle.

—Vaya a casa. Es peligroso estar en la calle —se asegura de que estoy bien antes de marcharse, y me apresuro a ir al apartamento. Tengo que quedarme allí y esperar. Pronto todo habrá terminado. Solo unos días más.

París, octavo distrito, 18 de agosto de 1944 por la noche

Toda la tarde estoy encerrada en casa, intentando leer un libro que he tomado de la estantería, pero no consigo concentrarme, me encuentro leyendo el mismo párrafo una y otra vez y perdiendo la concentración. De vez en cuando se oyen disparos a través de las ventanas abiertas, lo que me hace encogerme en el pequeño sillón del salón. ¿Qué está pasando fuera?

El aire caliente del verano penetra en el apartamento, y solo por la noche entra una brisa fresca. Me asomo a la ventana y veo a la gente corriendo, preguntándome si los alemanes han abandonado la ciudad, pero unos minutos después se detiene un camión lleno de soldados, que saltan rápidamente de él y se extienden por la calle, lo que me hace retirarme de la ventana.

¿Han venido a detenerme? ¿La mujer de la tienda ha entregado el diario que le di a la Gestapo?

Al principio, mientras intento escuchar a través de la puerta de entrada, la escalera está en silencio. Pero, de repente, oigo pasos de botas de clavos subiendo la escalera de madera, y empujo mis pies con toda la fuerza que puedo para bloquear la puerta cuando llegan. No me rendiré sin luchar.

—¿Monique? ¿Qué estás haciendo? —oigo a Herr Ernest desde el otro lado de la gruesa puerta, tratando de empujarla para abrirla.

—Lo siento, estaba asustada. Hoy ha habido disparos en la calle, no sabía si ibas a volver —abro ligeramente la puerta, intentando ver si ha venido solo.

—Hemos evacuado el hotel. Nos trasladamos al norte, así que he venido a despedirme —se pone delante de mí y lo miro, comprobando sus ojos verdes.

—¿Has venido a despedirte? —¿Seguiré viva?

—Sí, he venido a despedirme, pero antes tengo que terminar algunas cosas aquí —me sonríe, y yo sigo sonriendo pero quiero gritar.

—¿Qué tipo de cosas?

—Algunas órdenes que deben ser ejecutadas mañana, y algunas cosas para comprobar que están hechas, no es algo que deba interesar a una agradable compañera como tú.

—¿Está relacionado con París?

—Tiene que ver con el honor alemán —contesta rotundamente, quitándose la camisa militar y dejándola colgada en el brazo de la silla, dejando al descubierto su pálido cuerpo mientras se queda solo con una sudorosa camiseta verde—. Nos iremos después de haber regalado a la nación francesa lo mismo que le dimos a los comunistas y a los judíos. Destruiremos siempre a los que intenten luchar y traicionarnos —sigue hablando, pero parece que lo hace sobre todo para sí mismo mientras organiza las pocas cosas que quedan en su estudio, dándome la espalda e ignorando mi presencia.

—¿A qué te refieres? ¿Es por todas las historias que vienen del este? —pregunto ante la puerta del estudio, arrepintiéndome un instante después.

Herr Ernest deja de ordenar los papeles en su escritorio y me mira.

—Crees que el ejército alemán está perdiendo, pero nosotros nunca perdemos. No sabes ver la historia. Los comunistas y los judíos no nos derrotaron. Como las ratas, entraron en los campos que construimos para ellos.

—¿Qué campos? —bajo los ojos, incapaz de mirar sus dedos que sostienen los telegramas y las órdenes.

—¿Qué importa el nombre? Campos que construimos para asegurar la supremacía alemana contra los judíos y sus ambiciones de dominar el mundo.

Mis dedos arañan el marco de la puerta de su estudio, pero él continúa.

—Un día todos nos agradecerán lo que hicimos. Por favor, hazme la cena.

Cenamos en silencio, y después siguió trabajando, dejándome dormir la siesta en el pequeño sillón hasta que se abre la puerta y se va a la cama, no sin antes poner el despertador junto a su mesita.

—¿Qué pasara mañana? ¿Cuándo vuelves al ejército?

—Mañana por la mañana, nos despediremos como es debido —sonríe y se sienta en la cama, se quita la camiseta de tirantes y se acuesta a dormir.

No puedo ir a la cama con él, pero debo hacerlo, si no sospechará de mí.

La ciudad está tranquila en la oscuridad, y los sonidos de los disparos han cesado, pero no puedo conciliar el sueño. Mis ojos miran la cortina de la habitación que se mueve suavemente con la brisa nocturna, y pienso en Auschwitz en el este que construyó para mi familia.

Las luces de la calle están casi todas apagadas, y la ciudad de fuera está a oscuras, como si esperara el mañana. ¿Qué escribió en el estudio? El dolor en mi estómago no cesa.

Aunque no tengo a nadie a quien transmitir la información, no puedo evitarlo y me levanto en silencio, camino descalza hasta la puerta del estudio, la cierro suavemente a mis espaldas y me siento en su silla.

Alta Confidencialidad

19/8/1944

De: Brigada de Ingeniería 7112, Comandante
Para: Brigada de Ingeniería 7112 Unidades

Asunto: Destrucción de los monumentos de París

Comienzo de las operaciones, a partir del 20/8/1944 a las 08:00 después de la salida de las principales unidades del ejército de la ciudad, ejecutando según el plan.

Orbest Ernest
7112, Comandante

Mis ojos repasan rápidamente la orden de destrucción que ya ha firmado, examinando su firma al final de la página, y el dolor en mi estómago se intensifica. ¿Qué hacer?

Debo apresurarme, mis manos se mueven rápidamente entre los documentos, y mi mano golpea accidentalmente el tarro de tinta de su pluma estilográfica que se encuentra a un lado de la mesa.

Aunque intento agarrarlo, el tarro de tinta se me escapa de las manos y golpea el suelo de madera, estrellándose en afilados trozos de cristal que parecen sacudir todo el apartamento.

Me quedo paralizada en el sitio. ¿Qué he hecho? ¿Se ha despertado?

—Estoy muerta —susurran mis labios una y otra vez mientras me pongo de rodillas, tratando de impedir que la mancha de tinta se extienda por el suelo, moviendo los dedos rápidamente alrededor del líquido negro, que parece una mancha de sangre oscura que se expande sin parar.

—¿Qué he hecho? —hablo para mis adentros, ignorando los pequeños trozos de cristal esparcidos por el suelo que hieren mis manos, haciéndome sangrar sobre el parqué, salpicando la madera de manchas borgoñas a la tenue luz de la vela.

Estoy muerta. La mancha oscura ha sido absorbida por las tablas de madera y se extiende a la alfombra, pintando de negro sus bordes, que mis dedos manchados de tinta no consiguen raspar. Pronto se despertará y me matará, ¿qué le diré? Ya no estaré viva cuando lleguen los americanos.

Las horas pasan mientras me arrodillo en la alfombra, abrazándome y sujetando con fuerza mi adolorido estómago, ignorando la sangre y la pintura negra de mis manos, ensuciando mi camisón, pintándolo de manchas. Pronto, antes del amanecer, el despertador sonará estridentemente, y él se despertará, saldrá de la cama, vendrá a buscarme. Ya no podré ver el sol de la mañana.

¿Qué hubiera hecho Lizette?

Con un movimiento rápido, me levanto de la alfombra manchada de tinta y salgo de su estudio, cerrando la puerta tras de mí tan silenciosamente como puedo y entrando en la oscura cocina. Mis manos buscan el cajón y mis dedos heridos sujetan con firmeza la manilla de madera. De todos modos, estoy muerta.

No me detengo a pensar, no vacilo, camino hacia el dormitorio, tengo cuidado en la oscuridad, no tropiezo ni hago ruido. Veo a Herr Ernest tumbado bajo la manta y alzo la mano por encima de mi cabeza, sujetando el mango con firmeza hasta que mis dedos se vuelven blancos.

—¡Has asesinado a mi padre! —grito, y bajo el cuchillo con todas mis fuerzas, empujándolo con firmeza contra su cuerpo que se retuerce, oyéndolo gritar de dolor.

—¡Asesinaste a mi madre! —vuelvo a gritar mientras el cuchillo baja una vez más, pero entonces siento que su mano me golpea en el pecho, y mi respiración se detiene mientras sus dedos tantean hacia arriba, buscando mi cuello.

—Tú... —intento volver a clavar el cuchillo en su cuerpo, pero sus dedos se cierran con fuerza en torno a mi cuello, y aprieta más y más, intentando elevarse por encima de mí.

—Traidora —lo oigo susurrar mientras aprieta el agarre de sus dedos.

Respira, respira. Me asfixio y trato de liberar su agarre en mi cuello. No puedo ver nada. Me está estrangulando. ¿Dónde está el cuchillo? Debo apuñalarlo de nuevo con el cuchillo. ¿Dónde está el cuchillo?

—Sucia francesa —dice con voz ronca, apretando mi cuello y golpeando mi pecho. Mi mano busca el cuchillo en las sábanas. ¿Dónde está? ¿Qué es toda esa humedad?

—Morirás como todo el mundo —oigo su susurro cerca de mí. Aire, necesito aire. Mi mano se desliza sobre sus dedos asfixiantes, tratando de retirarlos con todas mis fuerzas.

Es demasiado fuerte. No lo consigo. Aire, tengo que respirar. El cuchillo, aquí está. Lo siento en la palma de mi otra mano, lo agarro de nuevo y continúo apuñalando. No me suelta. Necesito aire, por favor. Tengo que respirar. Me asfixio, pero lo apuñalo una y otra vez. Quiero vivir.

Jadeo. Una gota de aire, está perdiendo un poco el control. Necesito aire. Toso e intento quitármelo de encima. Es tan pesado, ¿y qué es esa humedad? Todo está mojado. No dejo de apuñalar, apuñalar, apuñalar.

Suéltame de una vez.

Mi mano libre vuelve a presionar sobre sus dedos que me agarran el cuello, y consigo aflojar un poco su agarre. Aire.

—¡Has matado a mi Jacob! —consigo gritar roncamente, y lo alejo de mí con todas mis fuerzas, tosiendo por el esfuerzo e intentando respirar de nuevo.

—¡Has matado a mi Lizette! —le grito con voz distorsionada y bajo el cuchillo con toda la fuerza que puedo.

—¡Soy Monique Moreno y soy una judía francesa! —grito con todas mis fuerzas mientras toso y jadeo, bajo el cuchillo por última vez en su cuerpo retorcido y silencioso, lo tiro y salgo corriendo de la habitación.

París, octavo distrito, 19 de agosto de 1944, primera hora de la mañana

¿Cuándo se despertará y me matará?

No sé cuánto tiempo llevo en el baño, acurrucada en el suelo, esperando oír el disparo. Mis ojos se cierran cuando imagino a Herr Ernest levantándose de mi cama, arrastrándose hasta su estudio, donde lo espera su arma de fuego en el maletín de cuero negro, y viniendo a cazarme en el baño. Tengo demasiado miedo para abrir los ojos.

El despertador empieza a sonar con un fuerte zumbido, y todo mi cuerpo se acalambra de miedo mientras me aprieto las piernas con fuerza.

—Por favor, para, por favor, para —le susurro al reloj, cerrando los ojos, pero suena durante más y más largos minutos hasta que se detiene.

Y la casa vuelve a estar en silencio.

El crepúsculo de la mañana ha pintado la casa de azul, abro los ojos y me examino, mirándome las manos con asco y náuseas. Mis dedos están pintados de sangre coagulada mezclada con manchas de tinta negra, y tengo que luchar contra las ganas de vomitar. Tengo que agarrarme al lavabo mientras me levanto y me pongo de pie, intentando lavarme y restregarme las manos y la piel hasta que se ponen rojas y adoloridas, salpicando agua en el camisón para limpiarlo también. Pero no voy a mi dormitorio a ponerme un vestido. Probablemente me esté esperando, despierto, escondido detrás de la puerta y esperando para matarme.

Pero no sale de mi dormitorio.

A medida que pasa el día, oigo los disparos desde las ventanas abiertas, a veces los sonidos son lejanos, y en un momento tiene lugar una pelea en la calle de abajo. Las balas golpean las paredes del edificio, esparciendo fragmentos y haciendo que me arrastre por el suelo cerca del fregadero.

—Están en camino —susurro cuando el teléfono de su estudio suena y no se detiene, pero no me atrevo a acercarme a contestar. Está esperando para matarme.

Pronto me alcanzarán. Hacia el mediodía, me arrastro hasta la puerta principal, arrodillándome en el suelo y escuchando a través de la pesada puerta las voces de la escalera. A pesar de la mesa de madera que arrastro contra la puerta. Sé que, aunque me esfuerce, la romperán fácilmente si llegan. Me pondrán frente a la pared y me dispararán. Esta vez me tocará a mí, y observo sus botas de clavos que están junto a la puerta, preparadas para golpearme en nombre de su amo.

Se oyen gritos en alemán en la calle, seguidos de disparos. Sin pensarlo, me levanto y corro hacia la cocina, tratando de encontrar un escondite.

Con un cuchillo en la mano, intento aflojar las tablas de la despensa, pero los paneles no se sueltan y el cuchillo resbala, arañando mi mano y haciéndome gritar de dolor. Estoy demasiado asustada para esconderme en el armario del dormitorio. Él está en la habitación, esperándome.

Arrastrándome, vuelvo a mi escondite bajo el fregadero, sujetando mi mano herida e intentando evitar que la sangre gotee, este es el lugar más seguro para pasar la noche hasta que vengan por mí.

—Soy Monique Moreno, soy Monique Moreno —me susurro una y otra vez mientras anochece fuera. No debo quedarme dormida, pero mis ojos se cierran, ya no puedo mantenerlos abiertos.

—¿Dónde estoy?

Me duele todo el cuerpo por estar tumbada en el suelo del baño mientras me levanto rápidamente. La casa sigue en silencio.

La luz del día ilumina la casa desde las ventanas abiertas, y los sonidos de los disparos se escuchan de vez en cuando. Debo alejarme de este apartamento, es peligroso para mí.

Con cuidado, entro en mi dormitorio, mirando la pared e ignorando la mancha carmesí que pinta la manta y lo que hay debajo de ella. Caminando a pequeños pasos, de espaldas a la cama, concentrándome solo en la puerta del armario, lo abro, eligiendo el primer vestido sencillo que cae en mis manos, y salgo corriendo rápidamente de la habitación, volviendo a respirar solo cuando estoy fuera.

¿Qué me llevo? Necesito algo de comida. No he comido nada desde ayer, mis manos se mueven rápidamente entre los estantes de la despensa, metiendo una barra de chocolate en el bolsillo del vestido. Pensar en él tumbado en la otra habitación me produce náuseas y me apoyo de la estantería de madera para estabilizarme. Tengo que darme prisa. ¿Y su pistola? La funda de cuero está colgada en su estudio. ¿Debo tomar su arma? No sé usarla, pero puedo amenazar a alguien de ser necesario. Lentamente, saco la pistola de la funda, sorprendido por el tacto aceitoso del metal, y la guardo en mi bolso.

Con ansiedad, me acerco a sus sucias botas de clavos, pateándolas con toda la fuerza que puedo, y abro la puerta principal. El hueco de la escalera está vacío, y me apresuro a salir del apartamento, bajando las escaleras hasta la calle.

La intensa luz del exterior me da en los ojos cuando abro la puerta principal del edificio, y tengo que esperar unos segundos en el vestíbulo y observar el exterior, acostumbrándome al sol.

Un vehículo militar alemán está abandonado cerca de la entrada del edificio, con las ruedas pinchadas y la tapicería rota. ¿Es este el vehículo en el que había estado tantas veces? Varias personas pasan por delante de mí corriendo y empiezo a seguirlas. Pero entonces me detengo y miro el vehículo negro que me espera al final de la calle.

El auto negro está estacionado al otro lado de la calle, como si intentara bloquearla, con las puertas abiertas, esperando a meterme dentro y llevarme al horrible edificio de la avenida Foch 84. ¿Qué hago?

Oigo una serie de disparos desde el otro lado de la manzana y me encojo donde estoy. ¿Qué dirección tomar? ¿Me dispararán si empiezo a correr? La persona que está al lado del auto no mira en mi dirección, y me acerco lentamente al vehículo negro, dispuesta a dar la vuelta y correr.

Un hombre con un abrigo de cuero negro yace en la esquina de la calle, con la cara hacia el pavimento, y una mancha húmeda de color carmesí le rodea, mientras que otro hombre está sentado junto al volante, apoyado en él como si estuviera durmiendo entre las ventanas destrozadas y los agujeros de bala en las puertas y los asientos oscuros.

Sigue caminando con la gente hacia el bulevar, aléjate del vehículo negro, asimílate entre ellos, no te detengas, y mira la bandera tricolor colocada en el capó del auto negro. Sigue caminando.

Cerca de los Campos Elíseos, hay más gente y más gritos, algunos ciudadanos agitan armas en sus manos, otros sostienen la bandera de la Francia libre, pero en todas direcciones se oyen disparos, y la multitud corre a refugiarse detrás de los troncos de los árboles o de las columnas publicitarias de la calle.

Estoy a salvo. Soy una de ellas, una chica anónima entre la multitud. He sobrevivido, he sobrevivido.

París, octavo distrito, 20 de agosto de 1944 10:30

—Es alemana. Es una colaboradora —se oye un grito entre la multitud, y miro alrededor para ver a quién se refieren.

—Es ella, la del vestido marrón —vuelvo a oír el grito, y algunas personas se detienen y me miran. Tengo que seguir caminando.

—Le ha lamido las botas a un oficial alemán —sigue gritando la mujer, y la gente empieza a rodearme hasta que no tengo más remedio que detenerme y darme la vuelta, de cara a la vecina del tercer piso de abajo de mi apartamento. Está de pie y me señala con una mirada llena de odio.

—Es una colaboradora.

—No es cierto. Soy francesa, como tú.

—Ella es alemana —y más gente se amontona con murmullos de rabia.

—No es verdad.

—Está enamorada de un oficial nazi —grita, y siento un golpe en la espalda y me doblo, casi cayendo al suelo.

—Soy francesa.

—Su oficial la alojó en el apartamento de una familia judía. Ella colabora horizontalmente —grita a la multitud.

—Por favor, no es verdad —intento correr, pero me detienen, y me lanzan otro puño al estómago, y unas manos me agarran con fuerza.

—Mira lo que he encontrado en su bolsillo —hay un clamor de alegría cuando un joven saca la tableta de chocolate y lo presenta por encima de su cabeza, mostrando al público que el paquete muestra el águila sosteniendo una esvástica bajo la palabra "chocolate" en alemán.

—Solo los nazis tienen esas delicias —y el público murmura de acuerdo, y yo siento que un escupitajo me golpea la cara, seguido de una patada en el estómago y bofetadas que me mandan al suelo.

—Maten a la colaboradora horizontal.

—Mátenla.

—Denle un tiro en la cabeza.

—Por favor, soy francesa —intento levantarme y proteger mi cara de las patadas y los escupitajos—. Por favor.

La pistola en el bolso, me protegerá, tengo que vivir, por favor. Pero mis manos buscando mi bolso en la acera no lo encuentran entre los zapatos de los desconocidos que intentan patearme. He perdido mi bolso. Se ha caído o me la ha arrebatado alguien de la multitud. Tengo muchas ganas de vivir.

—Le daremos el tratamiento de colaborador especial —sugiere alguien y me agarra del brazo, arrastrándome por la avenida ante los vítores de la multitud que me rodea, todavía maldiciendo y escupiendo en mi cara.

—Encárgate de ella.

— Que le graben una esvástica en las mejillas.

—Córtale el pelo que todo el mundo conoce.

—Te he traído otra —me arroja al centro de la multitud, donde otras jóvenes están de pie con vestidos rotos, con la mirada baja.

—Otra más —aclama la multitud—, nos encargaremos de todas —y a través de mis lágrimas, veo a Violette en el centro del círculo.

Dos hombres la obligan a sentarse en una silla sacada a la calle desde uno de los cafés, un tipo robusto la sujeta mientras otro con camiseta blanca le corta todo el pelo con unas tijeras. La multitud grita y maldice, aplaudiendo cada mechón de pelo que se arroja a la calle.

—Que sea una hermosa calva.

—Que todo el mundo sepa lo que estaba haciendo.

—No olvides una esvástica en la frente, quedará preciosa.

No puedo mirarla así y bajo la mirada. Tal vez sea mejor que esté derramando tantas lágrimas y que todo esté borroso. ¿Por qué me pasa esto?

—Eres la siguiente en la fila —el hombre que me sujeta con fuerza susurra mientras levantan a Violette de la silla y la conducen a una exhibición frente a la multitud sedienta de sangre.

—Por favor, esto es un error.

—Cállate —vuelve a darme una bofetada y una patada, y yo tropiezo y caigo en la acera, intentando estabilizarme y sujetando las piedras del pavimento con los dedos y las uñas.

Una mano enorme me agarra del pelo y me levanta hasta ponerme de pie, y grito de dolor cuando me aprieta contra su cuerpo. Es un hombre grande, realmente grande, sudoroso, con una camiseta gris de tirantes llena de manchas que huele a chucrut, con una boina mugrienta, y sus ojos miran a la multitud con rabia.

—Es judía, nadie la toca.

—Ella colaboró horizontalmente —voces de la multitud le responden mientras empieza a arrastrarme fuera del círculo.

—Ella es alemana. Nos ocuparemos de ella —dice un hombre que intenta agarrarme del brazo.

—Que nadie se acerque a ella —oigo su estruendosa voz por encima de los rugidos de la multitud mientras me aprieta contra su cuerpo con su enorme mano, y noto el brazalete de la resistencia alrededor de su grueso brazo.

—Lamió botas alemanas —otro joven intenta acercarse a mí, pero el enorme hombre lo aparta.

—No la toques.

—No hay judíos en Francia, los alemanes los mataron a todos. Ella nos pertenece —El joven no se rinde mientras la multitud se acerca a nosotros.

—Cualquiera que se acerque morirá —grita el hombre grande y apunta con su rifle al joven, abrazándome con su otro brazo. Y el joven por fin se detiene y retrocede, no sin antes escupirme, girándose hacia la siguiente joven que espera su castigo con un vestido roto y la mirada abatida.

—Dásela a él. Ya tenemos suficientes colaboradoras horizontales.

—Debemos darnos prisa —me apoya y me arrastra, empujando a la multitud hacia los lados por la fuerza y llevándome entre la gente que se reúne alrededor de la joven que está sentada a la fuerza en la silla en medio de la calle.

—Corre —es todo lo que dice, y empezamos a correr por el bulevar. Corro tan rápido como puedo, alejándome de la multitud antes de que alguien intente golpearme. El dolor en mis costillas por las patadas no cesa, y me cuesta respirar. Aun así, sigo corriendo, ignorando los sonidos de los disparos a mí alrededor e intentando tener cuidado de que no se me caigan los zapatos mientras corro, pero al cabo de un rato tengo que parar. Ya no puedo respirar.

—Tenemos que seguir —me anima y me toma de la mano, no permite que me detenga, pero él también está jadeando y caminamos mientras nos acercamos a la plaza de la Concordia.

Intento recuperar el aliento, ignorando el dolor de mis

costillas y mi vestido roto y sucio. Su mano sudorosa sostiene mi cuerpo mientras me lleva detrás de un auto quemado estacionado en el lateral del bulevar. Hay disparos por todas partes y tenemos que bajar la cabeza.

Ya no puedo correr. El olor del vehículo quemado penetra en mis fosas nasales y las llena de un olor acre, mezclado con mi respiración agitada y mi sudor.

—Llevo tres días buscándote —dice.

—¿Quién me busca? —mi voz suena ronca, como la de otra persona. Estoy jadeando, me tenso cada vez que se produce un disparo en dirección a la calle Rivoli, incapaz de levantar la cabeza.

—Te están cuidando —me responde y me rodea con su brazo para protegerme, envolviéndome en el olor a chucrut mientras yo sostengo mi cabeza con fuerza entre mis dos manos e intento enterrarme en la carretera, queriendo escapar de la ronda de disparos en la plaza. ¿Quién me cuida? ¿Quién se preocupa por mí? Solo intento respirar y mantenerme viva entre todos los disparos que nos rodean. Estoy muy cansada de tener miedo.

Algunas personas corren encorvadas hacia las barreras y las cercas de alambre de púas del centro de la plaza, con los fusiles en la mano, pero los disparos son cada vez más fuertes y sus cuerpos se doblan de repente y quedan tendidos en la carretera

—No puedo más —grito y entierro mi cabeza en su gran mano.

—Tenemos que avanzar hacia la calle.

Frente al cuartel general nazi de la calle Rivoli, varios autos alemanes arden, elevando humo negro hacia el cielo. De vez en cuando, un destello naranja de una explosión de munición alcanza a uno de ellos, y el fuego se enciende de nuevo, haciéndome temblar y arañar la carretera.

—No puedo.

—Debes hacerlo.

Al final de la calle, hay dos vehículos blindados alemanes que disparan ametralladoras en nuestra dirección, y las balas golpean los edificios que rodean la plaza, dejando agujeros en ellos, pero la enorme bandera roja nazi que hay delante del cuartel general está tirada en la calle.

—No puedo.

—Corre —se levanta y tira de mí, obligándome a correr a su lado, saltamos e intentamos cruzar la plaza y llegar a la zona ajardinada, pasando el cartel de la puerta agujereado por las balas, arrodillándonos junto a un refugio de piedra, recuperando el aliento.

—No puedo más.

—Tenemos que llegar al Louvre y cruzar el río. El Distrito Latino ya es nuestro —jadea mientras miramos con atención a nuestro alrededor.

Un vehículo alemán entra en la plaza, conduciendo a toda velocidad, dando la vuelta a la fuente, y el hombre grande toma su rifle e intenta dispararle, pero el vehículo consigue escapar hacia el puente mientras yo me encojo por los disparos, sujetando con fuerza las piernas del hombre grande.

—Estamos tratando de impedir que lleguen a los puentes.

Tienen un plan para volarlos, pero se están retrasando. No está claro por qué —me grita a pesar de que estamos cerca el uno del otro.

Oímos una ráfaga de disparos, seguida del estruendo de un motor y el crujido de las cadenas al doblar la esquina. El ruido se hace más fuerte.

—Corre —grita, y nos levantamos juntos mientras me toma de la mano y tira de mí tras él hacia el jardín y el río.

El ruido de los disparos no cesa. Incluso cuando nos acercamos al río, oímos el silbido de las balas y el estruendo de las ametralladoras en dirección a la Île de la Cité. Pero el río fluye tranquilamente, con sus aguas verdosas bajo el sol del mediodía, moviéndose lenta y tranquilamente, indiferente a los sonidos de los disparos a su alrededor, como si no le importara en absoluto la guerra que tiene lugar en la ciudad. El Pont Des Arts se extiende apaciblemente de un lado a otro, vacío de gente, y solo los faroles que lo bordean me parecen personas que caminan por él.

—Alemanes —susurra el hombre grande de la camisa manchada y señala con el dedo la posición camuflada y los cascos grises redondos que reflejan el sol de agosto, y siento que ya no puedo moverme. Nos van a matar.

—Espérame aquí —susurra, pero me agarro a su sucia camisa y me muevo con él, aunque probablemente esté obstaculizando su movimiento. Cierro los ojos con fuerza mientras él levanta su rifle y apunta, y mi mano aprieta su camisa con cada disparo que da a los soldados alemanes.

—Corre —me grita mientras empieza a correr hacia el puente.

—No puedo. Me matarán.

—Ven conmigo —se da la vuelta y tira de mí, levantándome y empezamos a correr.

No dejes de correr, ignora a los soldados tumbados en posiciones extrañas detrás de los sacos de arena, ten cuidado de no tropezar en las anchas escaleras que suben al puente, ignora el dolor, mira hacia el otro lado del puente. No dejes de correr.

El sonido de mi respiración llena todos mis pensamientos, y el puente no se acaba. Me siento tan expuesta mientras el hombre grande corre a mi lado, toma su rifle, con dos rifles más desde la posición alemana a su espalda. Otro paso, y otro, y puedo oír los extraños silbidos en mis oídos. El otro lado está tan cerca, pero de repente el hombre grande se dobla y cae sobre el puente mientras yo grito y me detengo a su lado, tratando de arrastrarlo fuera del puente. Pero él es tan pesado, y yo soy pequeña, un charco de sangre aparece bajo su cuerpo, y sigo oyendo los extraños silbidos que nos rodean, cortando el aire a mí alrededor y las balas partiendo las tablas de madera del puente al penetrar. De repente, el final del puente parece estar muy lejos.

—Aguanta —le sigo gritando—, pronto llegaremos —lo pongo de espaldas y me arranco los restos del bolsillo del vestido, metiéndoselo por donde sale la sangre e intentando arrastrarlo a las tablas de madera que están llenas de agujeros de bala, alguien viene de la otra orilla, gritándome que siga corriendo. Y todo lo que hago es agarrar la mano del hombre grande y gritar—: Ayúdame a llevarlo, ayúdame a llevarlo.

París, Barricada cerca de Pont Des Arts, 20 de agosto de 1944, 12:30 PM

Philip

—Philip, tengo dos voluntarios más. ¿A dónde los envío?

Desde la incursión de la Gestapo, nos falta gente, lograron penetrar tan profundamente, y ya hemos pasado las veinticuatro horas de lucha en toda la ciudad. El cuartel general de la policía en Île de la Cité ya es nuestro, pero la gente de allí está asediada, y las municiones se están agotando.

—¿Tienes más brazaletes de la resistencia?

—Sí, tengo.

—Dáselos a los nuevos y llévalos a la barricada en dirección a los inválidos. Les faltan combatientes. Mira si tienes algunas armas para darles.

Desde la incursión de la Gestapo, la conexión entre los miembros se ha cortado, incluso con ella, y no tengo ni idea de si sigue viva. Lo más probable es que la Gestapo la haya atrapado. Intento no pensar en ello, aunque es muy difícil.

—Philip, tenemos otra ametralladora alemana. ¿Dónde la colocamos?

—Llévala a Saint-Michel, diles que traten de pasársela a los combatientes de la Île de la Cité.

—¿No deberíamos intentar superar a los francotiradores alemanes que nos disparan desde el Louvre?

—No, nos las arreglaremos aquí. Allí tienen problemas.

—Philip, estamos recibiendo información de Versalles de que pueden oír los tanques americanos.

—Pasa esa información a todos los comandantes, diles que tienen que aguantar unas horas más.

Es mi culpa. Yo la llevé hasta el traidor. Debe haber logrado sacar suficiente información de ella. Aunque ahora esté muerto, no me hace sentir mejor. Lizette fue asesinada, y el chico del periódico fue asesinado, y probablemente la mataron a ella también.

—¿Supiste algo del bretón?

—No, ¿debería sustituirte aquí? Estás en tu puesto desde ayer.

—No, estaré aquí un poco más.

Desde la primera vez que la vi, quise conocerla mejor. Estaba tan asustada frente de mí, en aquel viejo almacén, aterrada pero dispuesta a luchar por su vida. Cada vez que nos veíamos, adoraba sus arranques de ira, diciendo lo que pensaba y no lo que yo quería oír. Pero ella no quería verme, y ahora probablemente ya no importa.

—Philip, se están quedando sin munición en la barricada frente al Palacio de Luxemburgo.

—Tendrán que conformarse con lo que tienen por ahora, trataré de conseguir más.

Solo su diario llegó de alguna manera a mí. Aparentemente es de ella, ni siquiera estoy seguro de eso. ¿Cuánto de su letra había visto? Siempre le dije que tuviera cuidado. Una mujer de una tienda de callejón del Distrito Latino le pasó el diario a alguien que se lo pasó a alguien, y vino a nosotros. Desde entonces, acechamos cerca de los puentes, golpeando a los alemanes cuando intentan acercarse. Pero acaba de desaparecer.

—¿Estás seguro de que nadie ha sabido nada del bretón?

—Estoy seguro. También he comprobado las posiciones en San Michelle.

Solo el hombre del mercado, el gigante bretón, podría reconocerla. Es el único que la conoce y sigue vivo. Se ofreció a buscarla, pero lleva varios días vagando por la orilla este.

—Philip, presta atención, hay disparos desde la zona del Louvre, cerca de la posición alemana.

—Trae la ametralladora que controla el río aquí. Quiero que la coloques a mi lado.

Algunos disparos se detienen por un momento mientras nos tensamos y examinamos la otra orilla, y de repente dos personas suben al puente y empiezan a correr hacia nosotros, y el combatiente que está a mi lado me pregunta si hay que dispararles o no. Le digo que espere, y los soldados alemanes del Louvre empiezan a dispararles, y yo les grito que traigan la ametralladora para empezar a devolver el fuego hacia las ventanas y los alemanes. Los que corren hacia nosotros ya están en el centro del puente, uno grande y otro más pequeño, probablemente una mujer. Parece que avanzan muy lentamente, y el grande cae de repente, ya que ha sido alcanzado. La mujer se gira, se detiene junto a él y se inclina. Puede que ella también haya sido alcanzada. Puedo ver los disparos a su alrededor en el puente, y grito a los combatientes que están a mi lado para que empiecen a disparar a las ventanas con todo lo que tienen. Salto la barricada y corro hacia el puente. Parece que una o dos personas más corren detrás de mí, oigo el silbido de las balas mientras me acerco, gritando a la mujer que lo deje y siga corriendo hacia la orilla. Tiene las manos llenas de sangre mientras intenta arrastrar al hombre grande que yace en el puente de madera, y no deja de gritarme: "Ayúdame a llevarlo, ayúdame a llevarlo".

El Puente

Monique

—Deja que te ayude —lo oigo, pero mis ojos están concentrados en las tablas de madera del puente, viendo cómo las balas hacen agujeros que dañan la madera, y pequeñas astillas salpican el aire. Levanto la vista un momento y observo su rostro.

No ha cambiado mucho. Pero parece más cansado y no está afeitado, el olor del aceite de pistola en sus dedos también es más fuerte. Me sonríe un momento y suelta mis dedos del brazo del hombre grande que está tumbado en el puente.

—¡Philip! —le grito.

—No pasa nada. Yo lo llevaré. Sigue corriendo hacia la orilla —me devuelve el grito, tratando de superar el ruido circundante de todas las explosiones y silbidos, y me concentro solo en él y en su chaqueta marrón, que se mueve como a cámara lenta con cada movimiento de su cuerpo.

Pero antes de que pueda responderle, me da la espalda y se inclina hacia el hombre grande, agachándose y cargándolo sobre su hombro. Los brazos del hombre grande se mueven como los de un muñeco de trapo.

—¡Philip! —me levanto y le grito, pero por alguna razón mi voz sale en un susurro, y solo los silbidos de las balas no se detienen.

—Philip, te amo... —vuelvo a gritarle, pero él ya se aleja de mí con el herido al hombro, sin notarme, y de nuevo susurro, y siento el sabor de la sangre en mi boca. Probablemente sea de mis manos, al tratar de cuidar al hombre grande. ¿Cuándo me he tocado la boca?

—Philip... —no me oye en absoluto, y trato de seguirle hacia el banco. Le digo que lo he estado buscando durante mucho tiempo, y que espero que me perdone por todo lo que hice, y por estar con un oficial alemán, y que lo amo mucho. Pero él se aleja de mí en una lenta carrera, con el hombre grande cargado en su espalda. Solo hay dos o tres personas más en el puente. No sé exactamente cuántos, y todos tienen brazaletes de resistencia en los brazos, se paran y disparan. Iré tras él. Debe escucharme.

—¡Philip! —consigo gritar, aunque no me oigo. Todo en mi boca es sabor a sangre, y camino unos pasos y por alguna razón me caigo, y no me duele en absoluto.

—Agáchate —me grita uno de los que están en el puente, sin dejar de disparar, y el sonido ronco de las balas continúa a mí alrededor. Veo cómo los cartuchos rebotan en su arma y se dispersan a mí alrededor.

—Tengo que decirle que lo amo —susurro a las tablas de madera del puente.

—Estás herida, no te muevas —creo que alguien me grita, pero ya no estoy segura. Tal vez esté confundido, tal vez le esté gritando a otra persona, y creo que me pone la mano en el hombro o me agarra y me carga. Alrededor hay silbidos tan extraños y sangre. ¿De dónde viene este sabor a sangre?

—Philip, te amo —susurro, pero creo que nadie me oye en absoluto.

Y de repente todo está oscuro y tan silencioso.

Silencio.

Trastienda del municipio de París, dos años después

—¿Es bonito el vestido? —la miro.

—Tu vestido es precioso, y tú eres encantadora —me sonríe y me abraza con fuerza, rodeando mis hombros con sus manos, calmándome. Tengo que relajarme.

—Estás estupenda —dice, retrocediendo unos pasos y examinándome, y yo le devuelvo la sonrisa, esperando realmente que tenga razón. Ya no tengo miedo de que me golpee con ese palo de madera que guarda detrás del mostrador de la pequeña tienda que regenta sola en el Distrito Latino.

—Tengo una sorpresa para ti —me susurra—. He conseguido recuperar el diario que pusiste en el mostrador de mi tienda, aquella vez en el Distrito Latino, aunque está un poco estropeado —y me pone la agenda en la mano, con el nombre "Monique" grabado en su portada con letras redondeadas. Lo sostengo suavemente entre las manos, hojeando las páginas, y me pongo a llorar, recordando el diario que había enterrado en la calle aquel horrible día en que me escapé.

No pude encontrar ese diario. Por más que intenté buscar en las calles, no pude recordar el lugar exacto donde lo había escondido, y el diario permaneció enterrado bajo el pavimento en el barrio del Marais, con la dedicatoria: "Con amor, mamá y papá".

—Te pido disculpas. No era mi intención entristecerte —me abraza—. Te ayudaré a secar las lágrimas. No debes llorar y arruinar tu maquillaje.

—Mamá, es la princesa más hermosa del mundo —le susurra Juliette, su hija. Antes me quitaba las latas de carne de las manos y salía corriendo, y ahora lleva un vestido de flores con un lazo rosa en la cabeza, caminando emocionada sin parar por la pequeña habitación, sujetando con fuerza un ramo de rosas en las manos.

¿Ha llegado? ¿Me está esperando? ¿Debo salir ya?

—Monique, estás muy guapa, pero levanta la barbilla —la señora Simone entra en la habitación, elegantemente vestida, y me mira. Después de un momento, me da la espalda y parece secarse una lágrima.

—¿Han llegado? —le pregunto. ¿Me mirarán todos?

—Solo algunas personas, no te preocupes —se vuelve hacia mí y agita la mano, descartando mis temores, y no se contiene, y me abraza—. No te preocupes —me susurra —todos estamos contigo.

—Monique, ¿estás lista? —el hombre grande entra por la puerta.

—Cierra la puerta. No debe verla —lo regaña la señora Simone, y él le sonríe a ella y luego a mí. Lleva una camisa limpia y un traje e incluso una corbata, y ya no huele a chucrut. Se acerca a mí y me pregunta en voz baja—: ¿Estás lista?

—Estoy lista —le susurro mientras me sujeta del brazo, y las mujeres salen corriendo de la pequeña habitación, dejando solo a Juliette con nosotros.

Tengo miedo. ¿Me amará siempre como yo lo amo?

—Es hora —me sonríe el hombre grande, y atravesamos la puerta.

El gran salón, que estaba vacío cuando llegamos antes, está ahora lleno de gente que se calla enseguida cuando entramos y empezamos a caminar por el pasillo, y en el silencio del salón puedo oír los pasos de los zapatos de Juliette detrás de mí.

De toda la gente que me mira, me parece ver a Martin, el cocinero, de pie y sonriéndome, y a la señora Simone enjugándose una lágrima, y también a parientes lejanos de mamá y papá. Pero mamá, papá y Jacob no están aquí, y las lágrimas corren por mis mejillas. Y la sala está llena de gente, la mayoría de ellos no los conozco. Creo que formaban parte de la Resistencia durante la guerra.

Cuando miro hacia el otro lado, me parece ver a Anaïs de pie en el extremo de la sala, junto a la puerta de entrada, al lado de un hombre de negocios con un traje respetable, pero no estoy seguro. Las lágrimas me dificultan la visión, al igual que el velo.

—Me miran porque cojeo —susurro, y me aferro al gran hombre, intentando sacar confianza de su mano que me sostiene.

—Te miran porque llevas un vestido blanco —me susurra de vuelta y continúa guiándome por el pasillo hacia el hombre que me espera.

Philip está de pie al final de la sala con un traje que ha aceptado llevar especialmente para la ocasión, pero su copete permanece salvaje como si se negara a someterse a las convenciones y al estatus. Su mirada sonriente se centra únicamente en mí, que camino lentamente hacia él.

—Llevo mucho tiempo esperándote —me toma de la mano y me susurra mientras me coloco frente a él.

—He llegado tan rápido como he podido —le sonrío y aprieto mis labios contra los suyos, ignorando al empleado del pueblo que espera pacientemente para casarnos.

Fin

En memoria de todos los judíos de Francia que
perecieron en el Holocausto

En memoria de todos los miembros de la resistencia que
lucharon contra los alemanes, los pocos contra los muchos.

Nota del autor: Piezas de la historia

Cuando empecé a escribir este libro, sabía que escribiría sobre un periodo emotivo para la nación francesa: los días de vida, colaboración y resistencia bajo la ocupación alemana en la Segunda Guerra Mundial y, sobre todo, la ayuda prestada a los nazis para capturar a los judíos y enviarlos al exterminio.

La Operación Brisa de Primavera, mencionada al principio de este libro, es el primer paso de la deportación judía de París. Durante la operación sorpresa que tuvo lugar el 16 de julio de 1942, la policía de París llevó a cabo la captura de judíos parisinos para los nazis. Los capturados, hombres, mujeres y niños, permanecieron varios días sin comida ni agua en el Estadio de Invierno de París, al sur de la Torre Eiffel. (El Estadio ya no existe, fue demolido en 1959.) Después de cinco días, todos los judíos fueron trasladados al campo de detención de Drancy, al norte de París, y posteriormente a Auschwitz en trenes.

El papel de la policía de París en esta operación es innegable.

Pero aunque, según los registros de la Gestapo, la policía francesa tuvo que apresar a más de veinte mil judíos en esta operación, al final solo fueron detenidos y enviados a Auschwitz catorce mil judíos de París. Resultó que muchos policías habían avisado a las familias judías que huyeran con antelación. Hubo muchos policías que se pusieron en peligro al advertir a los judíos.

Setenta y siete mil judíos franceses perecieron en el Holocausto, la mayoría de ellos enviados a Auschwitz, pero la mayoría de los judíos franceses sobrevivieron a la guerra. Los ciudadanos franceses escondieron a los judíos en granjas y pueblos fuera de las grandes ciudades, o les ayudaron a cruzar la frontera con la España neutral. Al final de la guerra, se supo que el 78% de la población judía francesa había sobrevivido al Holocausto. Este es el mayor número de judíos que sobrevivieron al Holocausto de todos los países bajo ocupación alemana. En los Países Bajos, por ejemplo, solo el 29% de los judíos holandeses sobrevivieron a la guerra. ¿Ayudó la población francesa a los alemanes a eliminar a los judíos franceses? La historia demuestra que, además de los ciudadanos que ayudaron a los nazis, la mayoría de la población francesa ayudó a los judíos y no los extraditó.

¿Y qué hay de la colaboración con los alemanes en la vida cotidiana?

París no fue una ciudad uniforme durante toda la guerra. Junto a los cafés y cabarets abiertos en los Grandes Bulevares, llenos de soldados alemanes y ciudadanos franceses, la gente pobre caminaba con zapatos de madera en busca de comida. He intentado mostrar ambos lados.

A lo largo del libro, he expuesto varios acontecimientos históricos o hitos que sirven de telón de fondo a la historia.

La historia ficticia de Monique sobre la huida con sus padres describe la huida de los civiles franceses del ejército alemán en junio de 1940. Las fuerzas alemanas flanqueaban la Línea Maginot desde Bélgica y corrían hacia París. Los aviones de combate alemanes dispararon contra los convoyes de refugiados, intensificando la desorganización en las carreteras e impidiendo que el ejército francés enviara refuerzos.

Durante el picnic en el río Maren, Fritz menciona la primera batalla del Maren en la Primera Guerra Mundial. En esta batalla, los soldados franceses detuvieron valientemente al ejército alemán que se acercaba a París. Seis mil soldados fueron enviados desde París en taxis. Todos los taxistas parisinos se ofrecieron como voluntarios para llevar a los soldados a la batalla en un convoy interminable. Gracias a ellos, consiguieron estabilizar una línea contra los alemanes avanzados y los detuvieron.

Durante el primer viaje de Orbest Ernest y Monique, viajan a La Coupole, un pueblo cercano a Dunkerque y a la frontera con Bélgica. En un lugar oculto entre los bosques, los alemanes construyen un enorme búnker que contendrá los misiles V2, el arma de venganza de Hitler. Hacia el final de la guerra, estos misiles serían lanzados contra Londres, explotando en la ciudad y causando destrucción.

La batería de cañones mencionada en el segundo viaje a Normandía es la batería de cañones cerca del pueblo de Longues Sur Mer, en la costa de Normandía. Esta batería controla las zonas que más tarde se llamarían "Gold Beach" y "Omaha Beach" en los mapas en clave estadounidenses para la invasión del Día D.

Slava, el soldado polaco que Monique conoce en la orilla, es un recluta civil. A pesar de la imagen de uniforme del ejército alemán, las terribles pérdidas en el frente oriental contra Rusia obligaron a los alemanes a empezar a reclutar civiles de los países ocupados, con promesas de recompensa monetaria y a menudo con amenazas. Desde 1943, muchas unidades del ejército alemán se combinaron con reclutas civiles bajo mandos alemanes. Estas compañías también estaban estacionadas en Normandía, utilizadas principalmente para las batallas defensivas.

Por la noche, Monique y Ernest dormían en la ciudad de Cabourg, en un lujoso hotel cercano a la costa. Esta zona también estaba fuertemente protegida por los alemanes en preparación de una invasión desde el mar.

Cuando Ernest lleva a Monique a los jardines de las Tullerías un domingo por la mañana en invierno, compran cuadros saqueados a familias judías. Las obras de arte se recogían en la antigua sala de tenis situada en el borde de los Jardines de las Tullerías, cerca de la calle Rivoli, y los oficiales alemanes solían ir allí y comprar cuadros a precios ridículos. Después de la guerra, algunos de los cuadros fueron devueltos a sus propietarios originales o a sus familiares supervivientes. Pero algunos de los esfuerzos de búsqueda y las batallas legales por los cuadros saqueados continúan hasta hoy. Los carteles que prohíben a los judíos entrar en los parques públicos y en los museos se colgaron en las puertas tras el inicio de la ocupación alemana en junio de 1940.

Aunque se suele pensar que los aliados no bombardearon París, esto no es cierto. Durante los preparativos para la invasión que se avecinaba, los Aliados comenzaron a bombardear toda Francia, con bombarderos estadounidenses e ingleses que intentaban atacar los ferrocarriles y las fábricas industriales que apoyaban al ejército alemán. El primer bombardeo descrito en el libro, durante el cual Monique y Ernest se encuentran en la habitación, tuvo lugar en las fábricas de automóviles de Renault y en los complejos de la zona industrial de la ciudad. El segundo bombardeo, en el que Monique escapa del apartamento y ayuda a su vecina, es el gran bombardeo del 20 de abril de 1944, en el que fue alcanzado el distrito XVIII.

La invasión de Normandía comenzó la noche del 5 de junio de 1944. Durante la noche, tres divisiones de paracaidistas se lanzaron en paracaídas por toda Normandía y, por la mañana, otras seis divisiones asaltaron las costas fuertemente protegidas. Los servicios de inteligencia estadounidenses y británicos llevaron a cabo una serie de movimientos engañosos para confundir a los alemanes, haciéndoles creer que la verdadera invasión tendría lugar en la costa de Calais, cerca de Bélgica. Durante las primeras horas de la invasión, la inteligencia alemana no podía decidir dónde estaba el esfuerzo principal americano-británico, por lo que mantuvieron las divisiones alemanas acorazadas en reserva en lugar de lanzarlas a la batalla en Normandía. Por lo tanto, solo en la tarde del 6 de junio la radio de la BBC comenzó a publicar noticias creíbles sobre la ubicación real de la invasión. Todas esas medidas engañosas, facilitadas por la resistencia francesa que desconectó las líneas telefónicas y dañó las vías férreas, provocaron un largo retraso en la respuesta alemana, permitiendo a las fuerzas aliadas establecerse en la costa de Normandía. Durante toda la ocupación alemana, estaba prohibido escuchar la BBC, y los nazis ejecutaban a cualquiera que atraparan escuchando.

Los movimientos de resistencia franceses contra los alemanes contaban con varios grupos con intereses diferentes, pero todos tenían un objetivo común: luchar contra los alemanes. En los primeros años de la ocupación, la resistencia comunista era la más fuerte y activa de todos los movimientos, trabajando casi por separado de los demás. Pero a medida que avanzaba la guerra, empezaron a cooperar, ayudando a la inteligencia británica con información y recibiendo instrucciones para las acciones contra los nazis, colaborando en los preparativos de la próxima invasión. La Gestapo hizo grandes esfuerzos por infiltrarse en la resistencia. El cuartel general de la Gestapo estaba en el edificio de la avenida Foch 84.

La trampa, en la que Monique escapa del vehículo y Lizette es asesinada, tuvo lugar el 16 de agosto de 1944. Treinta y cinco hombres de la Resistencia cayeron en la trampa de un agente de la Gestapo y fueron ejecutados. Esta fue la última acción significativa de la Gestapo contra la resistencia antes de las batallas por la liberación de la ciudad. Quien siga el libro se dará cuenta de que adelanté el acontecimiento unos días.

La liberación de la ciudad duró varios días. Pese a las instrucciones explícitas de Hitler de arrasar París en venganza por los bombardeos de ciudades alemanas por parte de los aviones aliados, al final París no fue destruida. Hay varios argumentos para explicar este hecho. La opinión predominante es que el comandante de París, el general Dietrich von Choltitz, optó por desafiar la orden de Hitler hasta que fue demasiado tarde y comenzó el levantamiento de la ciudad.

El levantamiento en París comenzó el 18 de agosto con una huelga general. Al día siguiente se produjeron tiroteos entre el ejército alemán y los miembros de la Resistencia, que carecían de armas pero consiguieron ocupar la sede de la policía de París en Ile de la Cité. El 24 de agosto, la primera división americana del Ejército de la Francia Libre entró en la ciudad, y el 25 de agosto el general von Choltitz firmó una carta de rendición, dejando París casi sin daños.

Los ciudadanos se apresuraron a abrazar a los soldados americanos y derramaron su rabia contra las mujeres francesas que se habían rendido ante los soldados alemanes horizontalmente. Rasgar las ropas, afeitar el cabello y dibujar esvásticas en la frente de esas mujeres era un castigo habitual a los ojos de la multitud que buscaba venganza tras cuatro años de ocupación alemana.

No pude ser preciso en todos los detalles históricos, algunos los cambié y otros tuve que omitirlos, y lamento no poder dejarlos en esta historia. Pero para mí, escribir este libro fue una experiencia emocionante de conocer el París ocupado por los nazis, tratando de imaginar la vida en el miedo cotidiano a través de los ojos de una chica judía de diecisiete años que lucha por su vida.

Gracias por leer.
Alex Amit

Made in the USA
Coppell, TX
23 May 2023

17195598R00225